5
마사미티
MasamiT
ill. 이코모치
icomochi
흑연의 성자
~ 추방당한 회복술사는 넘치는 마력으로 어둠마법의 궁극에 도달한다 ~

『크아아아!』
《다크 재블린》!”

그렇다. 나는 긴급 회피 마법을,
공중에서 사용했다.
"하늘은 이미,
너만의 영역이 아니야.

러셀
Charlotte
"저의 이름은, 샬럿.
당신의 모든 것을 긍정하고,
그것을 뒷받침하겠다고 전하러 왔습니다."

흑여우의 성자 5

~추방당한 회복술사는 넘치는 마력으로 어둠마법의 궁극에 도달한다~

마사미티 지음
이코모치 일러스트
이경인 옮김

Contents

제1장

제2장

Saint of Black Kite

The banished healer masters dark magic with abundant magical power.

제1장

01 현재 상황의 정리와, 시빌라가 선택한 다음 목적지

도시 하몬드에서, 시빌라는 레스토랑의 방 하나를 대절했다. 바깥에 대화가 새어 나가는 걸 배려한 거겠지만…… 식사 때는 대화가 적었다. 단지, 이건 무리도 아니겠지.

—에미의 옆에, 그 케이티의 동료였던 마델린이 있으니까.

조용한 틈을 타서 지금 상황을 정리해보자.

나를 쫓아낸 빈스 일행은 하몬드에서 【마도사】 케이티를 영입했다.

그 정체는 캐슬린, 『사랑의 여신』이라는 존재. 시빌라가 오랫동안 추적하던 인물이다.

케이티는 【성기사】 에미가 빠져나간 뒤에 【마법검사】 아리아를 파티에 넣었고, 【현자】 자넷이 빠져나간 뒤에는 【마도사】 마델린을 넣었다.

정신을 차리자, 【용사】 빈스와 우리 소꿉친구뿐이었던 용사 파티는 어느새 **케이티의 동료**만으로 구성되었다.

나는 진상을 알아보기 위해 시빌라와 함께 고향 아드리아에서 하몬드까지 찾아왔다.

그 결과, 몇 가지 판명된 것이 있다. 우선, 그 케이티라는 인물과 그 능력에 관해서.

케이티는 타인의 기억을 읽는다. 게다가, 타인의 기억을 새로 덧칠할 수 있다.

그 기억 조작은, 성자(나)의 치료마법(큐어)으로 덧칠된 기억을 벗겨낼 수 있다.

다음으로, 빈스에 관해서.

케이티에게 기억이 덧칠된 빈스는 나를 완전히 잊어버렸다.

치료마법을 걸어서 세뇌를 풀었을 때, 빈스는 기억을 빼앗긴 동안의 일을 기억하고 있었다.

여기서 얻을 수 있는 중요한 정보는, 빈스는 세뇌가 풀렸던 그 짧은 시간 동안 케이티의 능력을 나에게 전해줄 만큼 그녀를 경계하고 있었고, 그것에 신뢰 관계는 없었다는 거다.

마지막, 마델린에 관해서.

녹색 머리를 길게 기르고, 부드러운 분위기를 띠는 후드 차림을 한 케이티의 동료였던 여자.

우리를 공격했던 마델린에게 치료마법을 걸자, 명확하게 분위기가 달라졌다. 시빌라를 『시빌라 님』이라고 부른다. 즉, 마델린은 —아마 아리아도— 기억 조작을 당해서 케이티의 파티 멤버가 되었을 거다.

결판은 내지 못했지만, 결과적으로 얻은 건 컸다.

이렇게 모두가 무사한 상태로, 다양한 정보를 얻을 수 있었으니까—.

얼추 식사를 마치고, 음료수를 받았다. 우선 시빌라가 입을 열었다.

"하~, 잘 먹었다! 하몬드의 레스토랑은 좋네! 마델린도 조금은 마음에 여유가 생겼을까?"

"네, 네에……. 시빌라 님, 배려해 주셔서 감사합니다."

"최근에는 마구마구 두들겨 맞기만 했으니까, 그렇게 정중한 말투는 기분이 좋네!"

"네가 까불대지만 않으면 맞을 리 없잖아. 때린다."

시빌라는 내 반응을 보니 오히려 조금 기쁜 듯 어깨를 으쓱하게 마델린을 돌아봤다.

"그래도 지금은 그다지 와닿지 않으니까 그만둬. 그보다 나와 어디서 만났었어?"

"그랬었죠. 그럼 이 모습은 어떤가요?"

마델린은 후드를 벗고는 긴 머리카락을 앞으로 모아서 눈을 가렸다.

시빌라가 빤히 바라보더니…… 그리고 손뼉을 쳤다.

"언니와 캐시가 다니던 가게의 급사를 하던 애잖아!"

"역시 기억력이 좋으시네요. 프리실라 님도 자주 칭찬하셨죠."

급사? 마델린은 그저 급사였다는 건가?

"아, 언니…… 프리실라와 캐슬린은 원래 사이가 좋았거든. 단골이던 가게에 몇 번이고 끌려간 적이 있었어."

지금 대화에서는 묘하게 새로운 정보가 많다. 이게 그저 친한 사람들의 이야기로 끝난다면 그래도 상관없지만, 눈앞에 있는 건 『어스름의 여신』 시빌라다.

물론, 지식에 탐욕(자넷)스러운 자가 그런 새로운 정보를 신경 쓰지 않을 리 없었다.

"여신의 세계에는 가게가 있는 건가요? 아무래도, 전혀 몰라서요."

자넷이 잡아먹을 듯이 질문을 던지자, 시빌라가 대답했다.

"인간 도시와 기본적인 구조는 비슷해. 던전은 아니지만, 신들이 귀족으로 존재하고 천사가 평민처럼 생활하고 있거든."

"여신이 사는 도시, 그 생활. 실로 흥미롭네요. ……응? 그렇다는 건……."

자넷이 시선을 보낸 곳에는, 마델린. 그 의문은 당연히 나도 품고 있었다.

"이야기로 추측건대, 마델린은 『천사』인 건가?"

"네. 지상으로 내려올 때는 다양한 제약이 걸려서 날개의 현현도 불가능하지만, 저는 상급 천사예요. 중급 이하는 지상에 내려오는 것 자체가 불가능하죠."

태연하게 수긍했다. 눈앞의 여성도 신화 세계의 존재인가. 시빌라가 여신인 이상 새삼스럽기는 하지만, 이렇게 신화의 존재가 계속 나타나면 감각이 어긋나게 된단 말이지…….

"그나저나 여신이나 상급 천사라면 지상에 내려올 수 있는 건가. 반대로 우리 인간은 신들의 세계로 갈 수 없는 거지?"

"아뇨, 천계로는 문제없이 갈 수 있을 거예요."

그렇겠지…… 응?

"내가 잘못 들은 건가? 시빌라."

"천계잖아? 평범하게 갈 수 있어. 인간에게는 그 힘이 있거든."

"어째서지? 천사는 지상으로 왕래하는 데 제한이 걸리는데, 평범한 인간은 천계로 갈 수 있다니."

그래서는 마치 우리 인간이 천사보다 능력이 높은 것처럼 느껴진다. 와닿지 않는데…….

시빌라는 그런 나의 의문에 태연하게 결론을 내렸다.

"천계, 지상계, 마계. 각자 독자적인 마력이 있고, 지상은 그 힘들이 특히 복잡하게 간섭하고 있어서 당연히 천계 측의 힘도 일상적으로 녹아들어 있어. 게다가 인간은 천계 측의 힘을 받고 있으니까, 천계에 올 수 있게 되어있는 거지."

"천계 측의 힘? 설마……."

"맞아. 『직업(잡)』이야."

그런가……. 우리가 가진 힘은 『태양의 여신』에게 받은 것이다. 당연히, 신들이 가진 힘의 일부다. 천사들은 지상 측의 힘을 가지고 있지 않지만, 인간들은 천계 측의 힘을 가지고 있는 건가.

"마델린이 했던 말도 신경 쓰이니까, 다음 목적지는 정해졌네."

"천계로 가는 거지?"

"응. 그래도 천계로 가는 길은 특정 장소밖에 없어."

지상과 천계를 연결하는 곳, 그건―.

"왕도 『세인트고다트』야. 그곳으로 가면 샬럿이 길을 이어줄 거야."

"샬럿이라는 지인이 있는 건가. ……아니. 이봐, 잠깐만."

샬럿……. 그 이름을 나는 예전에 들었다.

케이티의 머리색이 금색이 아닌 이유. 그건, 태양처럼 금빛으로 빛나는 머리를 가진 여신은 한 명밖에 없기 때문이다.

"응. 『태양의 여신』은 왕도에 있어. 모처럼이니까, 러셀의 불평이라도 들어달라고 할까?"

시빌라는 나의 내면은 아랑곳하지 않은 채 실로 즐겁다는 듯 말했다.

저녁 식사를 마친 우리는 인파가 많은 길을 떠나 여관으로 가는 어두운 길을 걸었다. 나는…… 솔직히 말해서, 시빌라에게 들은 말을 자기 안에서 잘 처리하지 못하고 있었다.

—샬럿. 태양의 여신교의, 모두가 기도하는 상징인 여신 본인.

나의 손과 로브를 봤다.

연한 갈색 같은, 파이어 드래곤의 피가 굳어진 색. 현재 나의 내면을 나타내는 『흑연색』이다. 직업, 로브와 함께, 나의 머리색처럼 태양의 밝음 같은 건 느껴지지 않는 색.

—나는, 여신이 싫었다.

"태양의 여신을 만나러 간다라."

줄 뒤편에서 내 옆에 있던 에미가 혼잣말을 듣고 돌아봤다.

"러셀?"

"아니, 왠지 우리는 무척이나 먼 곳까지 왔구나 싶어서."

"아~."

시빌라가 저런 녀석이니까 새삼스레 의식하지는 않고 있지만, 나는 지금 여신 본인과 파티를 맺고 여행하고 있다. 마신을 토벌하고 태양의 여신을 만나러 간다니……. 그야말로 역대 【용사】조차도 이렇게까지 신들의 사정에 말려든 여행을 하지는 않지 않았을까?

"러셀은, 저기……. 태양의 여신을 어떻게 생각해?"

……다시금, 태양의 여신을 지금 어떻게 생각하고 있을까.

여신(샬럿)이 싫어진 다음 날에 여신(시빌라)에게 구원받았다.

게다가, 목숨을 던졌던 에미를 【성자】의 소생마법(리저렉션)으로 되살렸다.

이제는 나의 직업이 우수하다는 걸 충분히 이해하고 있다. 그걸 유효하게 활용하지 못했던 게 나의 책임이라는 것도.

그러나…… 그날의 절망을 대충 넘길 만큼, 나의 마음속에서 그날의 일은 가볍지 않다.

"예전만큼 태양의 여신을 원망하지는 않아. 좋아하지도 싫어하지도 않지, 만…… 나의 직업에 대한 진의는 물어보고 싶어."

"그렇, 구나."

이것만큼은 실제로 만나보지 않으면 모르는 부분도 많다.

태양의 여신 본인은 어떤 녀석인가, 그에 따라 나의 마음도 변하겠지.

"뭐 하고 있어~! 꽁냥대고 있다가는 미아 된다~!"

"되겠냐!"

집단에서 조금 떨어졌다고는 해도, 인파가 많은 길에서 저 녀석은 대체 무슨 소리를 하는 거야!

"후에에……."

아아, 정말. 에미가 완전히 쑥스러워하고 있다. 저 녀석은 사람의 마음에 밝은 건지 둔한 건지……. 아니, 밝으니까 오히려 의도적으로 휘저으면서 즐기고 있는 거겠지. 인간 이상으로 인간다운 자유인이다. 샬럿이 어떤 녀석인지는 모르겠지만, 시빌라 정도로 까불대는 사람이 아니기를 기도하자.

……누구에게 기도하지?

그래……. 여신 본인에게 기도하는 것도 이상하니까, 얼굴도 모르는 프리실라라는 사람에게 기도해둘까. 너의 애물단지 여동생이 두 명으로 늘어나지 않기를.

방으로 돌아가서, 에미와 자넷은 목욕하고 잠옷으로 갈아입었다.

오늘이 끝나기 전에 두 사람에게는 전해둬야겠지.

"소란스러워서 말하지 못했지만, 그때 두 사람이 와줘서 고마웠어. 없었다면 지금쯤 어떻게 됐었을지 몰라."

"에헤헤. 러셀의 위기에 빠~암, 하고 도착할 수 있어서 나도 굉장히 기뻐. 무지 행복해! 앞으로도 마구마구 의지해줘! 그게 나에게는 제일 행복한 일이니까!"

"원래부터 도움을 받은 건 나였고, 미안함을 느끼던 것도 나야. 아직 답례를 했다고는 생각하지 않으니까. 게다가, 신을 땅에 떨어뜨리는 건 실로 즐거운 경험이었어. ……아, 영창의

자세한 설명은 내일 아침에라도 말할게."

두 사람은 각자 믿음직한 대답을 하고는 침대로 들어갔다.

"마델린도 침대에서 자."

"아, 아뇨. 저는 소파에서 자려고 하는데요."

"소파는 내가 제일 좋아하는 특등석이니까 절대 양보하지 않을 거야. 양보하거나 그러는 게 아니라, 이쪽이 좋아."

"그, 그렇다면……."

마델린이 조심스럽게 침대로 들어갔다. 멀리서 봐도 기껏해야 예쁜 사람이라는 정도밖에 생각할 수 없는 이 인물이 천계의 천사인가.

세뇌가 풀린 마델린은 역시 계속 긴장하고 있었는지 금방 잠든 숨소리를 내기 시작했다.

"러셀은 안 잘 거야?"

"그래. 오늘 하루 얻은 정보가 너무 많은지라 눈이 번쩍 뜨여서 말이지……."

케이티의 기억 조작 능력과 레벨 흡수 능력, 빈스가 보여준 감정. 구해주러 온 자넷의 압도적인 힘. 마델린의 세뇌와 아리아가 기억 조작을 당했을 가능성.

그리고…… 왕도 『세인트고다트』에 있는 태양의 여신.

오늘 하루 만에 여러 정보를 얻었지만…… 마지막은 지금까지의 정보와는 조금 다르다.

던전에서 있었던 경험, 태양의 여신에 관한 정보 게시는 **시빌라**가 전해준 거다.

"어째서 지금 천계 이야기를 해준 거지? 딱히 물어보지 않았다고 한다면 그뿐이겠지만……."

내가 묻자, 시빌라는 웃으며 일어났다.

"잠시, 바람 좀 쐴까?"

그렇게 말하더니 여관 발코니로 나왔다.

시빌라의 은발이 바람을 맞으며 달빛을 받아 반짝였다. 지금의 시빌라는 재킷을 벗어서 분위기만 보면 어딘가의 귀족 영애 같다. 분위기만이라면.

"음~, 기분 좋네."

달을 바라보면서 눈을 가늘게 뜨는 모습은 싸움의 긴장감이나 부담감 같은 게 느껴지지 않는다.

최근에 조금 긴장하던 것이 빠져나간 것처럼 느껴지는, 오랜만에 보는 시빌라다운 얼굴이었다.

"그래서, 이야기 말인데……."

"성급한 남자는 인기가 없거든~."

"인기를 끌고 싶어서 하는 게 아니야."

"그러게. 그도 그럴 것이…… 너는 그런 짓을 하지 않아도 인기 있으니까."

조금 예상 밖의 변화구 대답이 돌아오자, 저도 모르게 다음 말을 잇지 못했다. 그런 나를 보고 조금 웃은 시빌라는 곧바로 이야기를 시작했다.

"—얕보지 말라는 말을 들었어."

"뭐?"

"너의 모의전 때, 나는 줄곧 자넷과 함께 있었거든."

"아아…… 그러고 보니 그랬지."

"그때 말이지. 들었어. 『러셀을 너무 얕보지 말아 주세요』라고."

자넷이……?

"자넷은 말이지. 내가 러셀에게 아직 사양하고 있다는 걸 알아챘나 봐. 신들의 사정이니까, 너무 깊숙하게 끌어들이는 것도 미안하다고 생각하고 있었는데."

아아, 이 녀석은 아직도 그런 생각을 하고 있었나.

마신을 상대한 이상, 이제 와서 사양하는 건 어울리지 않는다고 말했을 텐데.

"아니 그게, 이건 어느 의미로는 내부 이야기니까, 그런 의미에서도 그다지 끌어들이고 싶지 않았어. 그래도 자넷은 그것도 포함해서 『그건 러셀을 아직 아래로 보고 있다는 거예요. 실례에요』라고 단언하더라."

"자넷이 그런 말을 한 건가."

"응. ……내가 이야기하지 않으면, 벽을 걷어낼 수 없다는 거겠지."

그런가. 자넷은 나를 그렇게까지 높게 평가해서 시빌라에게 그런 말을 한 건가.

"이후에는, 너를 『태양의 여신』과 만나게 해줘도 될지 고민하던 부분도 있어."

그건…… 그렇겠지.

태양의 여신이 이 세계의 직업을 부여하고 있다면, 내가 그 여신을 원망해서 멸하기라도 했을 때, 과연 세계에 무슨 일이 일어날까.

시빌라의 말에 따르면, 역대 【어스름의 마경】은 모두 예전의 나처럼 절망하고 있었다고 하니까, 내가 샬럿을 만나는 건 보통 있을 수 없는 일이다.

그러나 시빌라는 이야기했다. 그건 즉, 시빌라가 나를 『태양의 여신을 만나도 되는 어스름의 마경』이라고 인정해줬다는 거다.

"솔직히 여신과 만났을 때 어떻게 생각할지는 아직 모르겠어. 하지만 네가 나를 『만나도 되는 인간』이라고 판단했다면, 그게 오판이라고 생각하지 않게는 하겠어."

"오늘은 러셀 사상 최고의 호감 표시 아냐? 반했어? 밤의 신뢰도 맥스? 이대로 결혼할까?"

"그 판단 능력만이 괴멸적이라서 두뇌가 지반 침하 중이라는 걸 제외하면, 믿고 있다고."

"어머나~, 쑥스러움을 감추는 계열의 남자!"

시빌라의 웃음소리를 들으면서, 이제는 할 말도 없을 것 같아 방으로 돌아왔다.

잠기운도 왔으니, 이대로 자기로 할까.

"너도 빨리 자라고."

"오늘은 기분이 좋으니까 추가로 마실래."

역시 믿고 있다는 말은 하지 않는 게 나았을까?

이거야 원. 오늘도 저 녀석은 시빌라로군…….

뭐, 저래도 나보다 늦게 일어난 적은 없으니까 참으로 기운차단 말이지.

……오늘은 정말로 여러 일이 있었다.

내일부터는 본격적으로 왕도로 이동할 준비를 시작하겠지.

결과는 모르겠지만, 각오는 했다.

만나서 이야기하자. 태양의(샬럿) 여신에게.

02 과거를 넘어서는 건 어렵다. 그걸 이해하고 있기에 공감한다

다음 날 아침에 일어나자, 이미 소파에 앉아서 우아하게 커피를 마시는 시빌라의 모습이 비쳤다.

"……다른 사람들은?"

"아직 자고 있어. 아침이라기엔 이르거든."

창밖, 여전히 방 안은 어슴푸레하다. 에미가 꾸물꾸물 움직이고 있지만, 일어날 기색은…….

"드래고, 아, 더 몬머거…… 음냐음냐……."

"꿈속에서 에미는, 아무래도 드래곤 한 마리를 통째로 먹고 있는 모양이네."

"진짜냐……. 이거야 원, 행복해 보여서 다행이군……."

먹보이기는 했지만, 이 정도였나? 그래도 스트레스는 없어 보여서 그것만큼은 안심이다. ……그렇게 생각한 건, 한 칸 건너에 있는 침대가 이유다.

"……으, 흐으……."

자넷은 미간에 주름을 잡으면서 괴로운 듯 땀을 흘리고 있었다. 꿈속이건만 이 녀석은 한껏 긴장하고 있다. ……그만큼 우리가 떠맡긴 고생이 컸던 거겠지.

"《큐어》. ……정말로, 전부 떠넘겨서 미안했어."

시빌라는 조금 진정한 기색의 자넷을 복잡한 표정으로 보고 있었다.

그로부터 몇 시간 뒤. 에미, 자넷이 순서대로 일어나고, 마지막 한 명도 눈을 떴다.

"……응……? 여기는……. 아, 그런가……."

마델린이 녹색 머리를 흔들면서 일어나 시빌라에게 고개를 숙였다.

"좋은 아침입니다, 시빌라 님."

"삐~죽."

아니, 너. 갑자기 뭐냐고. 그리고 『삐~죽』이라고 자기가 말하는 거냐.

"저, 저기…… 시빌라 님……?"

"그 『님』이라는 걸 그만두지 않으면 말 붙여주지 않을 거니까~."

너는 떼쟁이냐. 아니, 떼쟁이였지.

"에, 에엑……. 그건, 저기……. 그럼, 시빌라, 씨……."

"좋아. 천사인 너는 미모가 상당하거든. 러셀에게 님을 붙여서 부르면 너무 수상하단 말이지. 특히 이 녀석은 도저히 귀족 영식으로는 보이지 않는 무뚝뚝 벽창호라아얏?!"

"그대로 설명을 들으려고 했지만 그만뒀어."

손날치기를 꽂아 넣은 나와 시빌라를 본 마델린이 눈을 깜빡이며 놀랐다.

"뭐, 보는 대로야. 이 까불이는 이 정도의 대우면 충분하니까 너무 신경 쓰지 마."

"세계 최고의 미소녀가 지상계에 강림했는데 이런 대우라니?!"

"그 미소녀가 님이라고 부르는 거 싫어하고 있잖아. 아, 일단 시빌라의 말대로 나도 편하게 불러줘. 지나치게 고개를 숙이면 오히려 수상해보이니까."

"네에……. 그럼, 러셀 씨."

"아, 저는 에미에요!"

"그럼 에미 씨……와, 자넷, 씨……."

마델린은 자넷에게는 조금 말을 흐렸다.

한편, 자넷 쪽은 빠르게 회복했는지 신경 쓰지 않아 보였다.

"너무 미안해하지 마요. 마음은 이해한다는 의미에서는, 저는 다른 누구보다 가까우니까."

"……감사합니다."

마델린은 자넷의 말이 마음에 스며들었는지 눈을 감고 몇 번이고 끄덕였다.

과거는, 바꿀 수 없다. 그래도 두 사람의 관계에서는 피해자인 자넷이 가해자 측인 마델린을『피해자』라는 같은 입장으로 끌어당겼다.

아직 마델린의 진짜 성격으로 행동하려면 시간이 필요할지도 모른다. 나 역시 추방 전의 나로 돌아갈 생각은 전혀 없으니까.

그러나, 멈춰 서는 것만큼은 그만뒀다.

마델린도 어제까지의 자신을, 예전의 나처럼 넘어설 수 있다면.

그 너머에, 믿음직한 동료로서 서로를 믿을 수 있는 사이가 되면 좋겠다고 생각한다.

아침 식사까지 아직 조금 시간이 있다.

여기서 시빌라가 손뼉을 치며 한 가지 질문을 던졌다.

"자자~. 그럼 지금 이때 밖에서 말할 수 없는 이야기를 하고 싶어, 자넷."

"아아, 과연. 그것 말인가요."

자넷은 고개를 끄덕이더니 모두에게서 떨어져서 양손을 우로 들고…… 느닷없이 불과 전기 구슬을 꺼냈다.

시빌라가 무슨 문제를 낸 건지도 알아챘다. 자넷은, 확실히 말이 없었다.

"그거그거! 이야~, 나의 정신을 빼놓다니. 자넷도 참 대단하네."

"가르침을 받아서 계기를 잡은 거예요. 0을 1로 만드는 건, 1을 100으로 만드는 것보다 어려우니까요."

"……그 생각에, 모종의 제작업에 관여하는 일 없이 도달했다는 게 또 대단하네."

"몇 가지만 배우면, 모두가 그 결론에 이를 거예요."

시빌라가 놀란 표정으로 이쪽에 고개를 돌렸다. 말하고 싶은 건 알겠다.

"네가 자신의 지식량을 자랑하지 않은 이유를 잘 알겠어."

"그렇지?"

서고에서 언제나 곁에 있었던 사람은 자넷이었다. 우리는 줄곧 함께 책을 뒤적였지만, 내가 똑똑해지면 똑똑해질수록 현자와의 차이가 보였다.

"『무지(無知)의 지(知)』라는 거려나. 아무것도 몰랐던 옛날보다 어느 정도 지식을 갖춘 지금에 와서야, 자신의 지식량이 얼마나 미치지 못하는지 명확하게 알 수 있게 되었어."

"……그걸 이해할 수 있는 시점에서 너도 고아의 범주에서 한참 벗어나 있달까 뭐랄까. 귀족 교육의 나태하고 뒤떨어진 부분이나, 영주 녀석들의 다른 가문을 향한 질투가 떠오르네~."

당연한 일이지만, 귀족은 평민보다 좋은 교육을 받는다. 그러나 시빌라의 말투로 추측건대, 적극적으로 배우려고 하지는 않는다는 건가.

뭔가를 안다는 건 그만큼 재미있는 일이라고 생각하는데……. 원래부터 환경이 풍족한 만큼, 강제하거나 하면 그렇게까지 배울 생각이 들지 않는 걸지도 모르겠다.

"이걸 깊이 파내는 건 다음 기회로 넘기기로 하고, 우선은 자넷의 비밀이네. 솔직하게 물을게. ……어떻게 한 거야? 나는 전혀 모르겠는데."

그거다. 솔직히 나도 전혀 모르겠다. 빨리 해답을 듣고 싶다.

"상상이 가지 않나요? 마법을 쓸 때 무엇이 필요한지."

"그야 목소리나 문자지. ……혹시, 자기 이외의 목소리?"

자넷은 긍정했다. 과연……. 나는 순순히 감탄하고 있는데, 시빌라가 고개를 가로젓는 걸 알아챘다. ……왼손에만 불덩이가 나왔다.

“이봐, 시빌라. 지금 설명은 혹시 뭔가 이상했던 건가?”

“러셀. 너는 무영창을 어떻게 하고 있어? 자기 목소리나 글자나, 그런 것을 의식하고 마력을 싣고 있지?”

“그야 그렇지. 말하기만 했다가 마법이 폭발한다면 대책이 없으니까.”

“오케이. 그럼 또 한 명의 목소리, 귀여운 나라도 익숙해진 에미나 자넷이라도 좋아. —할 수 있다면 해봐.”

묘하게 도발적인 시빌라의 말을 듣자, 그렇게까지 말한다면 해보기로 해서 의식을 집중했다. 흥, 너보다 먼저 쓸 수 있게 되더라도 어린애처럼 삐지지 말라고?

“…….”

에미의 목소리. 에미가 어둠마법을 말한다. 상상할 수 있다.

마력을 싣는다. 폭발하지 않게 팔을 위로 똑바로 들어서…….

“…….”

왼손에는…… 아무 일도 일어나지 않았다. 에미의 목소리는 재현할 수 있었지만, 중요한 마력이 실리지 않는다.

“자넷……. 정말로 너는, 타인의 목소리를 머릿속으로 재현하고 있는 거냐?”

“그러고 있는데, 러셀은 못 해? 시빌라 씨도 그런가요?”

내가 고개를 가로젓자, 시빌라와 마찬가지로 마델린도 손바닥을 위로 들면서 고개를 내저었다. 아무래도 저쪽도 도전했다가 실패한 모양이다.

"뭐가 원인일까. 나와 러셀의 차이…… 똑같이 지식을, 지식……?"

자넷이 생각에 잠겼다. 마법을 쓰지 못하게 된 에미는 줄곧 고개를 갸웃하고 있다. 내팽개쳐서 미안. 갈팡질팡하는 에미와 나의 눈이 마주친 동시에, 정면에서 배꼽시계가 크게 울렸다. 그야말로 성대하게, 기나긴 소리가, 화려하게.

"……아우아우……."

"귀여워!"

얼굴을 새빨갛게 물들인 에미를 시빌라가 끌어안았다.

그런 대화를 지켜보던 마델린의 입가가 조금 풀어졌다. ……어쩌면 자연스럽게 웃는 마델린의 표정을 보는 건 이게 처음일지도 모른다.

"그럼, 우리 파티의 사랑받는 마스코트인 먹보 에미를 위해 아침 식사를 든든하게 먹으러 가자!"

"우우, 부끄러워……."

너무한 소개에 한숨을 내쉬면서도 모두 함께 식당으로 향했다.

참고로 그동안 자넷은 줄곧 조용했다.

완전히 자신만의 사고 세계로 잠긴 모양이다. 한 번 사고의 바다에 잠기면 해답을 얻을 때까지 떠오르지 않는다. 이게 자넷의 특징이자, 우리가 의지해온 현자의 모습이다.

이 모습을 보니, 『아아, 나의 파티에 그 자넷이 돌아왔구나』라는 걸 명확하게 알게 되어서 감회가 깊다.

이중 무영창의 비밀. 나도 쓸 수 있게 될지는 모르겠지만, 자넷의 해답을 듣는 걸 기대하고 있기로 하자.

아침 식사 전에 이미 여관비는 지불했다. 이 이상 이곳에 볼일은 없으니까.

"그래서, 시빌라. 세인트고다트로는 곧바로 갈 건가?"

고기와 채소를 감싼 빵을 먹으면서 똑같은 걸 먹고 있는 시빌라에게 물었다.

"음~, 왕도 『세인트고다트』는 입문 관리가 엄중하니까. 한 명 한 명 확실하게 체크하고, 왕도 사람은 그걸 모두 이해하고 있어."

과연, 생각보다 엄중하군.

"뭐~, 아마 괜찮겠지. 뭐니뭐니 해도 이 내가 있으니까."

"지금 그 한마디로 맹렬하게 불안해졌는데."

"어째서야?!"

네가 당당히 가슴을 펴면서 『아마』라고 말했으니까. 머리 회전이 빠른 이 녀석이 그렇게 말한다는 건, 아마 『튕겨나갈 확률이 있다』라는 뜻이다.

"저기, 그렇다면."

식사를 마친 마델린이 조심스럽게 손을 들었다.

"여러분이 살았던 고아원에도 『태양의 여신교』 분이 시찰하러 오실 텐데요. 그분이라면 바로 믿어주시지 않을까요."

"앗."

시빌라가 손을 두드리면서 나를 봤다. 생각하는 건 똑같겠지. 다음 행선지는 정해졌군.

"—그렇게 되어서, 프레데리카가 함께 세인트고다트까지 가줬으면 좋겠어."

우리는 일단 아드리아로 돌아가서, 고아원에서 오늘도 변함없이 요리하던 프레데리카에게 이야기를 꺼냈다. 도중에 마델린에게는 프레데리카에 대해 얼추 설명했다.

"러셀 일행이 세인트고다트에? 그렇다면 내가 같이 가는 게 좋겠네."

"그럼……."

긍정하는 말이 바로 돌아오려나 했지만, 프레데리카는 말을 흐렸다. 프레데리카

"그래도 새로 온 아이도 있고, 젬마 씨의 몸도 걱정된단 말이지."

"—아앙? 내 몸이 어쨌다고?"

프레데리카의 말을 들었는지, 그녀의 뒤에서 작은 아이를 어깨에 올린 젬마 할머니가 나타났다. 그보다 기운이 넘치네. 당신 진짜로 몇 살이야?

"몸 같은 건 러셀이 돌아온 날에 이미 나았어! 정말이지, 프레데리카까지 나를 늙은이 취급하다니 실례네."

"……정말로 괜찮으신가요?"

"뭐, 네 마음도 이해는 해. 돌아온 날에는 그야말로 꼴사나

운 모습을 보여줬으니 말이지. 하지만—."

할머니는 이쪽으로 다가오더니 자넷의 모자 위에서 머리를 꾸깃꾸깃 쓰다듬었다.

"완전히 다 자란 아이들이, 나로서는 어찌할 수 없었던 문제를 알아서 해결했잖아. 나를 넘어선 거지. 그러니— 나의 자랑스러운, 훌륭한 아이들이야."

입만 열면 엄한 소리만 외치던 할머니의, 이보다 더할 수 없는 칭찬의 말.

누구보다도 우리를 지켜봐왔던 사람이, 우리의 성장한 내면을 인정해 준 증거.

다른 누구도 아닌 이 사람에게 이렇게까지 인정받은 건 솔직히 기쁘기는 하다.

에미도 기쁨을 감추지 못하고 웃었고, 자넷도 조금 부끄러운 듯 입꼬리를 풀면서 고개를 숙였다.

"그래도 앞으로 한 명, 아직도 갈팡질팡하고 있는, 조~금 성장이 늦은 녀석이 있는 모양이야."

씨익 웃은 할머니가 마지막으로 프레데리카를 바라봤다.

"그러니까, 프레데리카도 같이 가서 빈스(그 바보)를 데려와줘. 이 아이들은 관리 멤버인 프레데리카의 **전력**이 필요한 모양이니 말이지."

정면에 있던 프레데리카가 놀라면서 우리의 얼굴을 한 명씩 봤다.

"……응. 나의 조력이 필요하다면 힘이 되어줘야겠네. 이제는 언제까지 의지해줄지 알 수 없으니까. 의지해주는 사이에 힘을 내야겠어."

프레데리카는 조용히 끄덕이면서 일어나 젬마 할머니에게 고개를 숙였다.

"여기에 돌아온 지 얼마 안 됐지만, 다시 고아원을 맡길게요."

"음. 맡겨두거라."

프레데리카의 업무 위탁. 할머니는 그걸 가볍게 수락하고는 껄껄 웃었다.

걱정거리가 사라졌다. 그러나, 그 이상으로 할머니가 완전히 원래대로 기운을 차린 게 다행이다.

—【성자】는 마음의 상처까지는 치유할 수 없다.

치유하지 못한다면 어떻게 할까.

성자의 힘이 아니더라도 치유할 수 있도록 움직이면 된다.

양쪽 다 할 수 있으니까, 양쪽 다 해버리면 된다.

간단한 이야기다.

"프레데리카, 그럼 내일부터 또 부탁할게."

"응. 러셀! 후후, 이번에는 자넷도 함께 여행할 수 있겠네."

마델라에서는 나와 에미와 시빌라 세 명이 호위였다. 직업(잡)을 얻은 뒤 자넷과 프레데리카가 함께 있는 건 이번이 처음이다.

"프레데리카 씨와는 그다지 이야기를 나누지 못했었네요. 한동안 함께하게 되었으니 잘 부탁드려요."

"나야말로. 자넷은 너무 우수하니까, 교사도 겸해서 부임한 내가 나설 곳이 없었거든. 곤란하지 않아서 오히려 곤란했어."

“그 공부라고 칭하고 취미인 독서에 몰두할 수 있었던 건, 프레데리카 씨가 가사를 맡아주셨기 때문이에요. 조금 더 빈번하게 도와드렸다면 좋았을 텐데.”

“아니, 그건 아니야. 제자들이 우수해지는 게 나의 목적이니까. 그러니까…… 후후. 공부를 가르쳐주는 건 실패했지만, 교회 관리회장님에게 우수한 학생이 있다고 이야기해서 증명 대신 납득을 받았거든. 내가 가르친 건 아~무것도 없었는데 말이지.”

프레데리카는 즐겁게 웃으면서 혀를 살짝 내밀었다. 좀처럼 볼 수 없는 프레데리카의 장난스러운 모습도…… 아니, 이 사람 꽤 빈번하게 농담하기는 하지.

그나저나, 과연. 자넷이 독서(하고 싶은 일)에 집중하기 위해 프레데리카를 의지했고, 그녀도 요리(하고 싶은 일)에 시간을 들이기 위해 자넷을 편리하게 써먹었던 건가. 내가 알아챘으니 물론 자넷도 알아챘을 거고, 프레데리카의 생각지 못한 다부진 모습에 놀랐다.

“몰랐어요. 새로운 사실이네요. 그럼…… 피차일반, 일까요?”

“응!”

두 사람은 그런 대화를 나누며 즐거운 듯 웃었다.

—참고로.

“저기……. 그런데, 그, 공부를 가르쳐주는 것에 실패했다는 건…….”

“응응. 자기가 알고 있는 모양이라 다행이네. 슬슬 산수는 손가락을 쓰지 않고 할 수 있게 되었니?”

"죄송해요, 정말 죄송해요. 용서해 주세요."

자넷이 메워준 구멍, 바로 옆에 있었구나…….

고향을 다시 떠나는 향수 같은 것과는 전혀 상관없는 유쾌한 여자가 뒷좌석을 점거하고 드러누웠다.

"어머어머, 시빌라도 참 예의 없게……."

"프렛치도 같이 잘래? 날개 쭉 뻗을 수 있다고~. 날개를 뻗을 만큼 넓지는 않지만!"

이건 혼신의 여신 개그인가? 개구쟁이가 장난삼아 기름을 뿌린 정도로 미끄러지고 있는데. 그래도 프레데리카는 의외로 즐거워하며 웃었다.

"여신님이 이렇게 즐거운 분이라면, 다들 좀 더 편하게 대할 수 있을 텐데. 그래도 의외로 신앙심은 흐려지는 걸까?"

"어느 의미로는『신앙』이라기보다『맹신』으로 성립되는 부분도 있어."

어이어이, 그걸 자기가 말하다니……. 하긴, 그걸 말하는 게 시빌라지.

두 사람의 대화를 듣자, 내 옆에 앉은 자넷이 몸을 내밀었다.

"시빌라 씨 말고 다른 여신은…… 태양의 여신님은 어떤 성격이죠?"

그러고 보니 당연한 일이지만, 시빌라는 본인을 알고 있을 거다.

"샬럿은 과하게 인간 제일주의고, 성실하단 말이지……. 그러니까 『태양의 여신』이라는 역할도 성실하게 하고는 있지만. 뭐, 만나는 걸 기대해."

이 녀석이 말하는 『성실』이 어느 정도인지는 모르겠지만, 이 녀석이 두 명이나 있는 일은 없을 것 같군.

"어라? 러셀은 나처럼 귀여운 미소녀가 두 명이 아니라 유감?"

"너, 그건 성격을 가리키며 하는 말이거든. 대체 얼마나 자기 평가가 높은지는 모르겠지만, 다른 여신과 비교해도 너의 자기 평가는 변하지 않는 거냐?"

"내가 최고의 미소녀인 게 당연하잖아."

예상대로, 너라면 그런 대답을 할 것 같았어.

"자넷, 이 녀석의 말은 대부분 대충대충 하는 소리니까 믿지 않아도 돼."

"잠깐, 그건 무슨 소리야!"

"괜찮아, 러셀. 나도 시빌라 씨에 관한 건 조금 알게 되었으니까."

"자넷이 나를 바라보는 시선이 겨울에 잠깐 마시는 걸 까먹은 커피처럼 굉장히 미지근해졌어?!"

역시 자넷은, 시빌라에 대해서도 이미 이해하고 있는 것 같아서 다행이다.

앞자리에 앉은 마델린이 그런 우리의 대화를 보고는 옆에 있던 에미와 대화를 나눴다.

"저기, 에미 씨. 여러분은 평소에도 이런 느낌인가요?"

"자넷과 시빌라 씨는 모르겠지만, 러셀은 이런 느낌이네요~."

"어머나…… 대단하네요……."

"맞아요! 러셀은 대단하다고요!"

저쪽은 저쪽대로 참으로 맞물리지 않는 대화였다.

"계속 이런 파티였구나. 러셀도 큰일이네."

그런 마이페이스인 사람들을 바라보던 자넷이 내게 작은 목소리로 말을 걸어왔다.

이거야 원, 정말이지……. 멀쩡한 대화가 가능한 건 너뿐일지도 모르겠어…….

"아, 맞다. 나도 질문."

드러누워 있던 시빌라가 일어나서 프레데리카 옆에 머리를 내밀려고 했다.

"자넷, 어떻게 그렇게 레벨을 올렸어?"

"아, 이거 말인가요."

자넷은 자신의 태그를 들고 그 극단적인 레벨을 표시했다.

아드리아—【현자】 레벨 55.

자넷의 다중 무영창은 물론 강했지만, 그 이상으로 이 수치가 너무나도 극단적이었다.

"……에, 에엑?! 자넷은 지금 그렇게나……?!"

"아, 그러고 보니 프레데리카 씨는 처음 보는 거였나요."

그야 느닷없이 보면 놀라겠지……. 나를 포함해서 전원이 놀랐으니까.

마물을 쓰러뜨리면 올라가는 레벨. 강한 마물을 쓰러뜨릴수록 상승폭이 크지만, 여신교의 가르침이나 모험가 길드 초심자 강좌에서도 강한 마물에 도전하는 위험성을 누누이 설명한다.

던전보다 자신의 생명. 이게 절대 조건이다.

나의 경우는 검은 고블린의 독과 나의 치료마법의 상성이 좋아서 단번에 올랐다.

그걸 감안해서 보더라도, 자넷의 55라는 숫자는 어마어마하다. 적어도 여기에 있는 누구도 자넷과 협력해서 레벨을 올리러 가지 않았으니까.

“내가 고레벨이 된 이유는, 『마경에 가까운 현자』라는 거의 공격마법 전문 직업(잡)인데도 파티의 회복술사(힐러)를 담당하고 있었으니까. 그레이트 힐의 상위는 반드시 있다고 생각했지만…… 설마 엑스트라 힐이 레벨 48일 줄은 몰랐어.”

“우와, 진짜로? 자넷, 현자인데 회복을 담당했었어?”

“현명한 선택은 아니었지만, 저는 자신의 욕망에 충실했을 뿐이에요.”

아니…… 정말로, 네가 성녀라면 어땠을까 생각할 정도로 굉장한 각오다. 대체 이게 어디가 자신의 욕망에 따른 결과인지 모를 정도의 노력이다. 하지만 그 위기적인 상황에서 활약한 공격 마법을 본 지금에 와서는, 자넷이 현자라는 것이 정말로 든든하다.

“남은 7레벨은 어디서 올렸지?”

내가 묻자, 자넷은 창밖을 가리켰다.

지금은 아직 아드리아에서 하몬드로 가는 도중이다. 이 숲에는…… 그런가.

“늑대계 마물이 흘러나온 던전, 자넷이 처리했던 건가.”

내가 도출한 해답에 자넷이 수긍했다.

“내가 그 던전에 들어갔던 건 레벨을 올리기 위해서. 케이티가 무서웠으니까. 강해지고 싶다는 이유만으로 밤중에 빠져나가서 들어갔었어.”

“그것도 포함해서, 솔직하게 자기 덕분이라고 단언해도 되지 않을까?”

“맞아~! 자넷은 좀 더 자기를 직접 띄워줘야 해!”

“응. 나도 찬성.”

내 말에 에미도 편승했고, 거기에 시빌라가 덧붙였다.

“자넷, 정말로 착한 아이네~. 그래도 말이지, 겸허는 미덕이지만 놓쳐버린 명예의 손실은 파티 전체에 영향을 주기도 해. 장래에는 성패를 가르게 될지도 몰라.”

그건 실감이 담긴 말이었다.

“응. 실제로 나도…… 그걸로 아슬아슬하게 살아남은 적이 있거든.”

시빌라는 눈을 감고 한숨을 내쉬었다.

……아마 몇 세대 전의 【어스름의 마경】을 떠올린 거겠지. 『어스름의 여신』, 그 신뢰를 사전에 얻는 건 시빌라에게는 그만큼 중요한 일인 거다.

“그때, 사전에 도와준 걸 전해서 신뢰를 얻어놔서 다행이었어. 그러지 않았다면—.”

"시빌라……."

"—제도 카지노에서 날린 돈을 대신 내주아얏?!"

내가 생각해도 놀랄 만큼 손이 부드럽게 나갔다.

뭐랄까, 역시 이 녀석은 시빌라다.

도중에 식사 휴식 등을 끼워 넣으면서 기나긴 마차 여행을 이어갔다.

풍경이 가로수길에서 초원으로 달라지면서 시간이 꽤나 지난 지금은 마델린과 프레데리카도 친해졌다. 본래는 부드러운 성격이기도 해서 곧바로 마음을 터놓은 모양이다.

나는 두 사람의 대화에 끼어든 시빌라를 보면서 바로 앞에 앉은 자넷의 옆얼굴을 보고 있었다. 창밖을 바라보는 무표정은 여느 때처럼 그다지 감정을 읽을 수 없다. 그러나 예전과 비교하면 왠지 즐거워 보이는 건 기분 탓일까?

우리 중에서 가장 작은 키. 그러나 나에게는 지금도 술사로서 목표로 삼아야 할, 누구보다도 커다란 모습이다.

자넷이 나를 부러워하듯이, 나도 마음껏 너의 굉장함을 부러워해두자.

언젠가, 자신감을 가지고 『술사로서 어깨를 나란히 했다』라고 말할 수 있게 되도록.

"……응? 왜 그래? 러셀."

"아니, 왠지 자넷도 이 파티를 즐기고 있는 것 같아서."

"……."

순간 눈을 크게 뜬 자넷은 어째서인지 몸을 내밀면서 내 머리를 살짝 때렸다.

이렇게 맞은 건 언제 이후일까.

"어떻게 알아챈 거야? 나 말고도 그런 소리를 했어?"

"아니. 말한 적은 없지만, 자넷의 표정은 왠지 모르게 알아볼 수 있을 뿐이야."

"……하아, 이러니까 러셀은……."

어째서인지 한숨을 쉰 뒤.

"응. 즐기고 있어. 좋은 파티야."

명확하게, 지금 웃었다는 걸 알 수 있는 표정으로 앞을 돌아봤다.

뭔가 잘 모르겠지만……. 뭐, 자넷의 마음이 풀린 것 같아 다행이다.

"아."

다시 시선을 앞으로 돌렸던 자넷이 중얼거렸다.

"왜 그래?"

그리고 몸을 돌려 창밖을 가리켰다.

우리의 반응을 알아챈 프레데리카가 똑같이 창문을 보며 고개를 끄덕였다.

"즐거운 여행이었어~. 긴 여행도 모두와 함께라면 즐거운 시간이니까 순식간이네."

나도 그에 이끌려 밖을 보자, 그곳에는 왕도의 성벽이 크게 펼쳐져 있었다.

시야에 들어온 왕도 세인트고다트의 벽은 압도적인 존재감을 발하고 있었다.

저물어가는 저녁 해에 비쳐 새빨갛게 타오르는 듯한, 왕도를 지키는 벽. 이걸 같은 인간이 만들어냈다고 생각할 수 없을 만큼 높은 벽이 끝없이 옆으로 펼쳐져 있다.

뭐가 굉장하냐면, 그 벽의 아득한 너머의 성의 지붕이 보인다는 거다. 너무 크잖아…….

"우와~, 우와~. 굉장해. 뭐야 저거! 굉장해!"

에미의 너무나도 직설적인 인상에 어이없어하지도 못할 만큼, 나도 같은 마음이었다. 그저 굉장하다고밖에 말할 수 없는 곳이다.

"크다는 건 알고 있었지만, 실제로 눈으로 보고 느끼는 건 전혀 다르군……."

"그러게. 책으로는 얻을 수 없는, 실물을 두 눈으로 봤을 때 체감할 수 있는 박력이야."

자넷도 동의하면서 창밖의 왕도를 바라봤다.

"앗, 맞다! 저기저기, 자넷은 아직 바다를 못 봤지?"

"바다? 맞아. 아직 못 봤어."

"그럼 같이 가자! 세이리스에서 봤는데, 정말로 굉장했거든!"

그랬다. 나도 바다를 실제로 봤을 때는 실물을 눈으로 보는 것과의 인상 차이에 놀랐었다.

"그건 흥미가 있네. 꼭 같이 가보자."

"응응! 모래사장도 아름다웠고, 시빌라 씨가 골라준—."

에미는 거기서 갑자기 말을 끊고는 내게 순간적으로 시선을 보냈다가 허공으로 시선을 돌리더니…… 자넷에게 시선을 되돌렸다.

"……간다면 둘이서 가자."

"어? 갑자기 왜 그래?"

대체 어떤 결론이 나왔는지는 모르겠지만, 어째서인지 둘이서 여행을 생각하고 있었다. 뭐, 그런 것도 괜찮지 않을까? 나를 빼고 하고 싶은 말도 있을 테니까.

참고로 시빌라는 사정을 짐작했는지 납득한 듯 끄덕이고 있었다. 대체 뭐냐고…….

"슬슬 문 근처네. 시빌라, 내가 응대할게."

프레데리카가 마차 문을 열자, 그곳에는 세 명의 수도복 차림 남녀. 그중 여성 한 명이 프레데리카의 얼굴을 보고 표정을 풀었다.

"프레데리카 님이셨나요. 태그 괜찮으실까요?"

병사는 특수한 판 모양 도구를 들고 있었는데, 그걸 목에 걸고는 허리로 받치고 있었다.

"네."

프레데리카는 품에서 모험가 길드 태그를 꺼내서 그 보드에 댔다.

"네. 제시해 주셔서 감사합니다. 다른 분도 괜찮으실까요?"

어떤 건지는 모르겠지만, 이걸로 신뢰를 얻을 수 있다면 상관없겠지.

시빌라가 끄덕이면서 나와 에미의 태그를 만졌다. 그 후, 한 명씩 댔다.

"이건……! 우수한 호위네요. 왕도에는 처음 오시는 분도 많이 계시는데, 관계를 여쭤봐도 될까요?"

"올해로 막 16세가 된, 아드리아 고아원 출신의 아이들이에요."

"놀랍네요, 고아원에서 이 정도의 아이들이…… 기쁜 일이네요."

사이좋게 대화를 나눈 뒤, 여성은 나를 돌아봤다.

"에미 님, 러셀 님, 자넷 님. 여기를 지나면 왕도 세인트고다트입니다. 들어가려면 사전에 행동 기록에 동의해주셔야 하는데, 괜찮으실까요?"

귀에 익지 않은 말이 나왔다.

"행동 기록이라는 게 뭐지?"

"동의해주시면 여러분의 행동이 기록되어서, 예를 들어 범죄에 말려들었을 때 도시의 병사가 금방 구하러 움직이게 됩니다."

과연. 유괴나 행방불명 등이 벌어졌을 때 구하기 쉽게 하려는 건가. ……동시에, 이건 우리가 죄를 저질렀을 때 금방 붙잡힐 수 있다는 의미도 된다.

"내 쪽에서도 질문. 그건 우리의 능력을, 그 행동 기록으로 조작하는 게 가능해?"

"그건 불가능해요. 관측할 수는 있어도 간섭할 수는 없으니까요. 또한, 이 정보는 왕성 안에서 엄중하게 관리되어서 다른 사람이 보더라도 알 수 없게 되어있어요."

"흠……. 마력의 수신은 가능해도 송신은 못 한다. 개인 정보의 보호와 위치 정보의 암호화. 기술적 방어 측면으로 봐도 왕성 안에서 관리한다면 믿을 수 있, 나."

자넷이 중얼거리자, 병사들이 얼굴을 마주 봤다. 그 반응에 프레데리카가 웃었다.

"어때요? 우수하죠?"

"……고아원 출신자인 거죠? 아, 그래도 프레데리카 님의 학생인가요."

"좋은 선생님이에요."

병사의 말에 자넷이 긍정했고, 솔선해서 판에 손가락을 대서 『행동 기록』에 동의했다. 그걸 보고 다들 손가락을 댔다.

"네, 협력 감사합니다. 그럼 프레데리카 님, 여신의 가호를."

"네. 여신의 가호를."

마지막으로 여신교다운 인사를 나누자, 문이 닫히면서 창밖에서 병사가 손을 들었다.

그리고 곧바로 마차가 움직였다.

"자, 드디어 왕도야!"

시빌라가 선언한 동시에 두꺼운 문의 터널을 빠져나와 창문에서 빛이 들어왔다—!

아드리아 시골 마을에서 자란 나에게 있어서 도시 하몬드는 정말로 떠들썩한 도회지였다.

왕도 안은 그곳과는 더더욱 비교할 수 없을 만큼 사람으로 넘쳐나고 있었다. 그러나, 그것만이 아니다. 길에 늘어선 가게 하나하나가 하몬드에서 제일가는 가게 정도로 크고, 사람이 빈번하게 드나들고 있다. 무엇보다 마차가 두 대 지나갈 수 있을 만큼 넓은 길이 중심에 있고, 마도구 가로등이 주르륵 늘어서 있다. 거리의 종합적인 구조가 장난 아니다.

어두워진 도시를 밝은 빛이 비춰주고 있다. 게다가 길가에도 빛이 곳곳에 넘쳐나서 마델라와 비교하더라도 압도적으로 이쪽이 밝다.

"이것이 세인트고다트인가……!"

너무나도 압도적인 광경, 도시 자체가 가진 존재감이나 박력에 압도당했다.

"굉장히 아름다워! 모든 게 반짝반짝하고 있어!"

"왕도가 이 정도일 줄이야. 놀랍네……!"

에미와 자넷도 나와 함께 창문에 달라붙었다.

"세 사람 다 좋네! 반응 만점이야!"

시골뜨기인 우리를 실로 즐겁게 바라보던 시빌라가 웃은 동시에 마차가 멈췄다.

"자! 보기만 하는 게 아니라 체험해봐야지! 진짜로 미아가 될 테니까 주의해."

시빌라가 내려오자마자 바로 지불을 끝마친 뒤, 모두가 내려왔다.

"시빌라, 돈을 내준 거니? 고마워!"

"괜찮아. 프렛치가 함께 와준 것만으로도 우리에게는 큰 도움이 되었으니까! 원래는 좀 더 질문 공세가 날아오거든."

"그런가?"

"찾아온 목적이라든가, 체류 기간이라든가, 그런 것들 말이야. 여왕을 만나러 왔다고 말하기라도 하면 즉시 체포야."

"그런 소리를 하는 건 너뿐이야."

"그럼, 『사랑의 여신』을 두들겨 패고 싶네, 데헷! 이라거나?"

"더 위험하잖아!"

프레데리카는 우리의 대화를 키득키득 웃으며 보고 있었지만, 여왕을 만나러 가는 건 진짜다. 뭐, 사랑의 여신(케이티)을 두들겨 패고 싶은 것도 진심으로 생각하고 있겠지만.

"그럼, 우선은 프렛치를 목적지에 데려다주는 방향으로."

그것에 동의하자, 시빌라와 프레데리카가 앞장서서 거리를 걷게 되었다.

최대한 뭉쳐서 서로를 확인하고 있지만, 아무래도 주변 거리에 정신이 팔리게 된다.

거리에는 세이리스의 중심가에 있었던 깔끔한 옷가게가 몇 군데나 늘어서 있고, 반대쪽에는 레스토랑이나 바가 몇 군데나 늘어서 있다. 뭐가 굉장하냐면, 그 넓은 가게에 만석에 가까운 사람이 들어있다는 거다. 너무 북적거려서 옆 사람의 목소리조차 다른 곳의 대화에 섞여서 들리게 될 것 같다.

벽을 올려다보자, 그 정상 주변에는 커다란 보주가 있었다. 완전히 시골뜨기인 티를 팍팍 내고 있지만, 이런 광경에 익숙해졌다면 왕도에 사는 사람과는 감각이 전혀 다른 거겠지…….

그로부터 한동안 걸어가자, 사람이 점점 줄어들기 시작했다.

중심부에서 나오니 사람이 드물게 보이는 정도까지 줄어들었다.

그 길 도중에…… 어째서인지, 검은 망토를 입은 흑발의 소녀가 길을 가로막듯 나타났다.

"뭐냐?"

내가 말을 걸자, 갑자기 그 녀석이 기운차게 외쳤다.

"하하하! 황혼의 새벽에 달빛을 받아 빛나는, 나야말로 어둠의 여신에게 축복받은 칠흑빛 그림자의 검사, 암흑용사! 네놈, 좋은 색이구나! 나의 오른눈 안쪽이 욱신거린다고……!"

길을 가로막은 소녀는 느닷없이 그런 이상한 소리를 늘어놓더니 손에 든 검은 빗자루로 나를 가리켰다. 이, 이 영문 모를 녀석은 대체 뭐야……?!

"오오! 너, 굉장히 좋은 센스를 가지고 있네! 내 마음에 들어버렸어!"

시빌라가 그 꼬마를 보고 굉장히 기뻐하며 달려들었다. 아니, 그렇겠지. 너는 이런 그야말로 엉뚱한 녀석을 좋아하겠지! 왜냐하면 네가 바로 그 엉뚱함의 화신이니까!

"맞아맞아! 러셀이 새까만 거, 멋있지!"

그 시빌라에 편승한 게 에미. 아니, 편승하지 마. 애초에 이 녀석은 누구냐고.

"어머나, 참 기운차네! 기운찬 건 좋은 일이야."

그릇이 넓은 프레데리카는 그 개그를 받아줬다. 아니, 댁은 태양의 여신교잖아. 지금 발언을 용납하는 거냐고. 뭐, 용납하려나. 프레데리카니까.

“이렇게 젊은데 암흑용사인가요. 대단하네요.”

마델린은 여기에 와서 제일 이상한 소리를 꺼냈다.

애초에 직업(잡)을 수여받을 연령이 아니잖아. 이 미녀 천사, 설마 그런 쪽이었던 거냐.

아니, 나는 대체 언제까지 태클을 계속 걸어야 하는 거냐고……. 윽…… 두통이…….

(……《큐어 링크》.)

너무나도 많은 걸 한 번에 생각하게 되어서 내 머리가 정말로 파열할 뻔했다…….

누가 나좀 좀 구해줘.

“……아, 지금 이거 러셀인가. 고마워.”

뒤를 돌아보자, 나와 마찬가지로 두통을 일으킨 듯한 자넷이 관자놀이를 주무르면서 한숨을 내쉬고 있었다. 그로부터 내 옆으로 와서 어이없다는 듯 소녀에게 말을 걸었다.

“황혼은 저녁의 색이고, 새벽은 아침. 모두 달빛보다 태양 쪽이 강한 시각이야. 무엇보다 어둠의 여신이라는 말을 큰소리로 하지 않는 게 좋아. ……그런데 너, 그 빗자루는 어딘가에서 청소 중이지 않았어?”

소녀는 갑자기 놀란 표정을 짓더니 황급히 건물 안으로 달려가 버렸다.

……아니, 결국 저 영문 모를 자칭 암흑용사 소녀는 대체 뭐였는데. 지금까지 만나온 사람들과는 너무나도 달라서 어안이 벙벙해지고 말았다.

한편, 이 영문 모를 상황을 한 방에 해소한 자넷은 나를 돌아보면서 어깨를 으쓱했다.

"이 파티는 줄곧 이런 상태야? 러셀도 힘들었겠네."

아아, 자넷…….

오늘만큼 너의 존재를 든든하게 생각한 적은 없을지도 모르겠어…….

03 나는 이 아이를 모른다. 그래도 지금 할 수 있는 일은 있다

왕도에서 처음 말을 걸어온 영문 모를 꼬마가 달려간 곳은 역사의 무게가 느껴지는— 말을 바꾸자면, 상당히 낡은— 건물이었다.

"어라……? 고아원의 아이일까?"

프레데리카가 고개를 갸웃하면서 흑발의 소녀를 뒤따라 건물 안으로 들어갔다.

아무래도 이 거대한 건물이 왕도 세인트고다트의 고아원인 모양이다.

건물 안은 들어온 직후부터 떠들썩했다. 다들 빗자루나 걸레를 들고 있는데, 프레데리카의 모습을 보고 손을 멈췄다.

"프레데리카 선생님이다~!"

이미 프레데리카는 낯익은 아이들과 인사하면서 머리를 쓰다듬고 있다. 아이들의 목소리로 알아챘는지, 안에서 낌새를 보러 온 장년의 남자와 비슷한 나이의 여성이 나타났다.

"어라? 프레데리카 아닙니까."

"돌아오는 게 빨랐네에."

"안녕하세요. 마커스 씨, 미라벨 씨. 잠시 부탁을 받아서 오늘은 여기로 돌아왔어요. 이자벨라 님은요?"

"네. 방에 계십니다."

"감사합니다. 그리고—."

프레데리카가 우리를 돌아봤다.

"이번에는 아드리아에서 다섯 명에게 호위도 겸해서 함께 찾아왔어요."

"이거이거…… 알겠습니다. 여러분, 인사는 나중에 하도록 하죠. 자, 여러분, 성실하게 청소하세요. 여신님께 감사의 마음을 담아 깨끗하게 하는 겁니다."

"때가 간단히 벗겨지면, 적당히 하고 끝내도 괜찮아요오."

고아원을 담당하는 두 사람의 대조적인 반응을 곁눈질하며 프레데리카와 함께 2층으로 올라갔다. —도중에 돌아보자, 방 구석에 그 흑발의 소녀가 멀뚱히 혼자 우리를 보고 있었다.

프레데리카는 2층에서 가장 안쪽 방까지 가서 문을 노크했다.

"네."

안쪽에서 대답이 들리자, 우리에게 잠시 눈을 돌린 뒤 방으로 들어갔다.

"실례합니다."

"……프레데리카입니까?! 1층이 묘하게 떠들썩하다 했는데, 납득이 가네요. 예정보다 무척 이른데, 사정을 물어봐도 될까요?"

"물론이죠, 이자벨라 님."

이자벨라라 불린 여성은 50대 정도로 보였다. 나이가 느껴지지만, 강한 의지도 엿보이는 기품 있는 분위기의 사람. 첫인상은 그런 느낌인가.

"여러모로 질문하고 싶습니다만, 프레데리카의 보고를 먼저 듣기로 하죠."

프레데리카는 우리가 아드리아 고아원 출신이라는 것, 세인트고다트에 용건이 있다는 이야기를 했다.

"과연, 여러분이 소문 자자한 용사 파티인가요."

—아, 그런가. 당연히 왕도의 여신교에서도 그런 인식이겠군.

"용사는 지금 따로 행동 중이야."

프레데리카가 대답하기 힘들어했기에 내가 대신 대답했다. 에미나 자넷도 포함해서 놀란 표정으로 나를 봤지만, 멋대로 말해도 상관은 없겠지.

내 말을 들은 이자벨라는 잠시 말을 흐리더니, 손뼉을 한 번 치면서 내게 물었다.

"확인하고 싶은 게 있습니다. —설마, 【용사】를 따돌리고 있다거나, 그런 건 아니겠죠?"

이자벨라는 부드러운 분위기에서 긴장된 분위기로 바꿔서 나를 시선으로 꿰뚫었다.

따돌림이라. 확실히 어느새 빈스만이 빠져나간 형태가 되어 버렸다.

"아니, 그렇지는 않아."

"그건, 여신께 맹세코 거짓이 없다고 할 수 있겠습니까?"

여신이라는 단어를 듣고 저도 모르게 시빌라를 봤다. 시빌라는 이런 상황에서도 재미있다는 듯 어깨를 으쓱할 뿐이다.

이거야 원. 그럼 멋대로 말하겠어.

"솔직히 말해도 된다면야."

"네."

"내가 용사 파티에서 쫓겨났어."

"네. ……네?"

"【용사】도 【성기사】도 【현자】도 회복마법을 쓸 수 있으니까 말이지. 하지만 그 후, 에미가 자신의 의지로 빠져나오고, 자넷도 빠져나왔어. 여신에게 맹세코 진실이라 단언할 수 있지."

왜냐하면 여기 있는 여신이 목격자니까.

이자벨라가 시선을 돌리자, 에미와 자넷도 끄덕였다.

"그런, 가요……. 알겠습니다. 여신교의 고아원 관리 멤버로서 고아원 출신 【용사】에게는 대단히 흥미가 있었습니다만……."

"우리도 어디에 있는지 몰라. 이번에 여기에 온 건 빈스의…… 용사의 발자취를 찾는 것도 목적 중 하나니까. 프레데리카에게 와달라고 한 것도 그게 이유지."

"……프레데리카. 이 이야기에 거짓은?"

"없습니다. 여신께 맹세코."

교회 사람에게 여신의 이름을 꺼내는 건 무척 무거운 일이다. 나의 경우는……. 뭐, 옆에 있는 여신에게 맹세하는 게 되나?

프레데리카가 명확하게 긍정하자, 이자벨라도 납득한 모양이었다.

"알겠습니다. 체류를 허가하죠."

"감사합니다. 이자벨라 님."

"괜찮아요. 평소에도 프레데리카를 고생시키고 있으니까요. 가끔은 어리광도 부려주지 않으면 이쪽이 마음을 놓을 수가 없어요."

지금까지의 긴장감을 푼 이자벨라가 자연스럽게 웃었다.

풀어진 분위기 속에서, 프레데리카가 또 하나 질문했다.

"그런데, 청소하는 중에 예전에는 없었던 긴 흑발의 아이가 있던데요."

"아아, 그 아이 말인가요……."

프레데리카의 질문을 듣자, 이자벨라는 바로 알아맞힌 모양이었다.

"그 아이는, 루나. 지난달에 막 온 아이예요."

"루나……. 귀여운 이름이네요."

프레데리카가 그 이름을 자기 기억에 새기듯 반추했다.

"오늘은 대청소의 날. 그 아이는 성실하게 청소하고 있나요?"

"네? 그게…… 그렇죠. 빗자루는 제대로 들고 있었어요."

"하지는 않았나 보네요."

"그게…… 그렇죠."

프레데리카는 곧바로 얼버무리려 했지만, 이자벨라에게 곧장 거짓말을 간파당했다. ……그렇다면 말을 안 듣는다는 인식이 정착되어 있다는 거겠지.

"기도에도 참가하지 않고, 말하는 내용도 이상한 아이니까요. 왔을 때부터 줄곧 그런 식이라서……. 프레데리카가 보기에 어떤가요?"

"기운이 넘쳐서, 그게 아이에게는 제일 좋다고 생각해요. 낮보다 밤을 좋아하는 아이도 있고, 무엇보다 생각은 일시적인 것. 조금 더 그 아이에 대해 알아보고 싶네요."

프레데리카의 대답을 듣자, 이자벨라는 조금 놀라면서도 기쁜 듯이 몇 번 끄덕였다.

"예전보다 한층 유연해졌네요. 아이들도 우리만큼 유연하면 좋을 텐데……. 그 아이 자신이 괜찮더라도, 다른 아이들과 친해지지 못하는 건 좋지 않다고 생각하고 있거든요. ……손이 빌 때라도 좋으니까 신경을 써주세요."

"네. 그런 거라면야 기꺼이."

프레데리카가 수락하자, 루나에 관한 이야기는 이걸로 끝났다.

그나저나, 루나인가. 여신교에서 꺼리는 어두운 밤을 좋아하다니 별난 녀석도 다 있군. 이 나이가 될 때까지 자신의 색을 싫어하던 내 입장에서는 실로 흥미가 생긴다.

"저기, 내 쪽에서 하나 괜찮을까?"

"네, 뭔가요?"

시빌라가 우리를 빙글 돌아보더니, 씨익 웃으면서 이자벨라를 바라봤다.

"그 대청소, 우리도 참가할게!"

……그렇게 해서, 시빌라의 독단으로 인해 도착하자마자 일이 늘었다. 뭐, 여기까지 오면서 앉아있기만 한 만큼 몸을 움직이는 게 기분도 좋아지려나. 도중 참가라서 담당 장소는 자

유다.

실제로 세인트고다트의 고아원 안을 걷고 있으니, 바깥에서 본 인상대로 상당히 넓은 건물이다. 과연 아드리아의 건물이 몇 개 들어갈까?

넓이에 비례하듯이 아이의 수도 많다. 떠들썩해서 지루함과는 연이 없어 보이는 건물이다.

하지만, 그와 동시에 『부모 없는 아이』가 이만큼 많다는 걸 의미한다.

"자, 그럼 뭐부터 시작할까."

나는 어깨를 돌리면서 1층 겨냥도를 살피며 움직였다.

입구 바로 앞은 커다란 예배당이고, 그 안쪽에 주거 구역이 이어져 있다. 넓은 방, 좁은 방, 놀이도구가 있는 방, 책이 있는 방.

에미와 자넷 두 사람은 넓은 침실 창문을 걸레로 사이좋게 청소하고 있다. 프레데리카와 마델린은 부엌 주변을 다른 수녀와 연계하면서 청소하는 모양이다.

그런데 시빌라는 어디 있냐면.

"너도 나를 시빌라라고 편하게 불러도 되니까, 싹싹하게 불러주면 굉~장히 기쁘겠네!"

"저기, 알겠습니다. 시빌라 씨."

"성실하고 신사적! 너, 굉장히 근사하고 인기 많은 미남이 될 거야! 그럼 나랑 같이 놀까!"

오자마자 느닷없이 이러고 있다.

"에잇."

"히얏?!"

시빌라의 목을 살짝 찌르고는 한숨을 섞으며 말을 걸었다.

"예상대로의 전개지만, 청소한다는 말을 꺼낸 녀석이 맨 먼저 놀 생각이 넘쳐서 어쩔 거냐."

"협력해서 청소할 생각이었어. 그 정도는 알잖아?"

"그걸로 알 수 있다면, 나는 오늘부터 회복술사를 그만두고 독심술사를 자칭하겠어."

당연하게도, 아이들이 그런 우리의 대화를 빤히 쳐다보고 있다.

"아, 나는 이 무리한 소리를 늘어놓는 고물딱지를 데리고 있는 파티의 리더, 러셀이다. 청소를 도와주게 되었으니 잘 부탁한다."

대답은 없지만, 나를 보고 고개를 끄덕이는 사람이 몇 명. 그렇게 나쁜 감촉은 아닌가.

"이 검은 오빠, 무뚝뚝하고 세상에서 제일 귀여운 나를 금방 때리는 폭력 리더지만, 사실 쑥스러움을 감추는 것뿐이고 나한테 홀딱 반했으니까 친하게 지내줘."

"한 마디 수준이 아닐 만큼 많은 설명 고맙다. 답례는 손날치기면 될까?"

"답례를 준다면 직접 만든 달콤한 케이크를 희망할게!"

대답 대신 어깨를 으쓱하며 말없이 흘려버렸다. 이런 대화도 익숙해졌다.

"……친해?"

"어디가 그렇게 보이는 건데……."

"잘 알고 있네!"

그런 대화를 본 녀석의 엉뚱한 대답이 날아오자, 시빌라는 웃으면서 끄덕이고 그 아이를 안아주는 등, 무척이나 자유롭게 굴고 있다.

청소하기 전부터 묘하게 피곤해졌군……. 정신(마음)의 피로는 【성자】에게는 천적이란 말이야.

"이 넓은 예배당을 깨끗하게 하다니, 훌륭하네! 여신님도 너희를 보고 계실 거야!"

그야 지금 보고 있으니까.

"분명 마지막에는 모두를 여신님께서 직접! 머리를 쓰다듬으러 와주시겠지!"

과연, 네가 쓰다듬어주고 싶을 뿐이군.

"그리고—."

시빌라가 순간 말을 멈췄지만, 곧바로 눈앞의 아이를 만지면서 고개를 돌렸다.

"—아무것도 아니야. 나와 함께 즐겁게 청소하자! 끝나면 분명, 프렛치…… 프레데리카 선생님이 맛있는 요리를 만들어주실 거야~!"

"와아, 기대돼!"

시빌라가 아이들을 어루만지면서 내게 얼굴을 내밀었다. ……이번에는 또 뭐냐고.

"—."

시빌라는 귓가에 살짝 속삭이고는, 얼굴을 떼어놓은 동시에 손뼉을 쳤다.

"그럼, 너는 다른 곳 담당이야. 나는 지금부터 귀여운 천사들과 여기서 즐거운 일을 하며 보낼게!"

"너와 함께 있으면 대량의 일을 떠맡게 되니까 말이지."

"잘 알고 있잖아!"

나는 등을 한 방 얻어맞으면서 시빌라의 말대로 세워져 있던 빗자루를 들고 밖으로 나갔다.

내 쪽에도 힐끔힐끔 시선을 돌리는 아이들을 향해 가볍게 어깨를 으쓱하며 답하고는, 시빌라를 턱짓으로 가리켰다. 너희가 저 기분파 여신의 상대를 해주라고.

시빌라는 즐거운 음색으로 고아원 아이들을 모으기 시작했다. 샘물처럼 샘솟는 아이들의 새된 목소리를 뒤로 들으면서, 나는 문을 지나 밖으로 나섰다.

—바깥, 루나가 엿보고 있었어. 신경 좀 써줘.

아까 시빌라는 그렇게 말했다.

그 녀석은 주변 아이들을 보살피는 가운데, 이 자리에 없는 아이를 찾고 있던 거다.

"아……."

시빌라의 말대로, 그 소녀는 문을 나오자마자 바로 발견했다.

"좋은 곳이군. 나도 함께 있어도 될까?"

나는 루나의 대답을 기다리지 않고 그녀와 마찬가지로 빗자루를 놓고는 벽에 등을 기댔다.

“검은 사람이 아닌가! ……왜 빗자루 들고 있어?”

“시빌라— 저 은발의 까불거리는 녀석이, 독단으로 느닷없이 도와주자고 정해버려서 말이지. 그리고 나는 검은 사람이 아니라 러셀이야.”

“후후후, 역시 어둠의 용사에게는 잡일 같은 건 어울리지 않는다! 하지만, 그렇다면 이런 곳에서 농땡이를 부렸다가는 무척 혼날지도 모르겠군!”

“그건 너도 마찬가지잖아.”

루나는 내 농담에 시선을 잠시 이리저리 돌리더니, 기세가 꺾인 듯 음색을 바꿔서 대답했다.

“혼나는 건, 언제나 그러니까, 괜찮아.”

“언제나, 라. 이렇게 땡땡이치는 건?”

“……지시를 지키지 않는 건 아니야. 그래도, 똑같은 것에 맞추는 건 싫어. 태양의 여신을 신앙하고, 매일 여신에게 감사를 바치는 건 재미없어.”

흐응. 이런 녀석도 있군.

모두가 믿는 종교. 그것도 직접적으로 직업(잡)이라는 은총을 내리는 힘을 가진 여신이다.

“그렇게 생각하게 된 경위를 알고 싶은데.”

“……말할 수 없어. 검은 사람이라도 안 돼.”

그다지 말할 마음은 없어 보인다. 그나저나 말투로 봐서는, 아무래도 다른 녀석보다도 『검은 사람』이 마음의 거리가 더 가까운 것 같다.

"그럼 상관없어. 그래, 그 대신—."

그래. 역시 여기서 그걸 물어보고 싶다.

이 녀석을 신경 써주는 것보다는, 내가 개인적인 흥미가 있다는 의미다.

"—『암흑용사』라고 했었나? 그 녀석의 이야기를 들려주지 않겠어?"

그 단어가 나온 순간, 눈을 크게 뜨고는 나를 힘차게 돌아봤다.

검은 흑발의 틈새에서 오른눈이 보였다. 왼눈은 파란색, 오른눈은 금색. 확실히 오드아이라고 하는 거였던가.

"너, 암흑용사에 흥미가 있는 거냐!"

"들어본 적이 없어서 말이지. 실로 흥미가 있어."

"그런가, 그렇게 알고 싶나. 그럼 어쩔 수 없지."

내 대답에 기분이 좋아진 루나는 기쁜 듯이 중얼거리며 팔짱을 끼며 고개를 끄덕였다.

"후후후. 그럼 가르쳐주마, 검은 자여. 암흑용사란, 이 세상에 있는 그림자의 영웅이다!"

루나의 말투가 열기를 띠기 시작했다.

눈은 반짝반짝 빛나서, 그 금색 눈이 진짜 빛나는 게 아닌가 착각할 정도다.

"낮에는 모두가 그 존재를 알아채지 못하는 평범한 자. 그러나 그것은 세상에 숨어들기 위한 임시 모습. 어둠의 영웅은 낮에는 활동하지 않는 거다."

"그렇다면, 밤인가."

"그렇다!"

주먹을 가슴 앞에서 꽉 움켜쥐고, 상기된 얼굴로 입꼬리를 들었다.

"비밀이라면서? 너무 큰소리로 말할 수는 없겠는데."

"앗."

루나는 내 지적에 깜짝 놀라서 누구에게 들리지 않았는지 주변을 확인했다.

"위험했어……. 그래, 칠흑의 영웅은 남들에게 알려져서는 안 돼."

그 영웅, 그림자였다가 어둠이었다 칠흑이었다 바쁘군.

"세상에는 다양한 던전이 자연 발생하고 있다. 그러나 표면적인 용사의 숫자는 던전의 숫자에 비해 결코 많지 않아. 그러나 마물이 들판에 흘러나오는 일은 적다. 어째서인가?"

"즉, 그 암흑용사가 마왕을 쓰러뜨리고 있다?"

"바로 그거다. 빛을 내보내지 않는 어둠의 힘으로 사람들을 그림자에서 구하는, 결코 눈에 띄지는 않아도 누구보다도 활약하는 자. 진정한 영웅이자, 그림자에 숨은 실력자이기도 하지."

반쯤 재미로 듣고 있었지만…… 꽤 놀랍다. 그림자의 영웅 어쩌고 하는 건 틀림없이 우리의 활약 그 자체였다. ……이 녀석이 나를 가리켜서 하는 말이 아니라는 걸 머리로는 알고 있지만, 조금 쑥스럽기는 하군.

"하지만……. 그래도……."

그러더니, 루나는 갑자기 목소리를 죽이면서 고개를 숙였다. 조금 전까지 태양빛에 지지 않을 만큼 반짝이던 눈동자는 긴 앞머리에 가려져서 보기 어려워졌다.

"……사실은, 그런 사람은 없을지도 몰라. 아니, 아마 없어."

"갑자기 왜 그래? 믿고 있는 것 아니었나? 어둠의 영웅을."

"그치만—."

루나는 고개를 들고 내 눈을 보면서, 쥐어짜듯이 중얼거렸다.

"—그런 영웅이 있다면, 분명 나를 구해줬을 테니까."

그 작은 목소리에, 심장이 붙잡힌 감각에 휩싸였다.

나는 이 아이에 대해 전혀 모른다. 그러나, 그래도 몇 가지 알 수 있는 게 있다.

암흑용사를 믿고 있다는 것, 고아원에서는 주변에 녹아들지 못하고 있다는 것.

그리고— 부모가 이 아이를 버렸다는 것이다.

다부지게 행동하고, 우쭐대는 것처럼 보이지만, 그건 어쩌면 불안감의 반대 표현일지도 모른다. 아마 이 아이가 지금처럼 생각하게 된 이유는…….

태양의 여신을 신앙하지 않는다. 이 나라에서 그 생각은 이단일지도 모른다.

그러나, 그렇다면 나 정도는 아군이 되어줘도 되겠지.

"있어."

"……어?"

"암흑용사는 있어. 나도 들어본 적은 있고, 실제로 용사가 오지 않았던 던전이 공략되었다는 이야기를 들은 적이 있거든."

내 말을 듣자, 조금 전까지 시무룩해져 있던 루나의 눈이 크게 뜨였다.

"확실히, 던전 공략은 여신교의 용사만이 일임하고 있지."

『태양의 여신교』는 던전 공략 능력을 모든 인간에게 주고 있다. 단, 길드에서는『가급적 중층까지』라고 가르친다.

하층에 들어가는 베테랑도 확실히 있지만, 그건 어디까지나 자기 책임. 현재, 【용사】 및 그에 관련된 직업(잡) 말고는 마왕을 토벌한 기록이 없다.

그런 무모한 도전은 여신교의 기본 사상인『생명을 무엇보다도 최우선』이라는 가르침에서는 그다지 바람직하지 않은 행위다. 그러므로 던전 하층까지 들어가는 사람은 적다. 뭐, 교리 때문이 아니어도 죽음과 마주하는 환경에 기꺼이 들어가려는 사람은 아마 없겠지.

"그러니까, 힘을 가진 용사 파티만이 던전의 마왕을 토벌하는 거다. 그렇게 던전 바깥의 평화를 지키고 있는 거지. ……그런 것치고는, 공략이 끝난 던전의 숫자가 한 세대에 한 명 나오는 용사에 비해서 묘하게 많단 말이지."

"그, 그럼 암흑용사는……!"

나는 루나에게 시선을 맞추며 단호하게 끄덕였다.

"—반드시, 있을 거다. 그림자의 영웅은, 지금도 어딘가에서 던전을 공략하고 있어."

내 말을 듣자, 루나는 겨우 표정을 되돌렸다.

"후, 후하하하하! 역시 나의 생각은 옳았어! 검은 사람, 그대도 그렇게 생각나는 거구나!"

"검은 사람이 아니라 러셀이야."

"저, 저기, 응! 러셀! 저기…… 그게. 좋은 녀석이구나!"

겨우 내 이름을 기억한 모양이다.

완전히 밝아진 루나는 내 몸을 찰싹찰싹 두드렸다.

"앗……. 그러고 보니 계속 땡땡이치고 있었는데, 러셀은 괜찮아? 나는 이미 익숙하지만."

조금 신경 쓰고 있잖아. 역시 뿌리는 성실하군.

그럼, 이 녀석의 아군이 되어주겠다고 정한 나의 대답은 이거다.

"좋지는 않지. 뭐, 그때는 같이 혼나자고."

내 대답을 듣자, 루나는 하얀 이를 드러내면서 활짝 웃으며 끄덕였다.

04 태양의 여신을 만나는 날까지, 왕도를 돌아본다

"—그래서, 결국 너는 바깥 청소를 하지 않았다는 건가."

평소 표정이 빈곤한 자넷이, 그래도 명확하게 입가의 힘을 풀며 고개를 끄덕였다.

그로부터 이자벨라가 청소 위치 점검을 실시하면서 대청소는 종료되었다. 고아들에게는 우리를 프레데리카의 친구라는 걸로 간단하게 소개했다.

참고로 시빌라는 이미 아이들이 이름으로 부르며 달라붙을 만큼 친해졌다. 빠르잖아.

"확실히 그런 아이는 섣불리 다른 아이들에게 끼워넣는 것보다는 누구라도 좋으니까 마음을 터놓는 사람이 있는 게 좋아. 하지만 그 성실 일변도였던 러셀이 땡땡이를 들고나올 줄이야."

"왜? 문제라도 있나?"

"아니? 오히려 기쁜 거야."

자넷은 나의 대응에 뜻밖의 감상을 남겼다.

"지금이 더 좋아. 오히려 지금까지 너무 성실했으니까 마음의 부담을 전부 떠안고 있지 않나 걱정했던 적도 있어."

"오, 건방지게도 지식 쪽의 부담을 전부 떠안아왔던 녀석이 뭔가 말하고 있는데. 자기가 걱정을 끼쳐왔다는 것도 모르는 표정이야."

내가 말을 돌려주자, 자넷은 재미있을 만큼 눈을 크게 뜨며 침묵했다.

내가 생각해도 좋은 반박이었다.

"후후, 러셀은 정말로 변했네. 그런 것도 포함해서 지금이 좋아. 하지만—."

자넷은 몸을 내밀고는 내 이마를 살짝 찔렀다.

"그런 건방진 소리를 하려면, 적어도 나에게 지식량에서 이기고 나서 해야지."

"그럼, 평생 그쪽의 걱정은 못 하겠군."

"그건 정말 좋은 일이네. 지식에 관해 부담을 느낀 적은 정말로 한 번도 없어. 취미라고나 할까, 나에게는 놀이 같은 셈이니까."

한 걸음 내디뎠다고 생각했는데, 또 한 걸음 물러나게 되었다.

뭐, 이런 가벼운 응수를 할 수 있게 된 것만으로도 지금은 다행이다.

"이야기를 되돌리자. 루나가 러셀에게 마음을 터놓게 된 건 좋은 경향이라고 생각해. 아무래도 『태양의 여신교』의 중심지인 이곳에서 루나의 생각은 이단이니까."

"그렇겠지. 하지만, 이야기를 나눠본 바로는 일반적인 대화도 충분히 가능하고, 근본은 좋은 녀석이야."

그게 아니었다면 처음부터 청소를 돕지는 않았을 테니까.

내가 빗자루로 낙엽을 모으기 시작하는 걸 보고 처음에는 놀랐다. 그러나 『가만히 있는 게 피곤하지 않나?』라고 말을 걸자, 곧바로 수긍하고는 함께 청소를 시작했다.

“내가 처음 보고 든 인상인데, 암흑용사라는 걸 믿는 부분도 태양의 여신교가 자신을 행복하게 해주지 않았다는 것에 대한 반발심이 있는 거겠지.”

“러셀…….”

에미가 걱정스레 나를 바라봤다. ……그랬지. 에미에게는 내가 태양의 여신을 믿지 않게 된 이야기를 했었다. 자넷도 아마 예상하고는 있을 거다.

“그러니까 뭐랄까……. 그 녀석의 마음, 아마 다른 누구보다도 내가 잘 안다고 생각해. 그러니까, 시빌라.”

“응.”

분명 나의 생각은 이해하고 있을 파트너에게 제안했다.

“루나는 맡겨둬. 루나 말고는 맡기겠어. 너라면 전부 상대하는 정도는 여유롭겠지.”

“서비스 타임이네! 즐겨야겠어!”

시빌라는 실로 믿음직한 미소와 함께 엄지를 들었다.

이걸로 루나의 걱정거리는 어느 정도 해소되었다.

“아니, 이래서는 마치 내가 아이들에게 놀아나는 것 같잖아?!”

“……사실 아닌가?”

“그렇게 진지하게 답변하다니?!”

“에미와 자넷도 시빌라를 돌봐줘.”

"어느새 내가 돌봄을 받는 아이 측이 되어버렸는데?!"

에미는 쓴웃음을 지었고, 자넷은 당연하다는 듯 끄덕였다. 뭐, 평소의 행실 때문이겠지.

"그러고 보니."

나는 왕도 방문의 계기가 되었던 녹색의【현자】를 떠올렸다.

"마델린은 어쩌고 있지?"

여기서 질문해도 해답은 얻을 수 없을 것 같았지만, 의외로 에미가 대답했다.

"마델린 씨는 말이지. 프레데리카 씨를 돕는다고 들었어."

"그런가. 가능하다면 던전 탐색에서 협력을 받고 싶었는데—."

"아니, 무리겠지."

내 별것 아닌 말에 자넷이 부정의 말을 던졌다.

"내 곁에 있는 게 거북할 거야. 그녀는 분명『신경 쓰지 마』라고 해도 신경을 써버리는 성실한 타입이야. 나의 잘못인 것도, 그녀의 잘못인 것도 아니지만……."

"서로 조금 진정될 때까지 거리를 두는 게 좋다는 건가."

자넷이 조금 낙담한 기색으로 끄덕이자, 시빌라가 약간 어이없다는 듯 머리를 긁적였다.

"그녀의 내면은 그녀밖에 해결할 수 없어. 우선은 이쪽 예정을 정하자."

시빌라의 말에 우리도 자세를 다잡았다. 여기에 온 목적은 고아를 돌보는 게 아니다.

우리는, 태양의 여신을 만나러 이곳까지 온 거다.

"일단 사전에 갈 거야~, 라고 전해두기는 했지만. 순서를 기다려야 한단 말이지."

"태양의 여신이란 무척 인기인가 보군."

"그야 그렇지. 다른 사람들도 예전부터 그날이라고 정해두고 움직이는 거니까, 빠른 편이야."

"빠른 편이라는 건, 구체적인 일시는 정해졌다는 건가?"

"그건 명시되어 있어. 다음 주 낮이야."

다음 주, 낮……!

『태양의 여신과의 면회』라는 커다란 무대가 목전으로 다가왔다는 걸 새삼 의식하게 된다. 만나서 무엇을 이야기할까? 상대는 어떤 반응을 보일까? 게다가… 나는 냉정하게 있을 수 있을까? 지금부터 각오를 다져야만 한다.

여신교에서는 태양의 여신이 우리에게 직업(잡)을 수여한다고 가르친다.

그렇다면, 내가【성자】가 된 것도…… 빈스가【용사】가 된 것도.

샬럿이라는 여신의 지시라는 뜻이 되겠지.

나도 예전에는 여신이 좀 더 개념적인 존재라고 생각했었다.

그러나, 그런 건 눈앞의 인간미 가득한 여신의 존재로 뒤집어졌다.

—여신은 지금도, 자아를 가지고 이 세계에 있다.

아마 다른 여신도 그렇겠지.

어째서 내가 추방당하는 사태가 벌어졌는가.

어째서 빈스가 사랑의 여신에게 납치당하는 사태가 벌어졌는가.

모든 걸 직접 물어볼 날은 가깝다.

"……하지만 그렇게 되면, 다음 주까지는 예정이 없나."

"음~, 그러게. 내일 이후에 어디 가고 싶은 곳이라도 있어?"

에미와 자넷에게도 시선을 보냈다. 가고 싶은 곳이라면 한다면.

"전제를 두자면, 우리 세 사람 모두 왕도는 처음이야. 무엇이 있는지 그 자체를 몰라."

"그야 그렇겠네. 기본적으로 뭐든지 있어. 무구나 복식 점포, 큰길에는 노점. 레스토랑도 술집도 충실해. 연극, 연주회, 미술관, 이후에는— 투기회는 없다는 정도일까?"

"투기회?"

"문자 그대로, 많은 이들이 모여서 대전을 관전하는 거야. 하지만 목검이라고 해도 많은 이들 앞에서 승패를 가리는, 이른바 남자의 오기 같은 것이 드러나는 대회는 생명의 위기가 있다는 이유를 들어서 여왕 명령으로 금지되었어. 여전히 있는 건 이웃인 황제가 다스리는 동쪽의 바트 제국이네."

과연. 확실히 승패에 고집하게 되면 오기를 부리게 되겠지. 애초에 직업을 얻으면서까지 싸우고 싶다면 마물과 싸우면 된다.

이웃인 제국에는 있다고 하는데……. 분명 이 나라와는 다른 분위기를 가진 곳이겠지.

이야기를 듣던 에미가 조심스럽게 손을 들었다.

"저~기……. 옷하고 액세서리하고, 레스토랑에 흥미가 있어요오……."

실로 에미다운 초이스였다. 그러나 이럴 때는 자신의 희망을 솔직하게 말해주는 사람이 있는 게 더 고맙다.

"나는 그래도 상관없는데, 자넷은 어때?"

"응. 나도 그걸로. 남는 시간에는 노점이라도 어슬렁거리며 돌아보자."

그렇게 해서, 내일은 왕도의 가게를 돌아보기로 했다.

세인트고다트의 거리는 정말로 어디를 걸어도 하몬드와는 달랐다.

낡은 고아원 주변에도 세월이 느껴지는 주택가가 늘어서 있고, 일상생활에 필요한 가게도 충분하다.

공터도 없다. 왜냐하면 놀 장소로는 정비된 공원이 이미 있기 때문이다.

본 적도 없는 도구로 노는 아이 딸린 가족들을 곁눈질하며 다음 구획으로 향했다.

"완성된 도시라는 느낌이네."

"그 표현은 조금 달라."

시빌라는 가게 간판을 바라보면서 내 중얼거림을 부정했다.

"성벽 내부의 미완성 부분을 모두 메운 도시이자, 현재 진행형으로 새로이 달라지는 도시야. 완성형 같은 건 없어. 항상 새로운 걸 추구하며 끊임없이 변화하고 있거든."

항상 새로운 걸 추구하며, 그렇기에 계속 변한다. 그래서 모두가 이 도시의『새로운 무언가』를 찾아 이주를 희망하는 건가.

"나는 완성이라든가, 완벽이라든가, 그런 건 일장일단이 있다고 생각하거든."

"즉, 완성되면 거기서부터는 더 발전하지 않는다는 건가."

"잘 알고 있잖아."

그야 그런 표현을 쓰면 말이지.

시빌라에게 있어서, 이 발전된 도시는 분명『완성되지 않았기에 좋은 도시』인 거겠지.

목적지였던 가게로 들어가는 도중, 한창 간판을 달고 있는 신규 점포와 그 가게를 체크하는 것으로 보이는 여성 그룹을 발견했다.

아무래도 옷가게 신규 점포인지, 에미와 자넷도 가게 안을 들여다봤다.

발전하는 도시의 수요와 공급인가. 과연. 이건 이주하는 사람도 늘어날 만하군.

세인트고다트의 레스토랑은 나에게는 그다지 익숙하지 않은 타입의 가게였다.

고급스러움이 감도는 조용한 가게로, 그룹마다 방이 확실하게 나뉘어 있다.

"어서 오세요."

"네 명이야. 2층 창가 자리, 비어있어?"

"잠시만 기다려 주세요."

시빌라는 익숙한 기색으로 대화를 나누고, 점원의 긍정을 확인한 뒤 계단을 올랐다.

가게 안은 바깥의 소란이 전혀 들리지 않고 조용해서, 비유가 아니라 실제로 따스한 분위기에 휩싸여 있었다.

자넷은 모자를 벗고, 나도 로브를 벗어서 가게 안을 돌아봤다.

"무척이나 지내기 편한 가게야. 하몬드의 레스토랑과 비교하면 조용한 게 신기하네. 바깥은 오히려 세인트고다트 쪽이 떠들썩할 정도인데."

"어라? 알아챘어?"

시빌라는 자리에 앉아서 벗은 장갑으로 창문을 두드렸다.

"이 창문이야. 평범한 유리창으로 보이겠지만."

"일반적인 것보다 두꺼운가?"

"네. 러셀, 오답. 정답권 1회 휴식이네."

그 정답권이라는 건 대체 뭐야……. 내가 지적하기도 전에 자넷이 눈을 휘둥그레 뜨며 중얼거렸다.

"이건, 혹시 유리판이 두 장?"

"정답! 관찰력도 있네~!"

흐응, 창문 하나만 봐도 다른 도시에서는 본 적이 없는 구조다. 솔직히 테이블에 늘어서 있는 조미료의 숫자도 이상하게 종류가 많고, 형태도 독특한 게 많다.

모든 것이 새롭고, 그런 데다 최신의 것들이 더욱 최신의 것으로 차례차례 바뀐다.

이 도시에 사느냐 마느냐에 따라 보내는 시대 그 자체가 완전히 달라지는 듯한 착각마저 든다. 그야말로 상식의 수준이 달라질 정도로.

"앗, 점원 씨, 풀코스 A 4인으로 부탁해. 이후에는 와인을……. 맞다. 그럼 이거. 병으로, 잔은 하나."

시빌라가 우리 대신 주문했다……. 아니, 아침부터 혼자 마실 생각이 넘쳐나잖아.

그런 시빌라에게 태클을 걸던 와중에 금방 첫번째 요리가 나왔다.

잎채소에 형태도 색도 다른 치즈가 많이 올라가 있다. 점원이 진열할 때 조금 설명했는데, 아무래도 다른 나라의 요리인 모양이다.

포크로 하나를 찍어서 입에 옮기자…….

"……흐음, 맛있네."

역시 시빌라가 추천한 만큼 무척 맛있었다. 이거라면 기대할 수 있을 것 같다.

처음 샐러드도, 다음에 나온 수프도, 전혀 먹어본 적이 없는 맛이다. 프레데리카도 요리에는 공을 들이고 있지만, 이곳의 요리는 애초에 사용하는 재료가 다르다는 느낌이다.

나는 바구니에 담긴 갓 구운 빵과 테이블에 진열된 형형색색의 잼을 에미가 기뻐하면서 맛보는 모습을 바라보면서 질문을 하나 던졌다.

"이럴 때 꺼낼 화제는 아니겠지만, 세인트고다트에도 던전이 있는 거겠지?"

"잡담도 식사의 묘미지. 세인트고다트의 던전은 특별히 큰 것 하나와 작은 것이 두 개. 그리고 이미 메워져서 현재는 유적이 된 게 세 개야. 당연히 모든 마왕이 토벌되었지."

그렇겠지. 용사 파티도 당연히 왕도에 체류할 확률이 높고, 그동안 이 왕도의 던전을 공략하지 않는다는 건 있을 수 없으니까.

우리는 처음에 아드리아에 가까운 하몬드를 거점으로 골랐지만, 선택지로는 세인트고다트라도 상관없었다. 그러나 처음에 하몬드의 넓이를 실감하고, 굳이 고향에서 먼 왕도까지 가려고 하지 않았을 뿐이다.

"아, 빵 더 먹을래? 여기는 아무리 많이 먹어도 무료거든."

"진짜요?! 아싸!"

고민하는 사이 눈앞에서 빵의 산이 한 번 사라졌다 다시 나타났는데……. 이거야 원, 고민하는 건 다 먹고 나서 할까.

그로부터 본 적도 없는 식재료와 혀로 입맛을 다시면서 조미료 부류도 접했다.

손가락으로 살짝 누르기만 해도 마력을 이용해 자동으로 움직이는 제분기. 시빌라가 놀란 걸 보니, 아무래도 꽤 새로운 것인 모양이다.

마지막에는 스페셜 간식 6종 곱빼기라는 괴물을 한 입씩 먹고 에미에게 넘겨준 뒤, 만족스러운 식사를 마쳤다.

"저기~, 빵은 아직 더 받을 수 있나요?"

"가능합니다만……. 저기, 괜찮으신가요?"

"굉장히 맛있었어요!"

점원과 에미의 좀처럼 맞물리지 않는 대화를 들으면서 시빌라는 그대로 웃었고, 자넷은 익숙한 기색으로 블랙커피를 마셨다.

"조금 더 있을 거지? 돈은 내가 내겠어."

"오, 통이 크네! 비싸거든~?"

빈 와인잔을 손가락으로 흔드는 시빌라를 보고 조금 후회가 들었지만, 마델라에서의 소재 회수 양도금을 떠올리며 생각을 고쳤다.

이번 밥값을 낼 수 있을 정도의 추가 보수는 저 억척스럽고 욕심 많은 여신에게 받았단 말이지. 뭐, 이것도 빚 하나로 달아두기로 할까.

—모두와 떨어져서 혼자가 되어서 그런지, 조금 고민할 시간이 생겼다.

세인트고다트 고아원. 나도 고아원에서 자랐기에 그 녀석들에게 친근감을 느낀다.

루나. 예쁜 흑발과 좌우 색이 다른 눈동자. 알맹이는 무척이나 독특하지만, 이야기를 나눠보니 솔직한 마음이 있다는 걸 알 수 있는 아이였다.

태양의 여신교. 여신에게 받은 것. 여신에게 감사하는 전 세계 사람들. 그것에 의문을 가지는 사람이니만큼, 나는 루나의 곁에 서 있다고 선언할 수 있다.

분명 그 아이는 그렇게 될 만한 배경이 있다. 내가 그랬듯이.

그 아이의 마음속에 있는 태양의 여신교를 향한 반발심은 나와 원류가 가까울 거다. 그러니 나는 누구보다도 루나의 마음을…… 우왓, 시빌라의 와인, 풀 코스보다 비싸잖아!

아아, 정말……. 루나도 저 어리광쟁이 여신 정도로 뻔뻔스럽게 살아가는 법을 배우는 게 좋을 것 같은데. 은근히 진심이다.

뭐랄까, 이런 곳에서 깨작깨작 생각해봤자 별수 없다. 일단 방향성만 정하고, 이후에는 행동으로 제시하기로 할까.

지불을 마치고 자리로 돌아가자, 빵은 깔끔하게 사라진 상태였다.

"에미, 이제 만족했어?"

"이젠 배가 꽉 찼어. 맛있었어어."

에미가 일어나는 모습을 자넷이 뭐라 말할 수 없는 경악한 표정으로 보고 있었다. 아니, 에미의 대식가 기질은 익숙하잖아?

나의 의문을 짐작했는지, 시빌라가 쓴웃음을 지으며 다가왔다.

"저 빵 바구니, 그 이후로 두 번 더 왔거든."

진짜냐. 에미, 명백하게 위장이 늘어났군…….

점심 식사 후에도 시간이 있다……. 그보다, 태양의 여신을 만나는 것 말고는 용건이 없다.

"이봐, 시빌라. 세인트고다트의 던전은 지금도 사용되고 있는 거지?"

"그야 물론이지. 특히 커다란 제2던전은 원래 규모가 장난 아니거든. 가볼래?"

"오늘 당장 가자는 건 아니지만, 아무리 그래도 정해진 날까지 많이 남았으니 말이지. 몸도 둔해질 것 같아."

개인적으로 왕도의 던전이라는 것에 흥미가 있다는 것이 하나.

또 하나는, 모의전을 하려고 해도 넓고 자유롭게 움직일 공터가 적다.

모든 토지가 개발된 도시의 생각지 못한 약점이다.

"두 사람은 어쩔 거지?"

"러셀이 던전에 간다면 나도 갈게!"

에미가 동행을 제시한 반면, 자넷은 고개를 저었다.

"나는 대기하려고 해. 던전에 들어가면 하루 내내 있어야 하니까, 긴급할 때가 아닌 한 누군가가 고아원에 남아있는 게 좋아."

"알았어. 자넷이 남아준다면 우리도 안심할 수 있지."

"응."

일단 후일 예정이 생긴 참에, 오늘은 지금부터 뭘 할까.

"시빌라가 보기에 추천하는 가게 같은 건 있나?"

"있다면 있지만, 없다면 없네."

그 애매한 대답은 뭐야?

"딱히 이상한 소리를 하는 건 아니야. 요컨대, 내가 예전에 왔을 때는 최신이었던 가게가 이제는 최신이 아니게 되었다는 거지."

아아, 그런 관점은 생각하지 못했군. 아드리아는 옷가게도 무기점도 가구점도 마을에 하나밖에 없었고, 그거면 충분했다. 우리는 가게에 선택지가 있다는 시점에서 도회지라고 생각하고 있었으니까, 좋은 가게를 고른다는 기점부터가 다른 건가.

물론 여자 두 명은 시빌라의 말에 완전히 흥미진진해 보였다.

"그럼, 어슬렁거리면서 돌아보는 느낌이네요!"

"응. 그걸로 가자."

생각해 보면 세이리스에서도 마델라에서도 어느 정도 도시를 잘 아는 시빌라가 도시 안내나 소개를 맡고 있었다. 그런 시빌라의 지식마저도 낡아질 만큼 발전이 현저한 도시, 세인트고다트.

이렇게 명확한 목적지가 없는 상태에서 돌아다니는 것도 꽤 괜찮군.

왕도는 어디를 걸어도 신경 쓰이는 가게뿐이고, 막상 들어가려고 해도『어디든 괜찮음』이라서 반대로 어디에도 들어가지 못해서 곤란해진다. 기쁜 비명이라고 해야 할까. 에미도 자넷도 특정 가게를 고르지 못하고 다수의 가게를 돌아보는 사치를 한껏 즐기고 있었다.

바깥에서 바라보며 어슬렁어슬렁 걷고 있자, 문득 하나의 가게가 눈에 들어왔다.

"악기 가게인가."

하몬드의 거리에도 악기 케이스를 요금 상자로 삼아 연주하는 음유시인이 있었다. 그들이 연주하는 악곡은 모두 좋았지만, 왕도에 전문 가게가 있었나.

가게 안에는 익숙한 형태는 물론이거니와 신기한 형태를 한 악기나 소리를 전혀 상상할 수 없는 복잡한 형태를 가진 것까지 다양한 악기가 있었다.

"……흠."

여기서 자넷이 흥미를 보이면서 가게 안으로 들어가 작은 하프를 들고 앉았다.

현은 10개 정도인가. 동그란 호 안쪽에 하얀 실이 걸려있다.

자넷은 손에 든 악기의 현을 하나씩 순서대로 튕겨본 뒤, 검은 현을 두 개 동시에 튕기더니 마지막으로는 검은색과 붉은색 현을 동시에 튕겼다. 소리를 확인하고 고개를 끄덕인 뒤…… 놀라운 행동에 나섰다.

"……거짓마알……."

놀랍게도, 자넷이 그 자리에서 명확하게 노래라는 걸 알 수 있는 연주를 시작한 거다. 처음에는 상당히 천천히 반복하기만 할 뿐이었지만, 확실히 하몬드에서 음유시인이 연주하던 노래다.

방금 자넷의 행동에 놀라서 목소리를 낸 건 시빌라다.

"이봐, 자넷. 악기를 누군가가 만지게 해준 적이 있는 거냐?"

"아니? 지금 처음 만져봤어."

아니, 이봐. 거짓말이지? 너, 머리가 좋은 것도 최소한 인간의 범주 안에는 들어달라고.

에미를 보자, 저쪽도 입을 반쯤 벌리고 나를 보고 있었다. 매번 자넷에게 놀라기만 하는 우리지만, 오늘의 이건 이미 얼굴을 마주할 수밖에 없다.

"—절대 음감."

그런 우리의 반응을 보고 시빌라가 들어본 적 없는 단어를 중얼거렸다.

"절대 음감이라는 게 뭐야?"

"어머? 러셀은 몰라?"

"어? 잠깐, 러셀은 몰라?"

시빌라의 대답에 자넷이 똑같은 반응을 거듭해 왔다. 아니, 왜 네가 놀라는 건데.

"절대 음감은 『음정』을 판별하는 능력이야. 예를 들면 내 목소리는 높고, 러셀은 낮잖아. 그게 어느 정도의 높이인지를 정확하게 판별할 수 있는 거야. 소리를 기억하는 거지."

그건 처음 들었군. ……응? 그렇다면 자넷에게는 절대 음감이 있는 건가.

나의 의문에 자넷이 악기를 내려놓고 이마를 누르며 신음했다.

"……아, 완전히 내 실수야. 러셀에게 그 책을 소개하는 걸 잊어버리고 있었나."

"그게 절대 음감에 관한 책인가?"

"전문이라는 건 아니지만 말이지. 그저 책을 열면 안이 공동으로 되어있고, 소리굽쇠라는 정확한 음정을 발하는 도구가 들어있는 기믹 북이 있었어."

"그건 이미 책이 아니잖아."

"일단 책도 세트였으니까 편의상 책이라고 말하지만, 정확하게는 책의 형태를 한 나무 상자네."

역시 그 지하 도서실, 일반적인 도서실과는 너무 동떨어져 있다. 대체 그런 걸 만든 녀석은 누구지? 애초에 그런 재미있는 것, 서점에는 절대로 없을 거라고.

"아, 떠올려 보니……. 낮에 밖에서 울리는 건 눈에 띄고, 밤에 울리는 건 폐가 되니까 낮에 나 혼자 쓰고 있었지……."

낮에 나는 빈스, 에미와 함께 밖에서 놀고 있다. 자넷과 책을 읽는 건 밤이다.

자넷은 모두가 잠든 시간대에는 나와 함께 조용히 책을 읽는다. 소리를 내거나 하지는 않는다. 확실히 내가 자력으로 찾아내지 않으면 그 책에 도달할 가능성은 전혀 없었다.

"절대 음감은 후천적으로 습득하기 어려워……."

"그럼 내가 지금부터 배워도 그 음감이라는 건 손에 넣을 수 없는 건가."

"말하는 걸 잊어버렸어. 지식을 독점하고 말아서 미안해."

"사과하지 마. 딱히 돈을 내서 교사로 고용한 것도 아니니까. 나를 위해 시간을 내줬던 것에 감사할지언정 재능의 결락 정도로 원망하지는 않아."

예전 자넷의 본심을 들은 뒤에 생각해 보면, 오히려 압도적 상위자로 지식을 독점하지 않고 나에게 가르쳐준 시점에서 너무나도 고마운 일이다.

여러모로 도움을 받았다. 어째서 이렇게나 나와의 시간을 가지려 하는지 궁금할 정도로 말이지.

"……아얏. 뭐냐? 시빌라."

"지금 나는 너에게 태클을 걸어야만 한다는 전파를 수신했어."

전파라니 뭐냐고. 뜬금없는 여신이 변함없이 또 영문 모를 소리를 하고 있다. 그런 이상한 건 수신 거부하라고. 너무 집어 먹으면 배탈이 날걸.

"이야기를 되돌리는데, 터무니없는 재능이야. 실제 연주자가 유년기부터 음정에 익숙해지고 친근해지더라도 습득하려면 태생적으로 가진 재능 유무가 필수야. 수녀라도 노래라면 모를까 악기 연주라면 동경하는 사람이 많지 않을까?"

"그런가요. ……이런 취미도, 좋네……. 계속 만질 수 있어."

자넷은 손에 든 하프의 윤곽을 손가락으로 어루만지면서 현을 하나씩 튕기며 눈을 감았다.

다시 무언가를 연주하려다가…… 어째서인지 인접한 두 개의 현을 반복해서 튕겼다. 직후, 가게를 돌아보자…… 비슷한 크기를 가진, 조금 겉모습이 호화로운 수금이 눈에 들어왔다.

갖고 싶다는 듯 손을 뻗었다가…… 쓴웃음을 지으며 고개를 흔들더니 손을 무릎 위로 내렸다.

"악기에 따라 조바꿈 없이 연주할 수 없는 음계도 알 수 있나 보네. 모처럼 이렇게 됐으니까—."

시빌라는 가게 안쪽에 있는, 묘하게 금속 부품이 많은 악기

하나를 들었다.

“이거 하나, 태그로 지불할게.”

즉시 구입하고는 케이스에 든 그걸 느닷없이 자넷에게 건네줬다.

“……어? 저한테 주시는 건가요?”

“그럼. 구원하러 와줘서 그 캐슬린…… 케이티를 압도한 자넷에게 내가 개인적으로 주고 싶으니까, 선물로 줄게.”

“가, 감사합니다. 그래도 이거, 가장 비싼 형태 아닌가요?”

“괜찮아. 또 하나의 이유는…… 내일쯤 우리는 다들 던전에 들어가잖아? 이 도시에 책이 없는 이상, 자넷에게는 지루할지도 몰라. 그러니까 그 악기로 시간을 때우는 것도 좋고, 뭣하면 아이들 앞에서 연주해 준다면 나로서도 굉장히 굉장히 기쁠 거고, 도움도 될 거야.”

그런가. 시빌라는 자넷에게 답례하는 것과 함께 그 고아원에서 혼자 있는 시간을 때울 것을 산 건가. 동시에 자신이 없을 때 돌봐줄 수 있는 도구를 준비한 거다.

“그렇지만, 자넷에게 도움을 받은 건 나도 마찬가지야. 그럼 나도 어느 정도는 냈을 텐데.”

“러셀. 시빌라 씨의 와인, 꽤 비쌌잖아?”

윽, 자넷은 변함없이 용케 알아채는군……! 그건 정말로 비쌌다. 눈을 반쯤 뜨고 시빌라를 노려보자, 양손의 손가락을 두 개 세우면서 활짝 미소를 짓고 있었다. 정말 근사한 미소다. 이거야 원.

우리의 대화를 지켜보던 자넷이 재미있다는 듯 조용히 웃었다.

"후훗, 호흡이 딱 맞네. ……나는 말이지. 그 풀코스를 내준 것만으로도 충분하고도 남을 만큼 기뻤어."

"그런 건가?"

"그런 거야. ……그런 것보다, 도우러 간 게 나쁜이었어?"

자넷이 눈짓으로 가리킨 곳을 보자, 그곳에는 기대감에 눈을 반짝이는 에미가 있었다. 너무나도 눈이 반짝반짝 빛나고 있어서 기가 죽을 만큼, 실로 눈부신 얼굴이었다…….

결국, 오늘 체크한 옷가게에 후일 함께 가는 걸로 결정이 일치했다. 슬쩍 둘러본 정도로 마음에 든 장소를 제대로 선정하는 걸 보면, 여자들의 관찰안은 대단하다.

"슬슬 적당한 시간이 되었네."

오늘은 이만 돌아가기로 할까. 내일부터는 세인트고다트의 던전이다.

다음 날 아침, 우리는 수금을 든 자넷의 변함없는 대답을 들으면서 고아원을 나섰다.

"그럼 갔다올게."

"응."

던전으로 가는 우리를 배웅하기 위해서인지, 자넷 뒤에서 이쪽에 얼굴을 내민 아이들이 우르르 나왔다.

"시빌라, 오늘은 어디로 가?"

"훗훗훗, 오늘의 나는 던전에서 멋지게 활약할 거야! 이 천재

미소녀 마도사 시빌라에게 러셀도 에미도 푹 빠져있는 거지!"

"정말~? 뒤에서 적당히 땡땡이치는 방법만 생각하고 있는 거 아냐~?"

"으극?!"

오오, 굉장하네. 소년. 시빌라를 실로 잘 지켜봤다. 그보다, 어째서 그걸 알아챈 걸까. 너는 대체 저 녀석들과 어떻게 놀아준 거냐고.

"……아, 러셀도 가는구나."

작지만 잘 울리는 소녀의 목소리가 들린 동시에, 지금까지 시빌라와 이야기하던 아이들이 입을 다물었다. 다들 길을 열 듯이 옆으로 비키자, 내 시선 너머에 루나의 모습이 나타났다.

루나의 질문에는 묵묵히 고개를 끄덕였지만…… 역시, 그다지 다른 아이들과는 친해지지 못한 모양이다.

"자자! 다들 나와의 약속을 잊어버렸어?!"

거기서 말을 건 것은 역시 시빌라였다.

"다들 친하게 지내야지!"

"그래도…… 이자벨라 선생님은, 태양의 여신교를 신앙할 수 있게 되어야 한다고……."

……여기서도 태양의 여신인가.

확실히 이대로는 모두에게 녹아들기 어렵겠지만, 이렇게까지 신앙이 강한 힘을 가지면 본래의 의미에서 어긋나 버린다고 시빌라가 염려하던 마음도 이해한다.

예전에 시빌라는『여신의 서』도 인간을 위해 고안된 것이라고 말했다.

그런데 지금은 오히려 『여신의 서』를 위해 인간의 행동이 제한되고 있다.

"나는 딱히 상관없다고 생각하는데 말이지."

그래서인지 자연스레 말이 나왔다. 루나를 포함해서 모두의 주목이 쏠리는 가운데, 다시금 모두 앞에서 말하기로 하자.

……다른 이들이 이 말을 듣고 피하더라도 뭐, 그때는 그때다.

"나는 【성자】지만, 솔직히 말해서 태양의 여신은 그다지 신앙하지 않아."

나의 선언에 당연히 모두가 놀랐다. 이것은 루나도 놀라고 있었다.

"어…… 러셀 씨, 성자? 여신교의 성자야?"

"그래. 하지만—."

나는 루나에게 대답하면서 칼집에 넣어둔 검을 뽑았다. 검은 칼날이 아침 해를 받아 빛난다. 나의 검이다.

"—보다시피, 나는 전위에서 검을 사용해. 이래 봬도 S랭크 파티의 리더다."

"『어스름의 서약』이야!"

내 말에 편승하듯이 시빌라가 활짝 웃으며 선언했다.

"여신의 가르침도 중요하지만, 그 틀에만 있어야 할 의무 같은 건 없어. 선택하는 건 자신이니까."

그렇게 설명했지만, 루나는 어딘가 불안한 듯 나를 올려다봤다.

“혹시 러셀, 광속성? 고귀한 신분이야……?”

아차. 【성자】라는 건 생각보다 더 암흑용사와는 동떨어진 존재감이었던 모양이다.

“결코 아니야. 애초에 나는 너희와 같은 고아거든.”

이건 자신을 【성자】라고 말했을 때 이상으로 모두를 놀라게 했다.

“어, 정말로……!”

“그래. 에미나 자넷도 그렇지만 말이지. 그렇기에 너희에 대해서는 잘 알아. 마을 사람들 전원과 사이가 좋았다고는 결코 말할 수 없지만, 그래도 고아원 안에서만큼은 모두가 동료였어. 그건 잊지 말아줘.”

에미와 자넷이 내 말을 긍정하듯이 끄덕였다.

시빌라도 이 흐름을 타고 모두를 설득했다.

“내 쪽에서도. 교리를 지키는 건 좋지만, 교리를 지키기 위해 자신들이 올바르다고 생각하는 걸 일그러뜨리면 안 돼. 여신님은 말이지. 모두가 사이좋게 지낸다면 그게 제일이라고 생각하실 테니까!”

“……정말로~?”

“정말이지. 여신 본인에게 물어봐도 분명 그렇게 대답할 거야!”

그야 그렇겠지. 그 말 자체가 대답 같은 셈이니까.

“그러니까 자넷. 우리는 이만 가겠지만, 모두를 잘 부탁해.”

“네.”

마지막으로 몸을 돌려 나를 바라본 루나에게 살짝 어깨를 으쓱하며 시빌라를 뒤따랐다.

뒷일은 부탁한다, 자넷.

왕도 세인트고다트의 제2던전.

그 규모와 설비는 세계 최대라고 사전에 듣기는 했지만…….

"이 정도, 일 줄이야……."

산에 인접한 부분을 향해 도시의 벽이 문처럼 되어있고, 철책으로 전면을 가리고 있다. 조금이라도 마물이 흘러나올 가능성조차 느껴지지 않는 엄중한 구조다.

앞쪽 줄에는 태그를 제시하면서 몇 그룹씩 입장하고 있다. 반대쪽은 문지기가 있지만 비교적 자유롭게 드나들고 있다.

뒤를 돌아보면 몇 층인지도 알 수 없는 무구점 건물, 외관으로 봐서는 돈을 꽤 들였을 것 같은 포션 전매 건물, 게다가 식량이나 마도구를 파는 거대 점포가 줄지어 늘어서 있다.

—입장하는 문만으로도 규모가 너무나 다르다.

"세인트고다트가 왕도로 있을 수 있는 건 이곳의 존재가 크단 말이지."

입구까지 왔지만, 구조 자체가 다른 도시와도 완전히 달랐다. 세인트고다트로 들어올 때 태그를 올렸던 플레이트가 이곳에도 있다.

시빌라가 태그를 올리고, 나와 에미도 올렸다. 세 개의 태그가 올라간 상태에서 시빌라가 패널 상부의 『등록』이라고 적힌 곳을 누르고는 태그를 뺐다.

"지금 이걸로 등록은 완료됐어. 탐색 시간도 알 수 있으니까, 일몰 때에는 마중이 나올 거야. 돌아오는 길에는 소재 회수도 해주니까 다들 빈손인 거지. 여기서 직접 소재를 매입하거든."

"진짜냐. 지극정성이군."

"후에~, 엄청 좋은 환경이네."

모험가는 안전제일이라지만, 기본적으로 수색 중에는 자기책임. 그러나 이곳 세인트고다트에서는 마물이 약한 데다 안전 보장까지 철저하다.

"그러니까 여기서 자란다면 내 아이도, 그런 생각을 하는 사람이 많아."

"납득이 가네."

철책을 넘어선 시빌라가 주변을 돌아봤다.

"왕도 측은 크고 작은 모든 마을에 이것과 동등한 레벨의 안전 장치를 도입하려고 생각하고 있어."

이 규모를 아드리아에도…….

실로 정신이 아득해지는 이야기지만, 왕도는 그걸 언젠가 실현하겠지. 내가 모르는 직업을 가진 사람이 지탱하고 있을 구조를 상상하면서 시빌라를 뒤따랐다.

세인트고다트의 던전은 규모만이 아니라 주변에도 비슷한 파티가 넘쳐나서 실로 떠들썩한 주변과도 다르다.

지금은 마왕도 없는 간단한 던전이라고 들었으니 부담 가지지 말고 가도록 하자.

제2던전에 들어와서 놀란 건, 가이드가 이질적으로 많다는 거다.

우선 던전 길가에 빛의 마석이 일정 간격으로 놓여있다. 솔직히 말해서 낮의 세인트고다트 중심가 쪽이 미아가 되기는 더 쉬울 것 같다.

우리와 마찬가지로 아침 일찍 던전에 들어온 모험가 파티에게 둘러싸여서 가로도 세로도 넓은 동굴을 똑바로 걸었다.

분기점까지 오자 벽이나 천장 부분의 넓은 범위가 살짝 밝게 빛나고 있다.

벽에는 숫자가 적혀있고, 천장에는 잡다하게 얽힌 거미집 같은 게 있다. 그 가장 아래에 붉은 점이 있고, 옆에는 벽과 같은 숫자.

"……지도, 겠지?"

"보다시피."

지금 왔던 길을 계산하면, 이 제1층이 터무니없이 넓다는 걸 알 수 있다.

동시에 아무리 입구에서 적당히 멀어지더라도 절대로 헤맬 일은 없다는 것도.

"이 던전, 계속 이런 상태인 건가?"

"응. 던전 관광을 즐기자."

세이리스 때와 비슷한 말이다. 그때는 무척이나 태평한 말로 느껴졌지만…….

"후에~, 정말로 관광이네요~. 이거 제1층에 마물 같은 게 있기는 하려나아."

선두를 걷던 에미도 이미 경계를 풀고 있다.

"그럴 걱정은 없어."

"시빌라는 뭔가 믿을 구석이 있는 거냐?"

"애초에 대부분의 파티는 제5층까지밖에 내려가지 않으니까. 그렇지만 세인트고다트에는 중층에도 들어가는 파티가 꽤 있어. 빈번하게는 가지 않지만."

상층의 마물은 초심자라도 싸울 수 있다. 그러나 아무것도 하지 않고 멍하니 있으면 당연히 진다. 인간보다 약하다고는 해도, 적의가 있는 무서운 상대라는 건 틀림없다.

나는 자신이 『무슨 일이 있더라도 반드시 회복시킨다』라는 【성자】의 보증이 있으니까 싸울 수 있는 부분이 크다. 만약 【어스름의 마경】뿐이라면 검은 고블린 같은 독을 쓰는 마물 상대로는 상당히 경계해야 했겠지.

죽음이란, 아주 작은 확률이라도 피해야 하는 것. 그게 일반적이다.

"그 미지와 죽음의 공포를 철저하게 걷어내고, 게다가 서포트까지 만전으로 해둔 것이 이 제2던전. 왕도의 제2던전을 고른 시점에서 인생의 메인은 모두 던전보다 도시에 있는 거야."

과연. 안정적으로 매일을 보내는 사람들을 위한 제2던전이라는 건가.

시골에 살던 때는 자넷의 지식이라도 없는 한 변함없는 매일이었다. 던전에 들어가면 뭔가 변화가 있을 거다. 그래서 던전 탐색을 동경했었다.

그러나 세인트고다트의 사람들은 던전 이상의 변화를 느낄 수 있는 것이 도시에 넘쳐나고 있다. 우리와는 생각의 기점이 전혀 다르다.

"그런 던전이기에."

그렇게 말하면서 착착 나아가는 시빌라 앞에, 아래로 내려가는 계단이 나타났다.

"아래쪽에서는 마음껏 사냥할 수 있는 거지."

우리는 그 거대한 계단 앞에서 찬란하게 빛나는 『1』의 숫자를 보면서 시빌라를 뒤따랐다.

지도를 보면서 던전 두 번째 계단을 내려갔다. 다음 플로어에 도착하자, 올라가는 계단 위에 표시된 『3』이라는 숫자가 우리에게 가르쳐줬다.

나오는 적은 무릎 정도 크기밖에 안 되는 슬라임뿐이고, 느린 몸 중심에 있는 핵을 검으로 찌르면 그걸로 끝난다. 고블린도 다소 나오지만, 정말로 그 정도다.

안전한 던전 탐색은 제4층, 제5층까지 변함없이 이어졌다.

놀랍게도 제5층 플로어 보스 전에는 간이 건물이 있었고, 그곳에는 입구와 마찬가지로 던전 관리를 맡은 직원이 있었다.

이런 곳까지 철저하게 제한하는 모양이다.

"여기서부터는 플로어 보스입니다. 현재 최소【검사】나【마도사】등의 레벨 15가 필요합니다."

"어머, 올라갔네."

여기까지 오면 너무나도 극진해서 웃을 수밖에 없다. 세인트고다트의 던전은 플로어 보스에게 아무나 도전하지 못하게 되어있었다.

"실례지만 태그를 확인해도 될까요?"

"네."

시빌라는 태그를 만지더니, 자기 숫자를 살짝 표시했다.

아드리아—【마도사】 레벨 39.

물론 여유롭게 클리어다. 그보다 최근 활약하지 못한 것치고는 약삭빠르게 올리고 있었잖아. 그나저나 남자는 조금 눈을 크게 뜨고는 납득한 듯 살짝 끄덕였다.

놀랍기는 하지만, 전혀 없는 정도는 아닌 거겠지. 나와 에미도 태그를 올렸다.

"뒤쪽 두 사람, 나보다 강해."

"그럼 안심이군요. ……시빌라 님은 통과자시군요."

"그런 거야."

"알겠습니다. 그럼 개방하겠습니다, 무운을."

정중한 대응과 함께 남자가 물러나고, 플로어 보스 앞을 봉쇄하던 문이 열렸다.

에미가 앞으로 나와 방패를 들고, 나와 시빌라는 뒤에서 순서대로 들어갔다.

자, 그럼. 뭐가 나올까—.

세인트고다트에서의 첫 플로어 보스. 그것은…… **약간** 거대한 슬라임이었다.

"……이 녀석이 플로어 보스, 인가?"

"응. 자이언트 슬라임(약)이라고 해야 할까? 공격은 몸통박치기인데, 보다시피 크기는 목덜미까지. 아무리 그래도 무방비할 때 맞으면 아프지만…… 에미, 몸통박치기를 해봐."

"네? 저기, 알겠습니다. ……에~잇!"

에미가 구령을 내지르면서 방패를 들고 플로어 보스에게 부딪쳤다. 상대도 에미를 향해 힘차게 돌격해 왔지만…….

"……어라?"

자이언트 슬라임은 에미에게 돌격한 순간, 천장 근처까지 초고속으로 날아가서…… 그대로 파열됐다.

그 시선 너머에 있는 문의 마력 벽이 사라지면서 플로어 보스 토벌 완료를 알려줬다.

"이봐……. 저것에 【마도사】 레벨 15까지는 필요 없지 않나?"

"나도 그렇게 생각해."

"저도 그렇게~ 생각해~요……."

에미가 머리를 긁적이면서 돌아왔다. 굳이 던전 상층 최심부에 문까지 지어놓고, 정작 허탕을 치는 내용인가?

"이거야 원, 과보호가 지나친 던전이야. ……시빌라?"

"……응? 뭔데?"

"아니, 아무것도 아니야."

어째서지? 시빌라는 이 쉬운 플로어 보스를 보며 묘하게 고민하고 있었다.

뭔가 마음에 걸리는 건가.

"중층부터는 다소 멀쩡한 적이 나오는 거겠지?"

"독을 가진 슬라임이 나오지만, 검은 고블린 미만이니 러셀이라면 금방 치료할 수 있어."

"……달려서 빠져나가도 되나?"

나는 두 사람의 수락을 얻고는 제6층부터 제10층까지를 단번에 내달렸다.

위기감도 전혀 솟아나지 않는 데다, 신관이 있다면 레벨 10이라도 여유롭게 진행할 수 있을 법한 중층이다.

"다음에도 허가를 받을 수 있을 것 같군. ……응?"

나는 주변에서 확인할 수 있는 던전 내부 지도를 보면서 중층 플로어 보스 앞까지 왔을— 터였다.

"……이건 뭐지?"

내 중얼거림에 시빌라가 눈시울을 누르며 한숨을 크게 내쉬었다.

에미는 입을 벌리고 눈앞의 문자를 멍하니 바라봤다.

상층 플로어 보스 앞과 같은 설비이지만, 누군가가 오는 걸 전혀 상정하지 않았는지 오두막도 없고 문 앞은 무인이었다. 플로어 보스로 가는 문을 봉쇄하는 문에 적혀있는 글은 이랬다.

『세인트고다트 길드 직원을 제외하면, 이 너머로 출입하는 걸 금지합니다.』

"과보호가 지나치잖아……."

나는 오늘 탐색이 끝나버린 것을, 옆에서 중얼거리는 소리와 함께 깨달았다.

막간 자넷 : 소리는 감정을, 노래는 기억을 연결한다

하프의 소리는 요정의 색.

우아한 악기이기에 숲 요정(엘프)이나 바다 요정(세이렌)이 즐겨 연주하고, 그 투명감 넘치는 음색은 사람들을 매료한다— 그렇게 전해진다.

이 가느다란 현이 어째서 이렇게나 풍부한 중음역을 내는 걸까. 마법이 아니라면 그야말로 요정의 축복이라도 걸려있는 걸까. 어쩌면 인간을 매료해 마지않는 소리를 탐구하던 인간의 지혜가 모인 결정체일까—.

(—좋은, 음색이야.)

나는 지금 하프의 현을 하나하나 튕기면서, 일찍이 울렸던 소리굽쇠의 높으면서도 청량한 음색과 차이가 없는 음정인지 확인하며 머릿속에 있는 지식을 하나하나 복습해 나갔다.

7현 1세트, 여섯 번째마다 빨갛게 칠해진 현이 동음의 1옥타브까지 정확하게 조정되어 있다. 검은색은 음계의 네 번째 소리. 그 색으로 다른 현이 대략 어느 쪽에 있는지 알 수 있게 되어있다.

예전에 읽은 책의 지식이 올바르다면, 빨간 현부터 하나씩 튕기기 시작하면 다정한 태양빛의 『장조』로, 여섯 번째 현부

터 튕기기 시작하면 어두운 숲의 『단조』가 된다.

중요한 점은, 이 하프의 복잡한 레버 구조다.

단조는 장조에 비해 반음계를 다루는 게 복잡해진다. 선율이 상승할 때는 6도와 7도를 반음 올리고, 하강할 때는 올리지 않는다. 화음에서는 7도만 올라간다. 보통 7현으로는 튕기지 않는다.

이 하프는 그런 복잡한 단조의 구조에 대응하고 있는 거다.

현이 쳐진 위쪽에 있는 금속 레버를 조작하면 정확하게 반음계만큼 올라간다. 이 고정밀도 레버가 하프에 있는 25개의 현 전체에 있는 모습은 장관이다.

내가 갖고 싶다는 듯 바라보던 이걸 시빌라 씨가 즉시 구매해 주었다.

"……터무니없는 고급품, 받아버렸네."

이 악기가 얼마나 굉장한 기술과 면밀한 정비 끝에 가게 앞에 진열되어 있었는지 모를 리가 없다. 비싼 것도 당연하다. 하몬드 술집에서 작은 하프를 튕기던 연주자의 것보다 압도적으로 고성능이다.

정말이지, 시빌라 씨는 이런 나에게 너무 과하게 기대하고 있다. 느닷없이 이런 걸 받고 연주할 수 있게 되리라 생각하는 걸까. 생각하고 있겠지.

그래도 그 기대, 나쁜 기분은 들지 않네.

"정말로, 좋은 음색이야."

중심부 쪽을 건드리는 편이 부드러운 소리가 나온다. 특히 현

중앙을 튕겼을 때의 마치 다른 악기로 바뀐 듯한 소리는 말로 형용할 수 없을 만큼 아름답다. 언제까지고 튕길 수 있다…….

이런, 시빌라 씨에게 맡은 일도 제대로 해내야겠지.

"환락가 중심지처럼 떠들썩하네……."

나는 방에 앉아서 하프를 손톱으로 튕겼다.

역시 아이의 목소리에는 밀리지만, 근처에 있던 아이에게는 충분히 들리는 음량이다.

뭐, 애초에 이 하프는 겉모습 그 자체가 눈에 띄기는 하지만.

"뭐야 그거, 굉장해!"

한 명이 흥미를 보이자, 매일의 변화가 빈곤한 아이들에게 곧바로 호기심의 불꽃이 퍼졌다. 정신이 들자, 어느새 눈을 반짝이는 아이들이 나를 둘러싸고 있었다.

"앞쪽 아이는 건드리면 안 돼. 비싼 거니까."

"뭐~, 조금 정도는 괜찮잖아."

한두 명이라면 몰라도, 전원이라면 분명 쟁탈전이 벌어질 거다.

"이 악기는 받은 물건이야. 내 실수로 망가진다면 사준 사람이 슬퍼해."

"누가 사준 거야?"

"시빌라 씨야."

"그렇구나."

아이들은 그 이름이 나오자 서로 얼굴을 마주하더니 그렇게 중얼거리고는 한 발짝 물러나서 앉았다. 역시 시빌라 씨. 서로 가벼운 말을 늘어놓고는 있지만, 진심으로 호감을 산 모양이다.

시빌라 씨가 시무룩해진 모습은 아이들에게도 그다지 좋은 기분이 들지 않는 모양이다.

나도 그렇다. 밝은 사람이 의기소침해진 모습을 보면 함께 기분이 가라앉는다.

……바로 얼마 전까지, 소꿉친구들을 끌어들여서 의기소침해져 있던 내가 말할 처지는 아니지만.

얌전히 나를 주목하고 있는 아이들에게, 조금 기억하고 있는 곡을 연주했다. 장조인, 심플한 곡. 공을 들인 반주는 무리라도, 이 곡이라면 왼손 3음만으로 할 수 있다.

……실제 곡에는 음유시인의 노래가 붙지만, 남자 노래라서 음정적으로 자신이 없다.

사실 절대 음감을 가진 나는 정확하게 기억하는 만큼, 그걸 노래하기 쉬운 음역으로 변경하는 건 서툴다.

"……～♪"

그렇게 생각하고 있는데, 어딘가에서 따스한 허밍이 들려왔다.

틀림없이 이 곡의 노래다. 놀라서 손을 멈추고, 노래가 들린 쪽을 바라봤다.

"……아, 죄송합니다. 놀라게 해버렸군요."

"아뇨, 신경 쓰지 마세요. 마커스 씨는 이 노래를 아시나 보네요."

내 하프 연주에 노래를 얹은 것은 세인트고다트 고아원의 신부인 마커스 씨였다.

프레데리카 씨의 동료이기도 한 장년의 남성이다.

눈초리가 날카로운 사람으로, 평소에도 지도에는 엄격한지 아이들 몇 명이 뒤로 이동했다.

"네. 옛날에 자주 가던 식당에서 즐겨 부르던 남자가 있었지요. 오츠월의 노래였다고 생각합니다만."

"혹시 보리 그림이 그려진 하얀 류트를 든 붉은 머리의 남자인가요? 하몬드 술집에 있었는데요."

"놀랍군요, 알고 계셨습니까. 네, 네. 술을 무척이나 좋아했었으니, 그 사람이 틀림없을 겁니다. 그렇군요. 그는 하몬드로 갔던 건가……."

나에게 이 노래를 기억하게 한 사람이, 마커스 씨에게 기억하게 한 사람과 똑같았다. 재미있는 연결고리다. 민요란 이런 식으로 알게 모르게 사람들의 입을 통해 전달되는 거겠지.

"혹시 괜찮으시다면, 불러도 되겠습니까?"

"조잡한 반주라도 괜찮으시다면."

"저야말로, 생초보의 노랫소리라도 괜찮으시다면야."

마커스 씨는 그렇게 답하고는 1인분의 자리를 비우고 내 쪽을 보지 않게 앉았다. 이렇게 선을 긋는 모습을 보면 역시 여신교의 신부인 것 같다.

현을 튕기며, 전주의 화음 전개를 4소절. 마지막에 나온 여린 박자의 리듬을 정확하게 알아본 마커스 씨가 명랑하게 노래를 시작했다.

—오츠월은 【전사】 직업을 가진 청년이 그 힘으로 매일 대지를 경작하여 단단한 땅의 토지를 농지로 바꿔낸 곳이다.

칭송하는 전설은 전사의 공적이지만, 노래하는 민요는 다정함이 느껴진다.

그 이유는, 이 노래가 『대지의 여신』과 『태양의 여신』을 칭송하는 것이기 때문이겠지.

식물은 영양만 있다고 해서 자라지 않는다. 녹색 잎이 태양빛을 받지 않는다면 영양분을 얻지 못한다. 대지의 여신에게도 역시 태양의 여신은 크나큰 존재인 거다.

태양과 대지, 마지막으로 바다를 포함한 세 명의 여신은 사람들을 다정함으로 감싸는 『은혜』의 상징이라 인기가 있다.

마커스 씨의 노래는 장년의 남성답게 육체를 악기로 써서 울리는 듯한 풍부함이 있고, 동시에 노래에 마음이 담겨있는 것처럼 느껴졌다.

그 음유시인이 순수하게 노래를 좋아한다면, 마커스 씨는 여신을 축복하는 노래에 몰입하고 있는 걸까. 그런 상상을 하게 되는, 내면이 드러나는 노랫소리였다.

햇발이 실내에 뻗는 느긋한 시간. 어떤 가게에서도 들을 수 없는, 이곳만의 특별한 연주회가 시작되었다.

—짧은 곡을 모두 부르자, 마커스 씨는 엄격한 표정을 부드럽게 풀면서 미소 지었다.

"좋은 음색이었습니다. 노래하면서 기분이 좋더군요."

"저야말로, 연주한 보람이 있었어요. 깊이 울리는 좋은 목소리네요. 그 음유시인, 연주는 잘해도 화주(위스키)를 너무 마셔서 노래는 쉬어있었으니까요."

내 가벼운 농담을 듣자, 마커스 씨는 깜짝 놀라더니 하늘을 올려다보며 크게 웃음을 터뜨렸다.

첫인상으로는 엄격해 보이는 사람이었지만, 사람은 외모만으로는 알 수 없는 법이네.

"이거, 송구합니다. 노래의 절정부에서 뒤집히던 그의 노랫소리가 그리워지는군요."

마커스 씨가 밝게 말하자, 조금 전까지 주변에서 낌새를 엿보던 아이들이 둑이 터진 듯 모여들었다.

"굉장해~! 마커스 선생님, 노래 엄청 잘하잖아!"

"어딘가에서 노래 연습했었어?"

"어, 어라…… 어린 시절, 합창단에."

아이들이 달라붙는 것에 그다지 익숙하지 않은지, 머리를 긁적이던 마커스가 대답하자 다들 들끓었다. 그로부터 몇 번 질문에 대답하는 사이, 아이들은 아이들대로 따로 모여서 음정이 어긋난 콧노래를 부르기 시작했다.

멋있는 것 같은 모습을 보면 그걸 흉내내려는 건 아이의 습성이다.

"……."

문득 시선을 문 쪽으로 돌리자, 이곳을 엿보는 모습이 보였다. ―그러더니 금방 몸을 빼는 소녀. 저건…….

"……루나, 인가."

나의 작은 중얼거림을 마커스 씨가 알아챘다. 아무도 없는, 열려있는 문 쪽으로 시선을 돌리자 그 소녀가 뭘 하고 있었는지 짐작한 모양이었다.

"저 아이도 끼면 될 것을……. 태양의 은총을 받는 저희에게 있어서 여신님은 공유할 수 있는 동료의식이기도 합니다. 되도록 함께 신앙을 가져줬으면 하는데요."

"억지로 강요해서라도, 라는 말씀은 안 하시네요."

"태양의 여신님께서는 교리를 지키라고 말씀하시면서도 『교리를 지키지 않는 자를 배척해서는 안 된다』라고 명확하게 적으셨습니다. 그에 반할 수는 없지요."

그 문장은 확실히 있다. 그것도 이야기 형식으로 신들의 이야기를 시작하기 전이 아니라, 교리로서 사람들에게 가르침을 설파하기 전에 적어놓은 것이다.

게다가, 교리를 얼추 설파한 뒤에 또다시 쓸 정도로 면밀했다.

시빌라 씨를 알게 된 지금이라면 그 이유도 알 수 있다.

사람들이 서로 협력할 수 있도록, 그러나 신을 이유로 남을 배척하지 않도록.

여신교를 따른다고 해서 잘나게 되는 건 아니다.

자신을, 누군가를 깔보기 위한 도구로 쓰려는 짓은 절대로 안 된다. ―그것이 그 사람의 생각이겠지.

정말이지, 인간 이상으로 인간미 넘치는 여신님이다. 마커스 씨의 내면을 고찰하면, 결코 표면적으로 엄격하기만 한 게 아니라 루나의 장래성을 응시하면서 그렇게 말하는 거겠지.

"—저는, 저런 아이가 있어도 괜찮다고 생각하는데에."

나와 마커스 씨의 대화에 미라벨 씨가 끼었다.

미라벨 씨는 마커스 씨와 비슷한 세대이고, 언제나 눈을 가늘게 뜨고 있다.

"미라벨. 말이야 그렇지만, 그녀도 언제까지나 지금처럼 있을 수는 없습니다. 언젠가 어른이 되었을 때 고생하는 건 저 아이입니다."

"받아들여 주는 사람이 있는 곳으로 가면 된다고 생각하거드은. 누구와도 얽히지 않더라도 허락해 주는 유력자가 한 명이라도 있다면 말이지이."

미라벨 씨는 비교적 관용파인가. 어느 쪽 주장이라도 그런대로 이유는 있어 보인다.

현실의 문제는 설계 문제처럼 되지는 않는다. 지식이 있더라도 정답에 도달하지 못하는 문제가 얼마든지 있다.

"마침 그 이야기라면, 한 가지 실제 사례가 있어요."

"응? 뭔데?"

"러셀은, 루나를 받아들여서 친하게 지내고 있어요. 있잖아요. 검은 머리 사람."

러셀의 존재가 의외였는지, 미라벨 씨는 가는 눈을 크게 뜨고는 몇 초 말없이 놀랐다.

"왜 그러시죠?"

마커스 씨가 어째서인지 반응하지 않게 된 미라벨 씨에게 의문을 던졌다.

"……아, 아아. 아니, 아니…… 아무것도 아니야. 루나를 받아들여 주는 사람이 있다니……."

"받아들여 주는 사람이 나타난다면 괜찮다고 말한 건 미라벨 아닙니까."

"그랬었지이."

미라벨 씨는 분명 희망적 관측이었겠지. 미라벨 씨 자신도 본심으로는 『암흑용사』라는 주장을 받아들여 주는 사람이 나타나리라고는 전혀 생각하지 않았을 거다.

러셀의 진실을 알면 어떻게 생각할까?

—정답이 없는 질문을 생각하는 것도, 재미있다.

기존 곡의 악보를 재현하는 건 정답이 있지만, 악곡을 만드는 사람에게 있어서 악곡의 우열에 확실한 해답은 없듯이, 사람의 존재 방식도 정답이라는 건 역시 알 수 없다.

그런 정답이 없는 걸 구하는 건, 지식을 거듭한 너머에 있는 것이다.

그 세계는 분명 재미있을 거다.

나는 다시 하프를 손가락으로 튕겼다. 음악에 흥미가 생긴 아이 몇 명이 다시 묵묵히 내 앞에 앉았다. 아직 연습 단계인 나의 연주는 관객을 모으는 것과는 거리가 멀지만.

의외로, 이 아이들 가운데서 누군가가 장래에 음유시인이 될지도 모르겠다—.

"식사 다 됐어~."

프레데리카 씨가 바깥쪽 뜰에서 달리던 소년들에게 말을 걸자, 떠들썩했던 소리가 그치고 건물 안에 발소리가 들렸다.

집중해서 연습하는 사이, 시간을 잊어버린 모양이다.

오랜만에 독서 말고 다른 것에 집중했다. 하프, 심오해서 실로 재미있다. 바깥에 아이들을 마커스 씨가, 방에 있던 아이를 미라벨 씨가 선도해서 식당으로 향했다.

프레데리카 씨가 뛰는 남자아이들을 달래면서 이쪽 방으로도 왔다.

"요리 중에 계속 들리더라. 어느새 그런 특기를 익혔어?"

"어제 처음으로 만져봤어요. 굳이 따지자면, 책의 지식으로 얻은 특기네요."

"……자넷을 보고 있으면, 『실천이나 연습은 지식보다 앞선다』라는 생각 중 하나도 조금 의문이 드네~."

"아뇨, 그 생각 자체는 틀리지 않았어요."

나는 확실히 무지한 사람보다는 하프를 잘 알고, 음유시인보다 음감이 있는 지도 모른다.

그러나 부드럽게 연주하는 건 정말로 어렵다. 어디를 튕기면 어떤 소리가 나는지 알고 있더라도 반응할 수는 없는 거다.

반대로 악보도 못 읽고 음정도 못 잡더라도, 순서만 암기하면 누구라도 연주는 할 수 있다. 그것은 연주라는 분야에서는 반복 연습이 지식보다도 뛰어나다는 걸 의미한다.

……뭐, 어느 의미로는 그 암기야말로 『지식을 익혔다』라고 할 수 있을지도 모르지만.

"실제로 굉장히 어려워요. 모두가 나가있을 때는 한동안 연습해 보려고 해요."

"후후, 요리 중의 즐거움이 생겼네."

프레데리카 씨가 기뻐하며 웃자, 마델린이 식탁에서 프레데리카 씨를 불렀다. 그래. 이야기는 이쯤 해도 슬슬 식사하러 가자.

프레데리카 씨의 요리는 왕도에 오고 나서 종류도 맛도 풍부해졌다. 아드리아에서는 보지 못했던 식재료를 요리하는 게 즐겁다니까, 라며 즐겁게 이야기하는 모습을 보면 그녀가 왕도 출신이라는 걸 실감할 수 있어서 신선했다.

새삼스레 프레데리카 씨가 이 왕도에서 자란 사람이라는 걸 실감한다.

식사 중, 잠시 마델린과 눈이 마주쳤지만 결국 대화하지는 않았다.

뭔가 하고 싶은 말이 있다면 사양하지 말고 말해줘도 되는데…… 저쪽의 마음을 상상하면 그리 간단하지는 않나.

언젠가 저쪽에서 적극적으로 말을 걸어오게 되었으면…… 좋겠다.

모처럼 이렇게 되었으니, 낮에도 집중해서 하프 연습을 하자. 그렇게 생각해서 일단 케이스에 넣어둔 악기를 들고 아침과 같은 방으로 이동했는데—.

"어머, 열심이네! 나도 자넷의 연습이나 보는 게 더 유의미했으려나?"

그곳에는 어째서인지 시빌라 씨가 있었다. 그보다, 러셀과 에미도 돌아왔다.

왕도 던전에 들어간 것치고는 두 사람 모두 그다지 표정이 좋지 않다. 시빌라 씨의 조금 전 언동도 신경 쓰인다.

아무래도 그다지 재미있는 탐색은 아니었던 모양인데…….
그건 그것대로 이유가 신경 쓰인다. 이건 잠시 이야기를 들어 볼 필요가 있을 것 같네.

05 무엇이 흥미를 끄는지는 의외로 알 수 없는 법이다

뭔가 영 찝찝한 기분이 들지만, 그래도 고아원으로 돌아왔다. 불평을 내뱉던 시빌라는 가장 먼저 기분을 풀고 자넷에게 말을 걸었다.

"어머, 열심이네! 나도 자넷의 연습이나 보는 게 더 유의미했으려나?"

그 던전을 본 이후이다 보니 진심으로 그렇게 생각하게 된다.

"일단 방에서 이야기를 들어봐도 될까?"

"응! 물론 정보는 공유하고 싶고, 게다가 러셀이나 에미에게도 설명해두고 싶은 게 있거든."

시빌라는 이쪽을 돌아봤다. 나는 한숨 한 번, 에미는 쓴웃음. 시빌라가 빠르게 방으로 걸어가기 시작했고, 자넷이 교대하듯 우리 앞으로 왔다.

"어서 와, 수고했어."

"그래, 다녀왔어. ……그렇지만."

"수고하지는 않았지……."

수고했다는 말을 듣는 것조차 실감이 솟지 않아 미묘한 기분이 드는군.

"뭔가 사정이 있어 보이는데, 그쪽도 포함해서 들어보기로 할게."

"재미있는 이야기는 아니야."

"그럴 때일수록 흥미로운 이야기니까, 실로 기대되네."

묘하게 의미심장한 말투로 살짝 입꼬리의 힘을 푼 자넷이 시빌라를 따라 걸어갔다.

……그런 건가? 나는 에미와 시선을 마주하며 어깨를 으쓱하고는 두 사람을 뒤따랐다.

"우선은 자넷에게 우리의 오늘 일을 설명하자면—."

방 안에 모두가 모였고, 시빌라가 던전에서 있었던 일을 설명하기 시작했다.

입장 체크. 지도. 슬라임. 거대 슬라임. 독 슬라임. 마지막에 하층 입장 금지.

"즉, 우리는 줄곧 슬라임만 쓰러뜨렸을 뿐이었어."

"그렇구나……. 그럼 그쪽은 넘어가기로 하고, 던전 설비 쪽이 신경 쓰여. 벽이나 천장에 지도가 있어?"

자넷은 슬라임 쪽은 흘려버리고, 던전 설비 쪽을 물어봤다.

"그렇더군. 입장 체크는 태그 제출 의무가 있고, 모든 위치를 누구라도 파악할 수 있도록 철저하게 지도와 표식이 그려져 있었어. 하몬드에도 갖고 싶을 정도야."

자넷은 턱에 손을 대고는 시빌라 쪽을 바라봤다.

"원래 여신교에도 『목숨은 중요하게』가 최우선 사항으로 정의되어 있었죠?"

"그렇지. 그러니까 중층보다 아래는 어지간히 실력에 자신이 없는 한 추천하지 않아."

"지도를 제작한 자금원은 모험가 길드 운영 모체인 왕궁이겠죠. 어느 의미로는 여신의 가르침에 충실해서, 이 나라를 상징하는 것 같아요."

확실히, 그런 의미에서도 실로 왕도다운 던전이라 할 수 있다.

안전하지만, 무척이나 싸울 보람이 없는 간단한 던전이기도 하다. 기술 향상으로도 연결되지 않고, 레벨도 올리기 힘들다.

이런 던전 운영이 『태양의 여신교』의 이상이라면, 뭘 지향하는지도 자연스레 보인다.

"세인트고다트에 사는 사람의 즐거움은 도시 안에 있고, 던전 안에는 없어. 이건 이 도시에서 지내다 보면 충분히 알 수 있지."

"그러네."

"—**그러기를 바라니까**, 이 도시는 그렇게 되어있다. 그런 거겠지?"

내 말에 시빌라가 눈을 크게 뜨더니 훗, 하고 웃으며 수긍했다.

"응. 맞아. 던전에 얽힌 모든 것보다도 사람이 만드는 도시가 전부. 다양한 요리, 세련된 옷. 인류가 그쪽에 우선순위를 두기를 바라고 있어."

이 모든 것이 새로운 도시에서 새로이 생긴 것이 다른 도시로 향하는 상인이나 태어난 고향으로 돌아가는 사람들의 손으로 퍼지고, 서서히 왕국민 전원의 생활 수준을 끌어올리고 있다.

그 선두를 맡은 것이 바로 이 도시인 거다.

"의식주, 내일이 불안하지 않은 생활을 할 수 있어. 모든 걸 클리어한 뒤, 더 위를 향하는 거야."

"더 위?"

"응. 식사를 풍요롭게 해주는 갖가지 술, 여자아이라면 누구나 동경해 마지않는 장신구, 모습을 남기는 마도구 이상으로 현장감 있는 미술, 감동의 눈물을 흘리지 않을 수 없는 가극, 연극, 음악……."

시빌라는 자넷이 가진 하프에 시선을 돌렸다. 시선을 받은 자넷은 현을 살짝 튕겼고, 시빌라는 그 소리를 즐기듯 눈을 가늘게 떴다.

"……마음에 여유가 없다면 오락을 즐길 수 없어. 그 오락을 즐기기 위해서는 내일의 식량에 불안감이 들지 않게 해야만 하지."

그런가. 고아원 운영비도 왕국에서 나오고 있었지.

생각해 보면 우리도 세인트고다트의 왕족에는 무척이나 신세를 지고 있었다.

어린 시절에는 아무 생각도 없었지만, 지금의 우리를 형성하는 주춧돌이 이 성안에 있는 거라면.

"한마디, 감사 정도는 해두고 싶은데."

"나도! 그거 말하고 싶어!"

"나도 동감이지만, 왕족에게 고아가 직접 감사를 표할 수 있을 리는 없겠지."

자넷이 살짝 고개를 내저으면서 하프의 현을 계속 튕기기 시작했다.

뭐, 실제로 그렇기는 하다. 가뜩이나 왕족은 모든 도시의 영주보다 높은 존재인데, 애초에 고아인 우리가 만날 수 있을 리가 없지.

시빌라는 나를 —명확하게 나만을— 바라보더니 놀란 듯 고개를 갸웃했다.

"어라, 고아원 운영자에게 감사를 표하고 싶어? 의외네."

"너는 나를 뭐라고 생각하는 거냐."

"나에게 반했다는 걸 절대 말하지 않을 만큼 벽창호."

"반하지 않았어. 그 자신감은 대체 어디서 샘솟는 거냐."

"나에게 반하지 않는 건, 남색 정도 말고는 있을 수 없거든."

"그 자신감은 대체 어디에서 샘솟는 거냐……."

나는 앞으로 이 말을 몇 번 해야 하지? 뭔가 애매모호한 느낌이 되어버렸군…….

"그런데, 자넷은 오늘 하루 무슨 일 있었나?"

"내 이야기 말이야? 재미있는 일은 없었어."

"과연, 그건 실로 기대되는데."

내 답변에 자넷이 순간 말문을 잃었다. 좋아. 자넷에게 농담을 되돌려줬다.

"……이거, 어쩔 수 없네."

그로부터 자넷은 자신이 줄곧 악기 연습을 했다는 이야기를 했다.

신기한 물건을 보고 악동들이 몰려들었지만, 자넷이 『하프는 시빌라의 선물』이라는 말을 하자 아이들도 건드리지 않고 한 발짝 물러났다.

그 이야기를 들은 시빌라는 실로 기쁜 듯 목소리가 되지 못한 소리를 내지르고는 자기 몸을 끌어안고 꿈틀대며 묘한 움직임을 보였다. 그래그래, 다행이네.

"이후에는, 내 연주를 들은 마커스 씨가 내 반주로 노래를 부른 정도인가."

초특대로 재미있는 이야기잖아.

"마커스라면, 아이들 모두가 거북해하는 그 엄숙한 아저씨가 맞는 거지?"

"맞아. 원래 소년 합창단이었는지, 하몬드의 음유시인보다 노래가 능숙했어."

아니, 진짜냐고. 사람의 과거나 능력은 모르는 법이구나.

"그러고 보니 술집에서 정보 수집하던 건 나였으니까, 노래는 모를지도 모르겠네."

그렇게 말하며 하프의 현을 튕겼다. 천천히 콧노래로 메인 노래 부분을 재현하면서 양 손가락을 합계 세 개 써서 동시에 울렸다.

고작 몇 초 정도였지만, 듣기 편한 음악이었다.

"……아니, 진짜로?"

"뭐냐? 시빌라."

"뭐냐니, 지금 이건 『치면서 부르기』라고 해서 노래와 연주를 별도로 진행하는 고도의 연주인데, 익숙해질 필요가 있어. 그런 데다 동시에 현을 튕기는 『화음』까지 습득했잖아."

"굉장함을 잘 모르겠는데, 그렇게 어려운 기술인가?"

시빌라는 자넷이 든 하프의 현을 몇 개 동시에 튕겼다.

몇 번이고 동시에 소리를 울리고 있지만…… 솔직히 말하자. 듣기 힘든 이상한 소리였다.

"뭐, 들었다시피 굳이 불협…… 즉, 더러운 소리를 울렸는데, 화음은 실수하면 이렇게 되기 쉬워. 곡을 모르더라도 『아, 틀렸구나』라는 건 누구라도 알 수 있듯이."

과연. 겨우 무슨 말인지 의미를 알았다. 지금의 자넷은 한 번이라도 틀리면 우리조차도 못했다는 걸 알 수 있는 연주를 시도했는데, 그걸 완벽하게 해낸 거다.

……던전 탐색을 접으면 본격적인 연주가라도 할 수 있겠는걸?

"간단한 곡의, 간단한 반주였으니까요. 선율을 연주하는 것까지는 하지 못하니까, 최종적으로는 화음의 반주에 선율을 맞추고 싶네요."

"이미 완벽하게 익힐 생각이 넘쳐나는 거, 너무 믿음직스러워서 웃음이 나오네."

정말로 그렇다. 어느 의미로 이 녀석에게는 책과 똑같은 거겠지. 몰두하기 시작하면 철저하게 파고드는 게 자넷다운 점이라고 해야 할까.

"가격만큼 쓰지 않으면 아까우니까. 게다가, 여신님에게 받은 선물이고."

그 말에 시빌라가 놀라더니, 활짝 웃으면서 이쪽을 돌아봤다.

"애, 내가 받아가도 될까?!"

"당연히 안 되지."

"어머나, 장래에 자넷을 노리는 걸까?"

"어? 그런 거야? 러셀?!"

시빌라가 이상한 말을 꺼내자, 에미가 묘하게 뛰어들었다. 아니, 뛰어들지 마. 그게 아니라 시빌라는 알면서 그런 말을 꺼내지 마. 아아, 정말이지. 이야기가 수습이 안 되잖아…….

"……러셀. 이 파티는 태클 담당이 없어?"

"그 자리는 부재고 전원 개그 담당이야."

"너도 큰일이네……."

마지막에 자넷에게 하루만의 동정을 받으면서 여기서의 이야기는 끝내게 되었다.

방에 온 아이들이 시빌라를 불렀고, 그 녀석은 그야말로 기쁘다는 듯 뛰어갔기에 자연 해산 같은 형태지만. 뭐, 이런 일상을 즐기는 것도 너답네.

다른 던전도 하층에는 가지 못하겠지. 안전제일이고, 평화로운 일상이 최우선. 여신의 이상을 체현하려는 듯한 왕도는 던전의 위험성과는 세상에서 가장 연이 없는 곳이었다.

―그런 생각이, 설마 다음 날 뒤집힐 줄은 생각지도 못했다.

시빌라는 아침 일찍 고아원에 온 여성에게 면밀하게 재확인했다.

"……틀림없는 거지?"

"네. 모든 제1층에서 선발대가 마물을 확인했다고 보고했습니다. 세인트고다트 도시벽 바깥에— 제7, 제8, 제9던전이 동시 출현했습니다."

막간 마델린 : 지상에서 싹튼, 의지의 존재 증명

—항상 누군가가 지켜보는 듯한, 그런 착각이 따라다닌다.

기분 탓이라고 단언하기에는 너무나도 무거운 압박감. 그날부터 없어지지 않고 있다.

우리 천사는 신들을 모시면서 줄곧 지상을 꿈꿔왔다. 그렇지만 지시받은 내용을 완수하는 것만으로도 충분히 행복한 것이 천사라는 존재다. 문자 그대로 천계의 톱니바퀴. 자신의 의지로 선택하거나, 안정된 생활을 벗어나려는 동족은 없다.

천계의 가게를 찾아오는 여신님은 빈번하게 인간에 대한 일을 화제로 꺼냈다. 나도 기회가 있다면 지상에 내려가 보고 싶다— 그 동경을 이루는 기회가, 최악의 형태로 찾아왔다.

단골손님이자, 나 자신도 찾아오는 걸 기대하고 있던 캐슬린 님과 프리실라 님. 그 두 분이 가게에 오지 않게 된지 상당한 세월이 흘렀다. 그동안에도 방문한 다른 신들과의 교류는 이어졌다. 마음속에서는 자신도 깨닫지 못할 만큼 작은 구멍을 끌어안고.

그런 어느 날, 갑자기 동료 아리아가 사라졌다. 그 일에 곤혹스러워하며 마음의 정리를 하기도 전에 내 눈앞에 나타난 것이, 그리운 얼굴.

『만나고 싶었어어.』

캐슬린 님. 『사랑의 여신』이자 천계 제일의 미모를 가진 여신.

그러나, 태양의 여신 샬럿 님 말고는 없는 금발을 반짝이는 옛 지인의 얼굴은 마물 이상으로 정체 모를 괴물로 보였고…… 그 감은 그야말로 정답이었다.

무의식적으로 뒷걸음질 친 미약한 한 걸음이 만든 거리를, 옛 지인의 얼굴이 순식간에 좁혔다.

눈앞에 남녀 모두를 포로로 삼을 미모가 다가왔고— 정신이 들자, 내 몸은 자신의 마음에서 완전히 벗어나 있었다.

거기서부터는…… 떠올리고 싶지도 않다.

샬럿 님이 그렇게나 소중하고도 소중하게 지켜보고 육성하던 인간을, 자기 손으로 혼수 상태나 다름없는 모습으로 빠뜨리는 감각. 그걸 보며 아래 눈꺼풀을 들어 올리는 자기 표정근의 감촉.

그리고— 그런 끔찍한 일을 그 본인에게 용서받은 것에 대한 미안함.

나는 지금, 그들과 함께 있다. 예전 자신의 감각을 조금씩 되찾으면서.

세인트고다트 고아원에서는 프레데리카 씨와 함께 아이들을 돌보고 있다.

직접 보는 아이들의 순수한 모습. 어떤 색으로도 변화할 잠재력을 품은, 너무나도 눈부시고 새하얀 컨버스.

이 아이들을 보고 있으면 샬럿 님이 그렇게나 열심히 인간의 장래성을 주장하셨던 마음을 알 수 있다. 돌보는 시간은, 유일한 치유의 시간이다.

고아원에 있는 선생님들은 각각 특색이 있다.

이자벨라 원장님. 엄격하면서도 다정한, 왕도 고아원을 지키는 기둥.

마커스 선생님. 아이들을 육성하기 위해 잘못된 일을 하지 않도록 지도하는 사람.

미라벨 선생님. 마커스 선생님과는 완전히 정반대인, 아이의 어떤 행동도 용서하는 사람.

프레데리카 선생님. 기본적으로는 다정하지만, 무언가를 가르칠 때는 엄격한 사람.

지금은 내가 이들 사이에 끼어서 『마델린 선생님』으로 참가하고 있다. 정말로, 아픈 마음조차 느껴질 만큼 영광스러울 따름이다.

"어째서 랜드의 빵을 빼앗았습니까?"

마커스 선생님은 엄격한 선생님. 잘못된 일은 하나하나 세심하게 지적해서 아이들은 무서워한다. 약간 자유분방한 벡도 마커스 선생님 앞에서는 위축된다.

"자자, 괜찮잖아요오."

한편, 미라벨 선생님은 완전히 정반대여서 기본적으로 흘려버리는 성격이다. 전부 용서하는 온화한 사람……이기는 하지만.

"미라벨 선생님, 틀린 일은 가르쳐야 합니다. ……그래서, 어떻습니까? 벡."

"그건……. 저기, 좋아하지 않으니까, 안 먹을 것 같아서."

"흠. 랜드, 혹시 점심 식사가 많았습니까?"

마커스 선생님은 벡에서 랜드로 시선을 돌렸다.

"……아니에요. 마지막까지 아껴두고 싶어서."

"엑?!"

그 대답에 벡이 호들갑스러울 정도로 충격을 받았다.

여기서 끼어든 것이 연장자인 이자벨라 원장님.

"벡. 당신은 좋아하는 음식이 있으면 언제 먹죠?"

"처음!"

"그런가요. —절대 남기지 말도록 하세요."

마지막 말이 날카로운 시선과 함께 꽂히자, 벡은 마커스 선생님 때 이상으로 위축됐다. 이자벨라 선생님도 엄격한 분이고, 그 음색에는 지도자다운 예리함이 올라간다.

"랜드. 당신은 마지막에 먹는 거군요."

"아…… 네."

"이렇듯, 먹는 방식 하나도 사람마다 다릅니다. 이건 먹는 방식만이 아니라 공부와 놀이, 청소나 휴식 등등 모든 상황에서 일어나는 일이죠. 상대를 멋대로 이해했다고 생각하고 대화하기 전에 행동해서는 안 됩니다. ……랜드에게는 내가 빵을 주도록 하죠."

"네~에."

원장님이 정리하자, 아이들은 대답했다.

마커스 선생님은 이자벨라 원장님에게 살짝 고개를 끄덕이며 감사를 표했고, 미라벨 선생님은 창밖을 바라봤다.

이자벨라 원장님은 굉장하다. 두 사람의 사정을 모두 파악하고 누구도 나쁘지 않게끔 매듭지었다. 우리 천계 주민은 이런 트러블이 일어나지 않는다. 그래서 나는 아이들에게 대응하려면 어떻게 해야 하는지조차 알지 못한다.

이자벨라 원장님이 연장자라고는 해도, 실제 연령 자체는 나보다 훨씬 어리다. 그런데도…….

루나라는 소녀도 신기한 아이다.

태양의 여신 샬럿 님의 은총을 받았으면서도 태양의 여신을 의심하는 여자아이.

처음에는 나도 진심으로 믿었지만, 아무리 그래도 이런 나이의 아이가 용사일 리는 없다.

인간은 안정을 바란다. 그렇기에 던전도 안전과 안정을 고려한다. 그러니 이런 이단적인 아이가 가까이 있으면 따돌림을 받는 건 필연적……인 줄 알았지만.

『루나는 나에게 맡겨줘.』

놀랍게도, 【성자】 러셀 씨가 가장 먼저 감쌌다.

러셀 씨는 【어스름의 마경】 중에서도 발군으로 앞으로 나아가는 분. 어떤 절망으로부터 한 번 일어섰기에, 지금의 그 사람이 있다.

상식을 기준으로 무언가를 정하던 자신의 왜소함을 어쩔 수 없이 직시하게 되는 기분이었다.

자넷 씨는 새로 하프를 시작했다. 이미 충분한 능력을 보유한 【현자】가 능력의 부족함을 보여주려는 듯 서투른 연주를 아이들에게 들려주고 있다.

새로운 한 걸음을 내디디는 모습. 하루 한 걸음의 진행 속도로 대륙을 나아가는 듯한 끝없는 여로. 그렇게 도전하는 눈부신 모습…….

여전히 이 사람에게는 미안한 마음이 있다. 내가 직접 마법을 걸었으니까. 그 잠에 빠진 모습을, 마법으로 의식을 유린하는 감촉을…….

아무리 후회하더라도, 이 부끄러운 기억은 나의 마음에서 떨어지지 않을 거다.

나는 뭘 할 수 있을까……. 그렇게 생각하는 일이 많아졌다. 천계에 있을 때는 생각하지도 않았던 일이다. 똑같은 매일이었지만, 주변도 비슷한 셈이었으니까.

일찍이 인간도 그랬다고 한다.

태어나면 영주의 밑에서 농업을 할 뿐. 도보로 이동할 수 있는 범위 밖으로 나가지 않고, 생애를 마치는…… 그런 생활이었다.

굉장히 좁은 생활 범위. 그러나 그것은 예전의 나와 무엇이

다를까?

관측 범위만 넓었을 뿐, 생활 범위는 좁았던 나. 그런 데다 새로운 한 걸음을 내디디지 못하는 나. 그것은 어느 의미로는, 선택지를 받지 못한 사람들보다 더더욱 무서워 보였다.

일찍이 분홍색 머리였던 캐슬린 님은 가게에서 이렇게 말씀하셨다.

—자신밖에 할 수 없는 활약의 시간이 찾아온다면, 그건 분명 행복한 일이겠지.

정말로, 나에겐 그런 게 찾아올까?

자신이 할 수 있는 일. 자신밖에 할 수 없는 일.

여전히 나는, 그걸 보지 못하고 있다.

알고 있다.

나를 뒤에서 바라보는 시선은, 나 자신.

내가 나에게, 압력을 넣고 있는 거다.

이날의 보고는 소란스러웠다.

세인트고다트의 신규 던전. 그것은 지난 수십 년간 찾아오지 않았던, 명확한 왕도의 위기. 당연하게도 『어스름의 서약』은 유력 파티로 호출이 들어왔다.

내가 나설 차례는, 없다.

같은 【현자】라도 나는 교란 전문. 미약한 보조마법 말고는 방해 공작에만 특화되어 있다. ……상급 천사이건만, 그다지 밖으로 나올 수 없는 능력이다.

일단 회복마법도 있기는 하지만…… 싸우기에는 부적합한 것들뿐이다.

그렇게 생각하고 있는데, 출발 직전에 자넷 씨가 나에게 찾아왔다.

굳이 나에게……. 몸이 긴장감으로 굳어졌다.

"갑자기 미안해. 마델린이 쓸 수 있는 마법을 가르쳐줘."

"제, 제가 쓸 수 있는 건—."

이야기할 수 있는 내용은 모두 이야기했다. 자넷 씨는 전부 파악하고는 내게 말했다.

"그럼, 부재중일 때 고아원을 부탁해도 될까? 지금은 당신에게 맡길 수밖에 없어."

……아!

자넷 씨는, 나에게…… 이런 나에게, 역할을 주시려는 건가.

모든 것이 수동적이라, 어떻게 움직여야 좋을지 망설이기만 하던 나에게…….

"저에게 역할을 주셔서 감사합니다."

"아니, 딱히 너를 구제하고 싶다거나 그런 건 아닌데……. 그렇지만 기합을 넣고 일해준다면 고맙겠어. 프레데리카 씨는 『경험치』에 과민한지, 레벨 1이라는 것에 미안함을 느끼는 것 같거든. 우리에게는 가족이나 다름없는 사람이니까, 지켜줬으면 해."

그 부드럽고 우수한 프레데리카 씨도 그런 감정을 품고 있었구나. 지나치게 높이 평가해서 초인처럼 대하는 것도 본인에게는 실례겠지.

"알겠습니다. 자넷 씨와의 약속, 반드시 지킬게요."

"응."

나도 역할을 맡게 되었다. 다름 아닌 자넷 씨로부터.

아까까지 가라앉았던 마음에 바로 활력이 솟구치는 걸 알 수 있다.

—자신밖에 할 수 없는 활약의 시간이 찾아온다면, 그건 분명 행복한 일이겠지.

아직, 내가 이 세계에 필요한 존재인지 모르겠다.

그래도, 주어진 역할은 내가 직접 완수하고 싶다고 생각한다.

언젠가 나에게도 『자신밖에 없는』 순간이 찾아올까?

나만의 역할, 나의 의지로 정해야 하는 선택의 순간이.

그 순간, 톱니바퀴였던 내가 올바른 해답을 고를 수 있을까?

애초에 올바른 해답이라는 게 있을까?

설령 그 해답이 없더라도, 나는 생각하고, 모종의 해답을 고를 거다.

그건 분명, 천계에서 나온 내 의지의 존재 증명이 될 테니까.

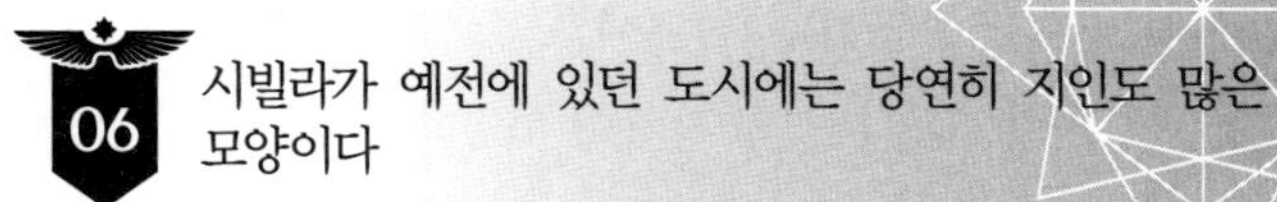

06 시빌라가 예전에 있던 도시에는 당연히 지인도 많은 모양이다

왕도 세인트고다트에 신규 던전 출현. 태양의 여신을 만나러 갈 때까지 지루한 나날을 보낼 줄 알았는데, 무척이나 커다란 사건이 일어나게 되었다.

마델린에게 고아원을 맡긴 우리 『어스름의 서약』 네 명은 길드에서 보낸 사자와 함께 모험가 길드로 가게 되었다.

"이건 또 굉장하군."

던전의 규모로 예상하기는 했지만, 모험가 길드는 지금까지 봤던 것 중에서도 압도적으로 거대했다. 건물 안의 가게는 무기, 방어구나 마도구, 식사나 술 등등 뭐든지 있었다.

그런 거대 길드 본부는 오늘, 당연하다는 듯이 사람으로 넘쳐났다.

『정기 연락. 출현한 던전에는 길드 직원이 배치되었습니다. 일반 모험가분들은 절대 접근하지 말아 주세요.』

곳곳에 배치된 마도구에서 나오는 여성의 목소리가 건물 전체에 울려 퍼졌다. 목소리를 키우는 마도구라면 본 적이 있지만, 이건 떨어진 곳까지 목소리를 전달하는 건가. 편리하군.

안내하던 여성은 최상층인 5층까지 올라갔고, 시빌라는 그 뒤를 따라갔다.

도착한 방으로 들어가자, 그곳에는 묘하게 꺼림칙한 마스크로 안면을 가린 파란 머리의 사람이 있었다.

"수고했네. 물러가도 좋아."

"네."

안내하던 여성이 방에서 나간 동시에, 시빌라가 마주 보게 놓인 소파에 거침없이 앉았다.

"변함없이 너의 미적 센스는 괴멸적이네!"

시빌라는 처음 입을 열자마자 진짜로 거침없는 태도로 거침없는 말을 내뱉었다. 그렇지만, 시빌라의 말대로 가면은 상당히 묘한 존재감이 있군…….

내가 뭔가를 언급하기 전에, 가면의 사람은 크게 한숨을 내쉬더니 그 이질적인 마스크를 벗었다. 안에서 드러난 것은, 날카로운 눈을 가진 젊은 여성이었다.

"시빌라. 자네는 좀 더 예술 센스를 갈고닦아야 해. 아트를 이해하지 못해서는—."

"남쪽 섬의 목조잖아? 아무리 현대 아트(쉬르레알리슴)의 원래 소재가 『이면(더블 페이스)』이라고는 해도, 그 민족(에스닉) 취미는 심하게 독특하다니까. 좀 더 초심자용으로 근현대(얼리 모던) 미술이나, 무바탕으로 맞이해야 해."

"……하아, 알았어. 이건 벽에 장식하기로 하지."

어려운 대화와 함께, 중성적인 여성은 가면을 어루만지고는 우리에게 시선을 돌렸다.

"이크, 미안하네. 자네들이 『어스름의 서약』 멤버인 게 틀림없겠지?"

"그래. 그건 틀림없어."

"시빌라 탓에 인사가 늦어져서 미안하군. 나는 엠마, 이곳 세인트고다트에서 모험가 길드의 총괄을…… 여왕의 지명을 받아 진행하는 자라네."

"인사가 늦어진 건 주로 네가 원인이잖아."

"나의 미술품이 인사에 방해가 된다는 식으로 말하는 건 그만둬주겠나?"

"자기소개 수고가 많네~."

길드 마스터, 즉, 우리 같은 이들의 우두머리군. 시빌라와 사이가 좋아 보이는 것도 그렇지만, 취미 내용으로 말다툼을 할 수 있다는 건, 그만큼 서로를 잘 안다는 뜻이다.

동시에, 무척이나 특색 있는 취미도 시빌라의 지인이라고 하니 납득이 가는군…….

"그럼 나부터. 러셀이다. 『어스름의 서약』의 리더를 맡고 있지."

"오오, 좋네 좋아. 자네가 【성자】인가. 잘 부탁해."

"저는 에미에요. 직업은……."

"잠깐. 자네는 좀 더 편하게 대해줘. 자네도."

나에 이어서 정중하게 말하려던 에미를 엠마가 말렸다. 그리고 자넷에게도.

"다들 좀 더 편하게 말해줬으면 해서 말이지. 친구라고 생각하고 말해주지 않겠나?"

"네, 네에……. 저기, 저기, 그러면…… 에미입니다야!"

"하하하하!"

기습적으로 나온 말에 엠마와 시빌라가 폭소를 터뜨렸다.

나도 무심코 얼굴을 덮으며 웃음을 참았다. 어떻게든 도중에 친근하게 하려고 궤도 수정하다가 무척이나 이상하게 합체해버린 모양이다.

자넷도 목소리를 죽이면서 얼굴을 덮으며 어깨를 떨고 있다. 혼자 쪼그려 앉아서 부끄러워하는 에미의 어깨를 두드리며 어떻게든 일으켜 세웠다.

"아. 다시 소개하자면, 나는【성기사】에미. 러셀과 파티를 맺고 있어."

"응응. 무리한 부탁을 해버렸군. 고맙네."

"나는 자넷. 파티의【현자】야. 잘 부탁해, 엠마."

"그래, 잘 부탁하지!"

얼추 소개를 마치고, 우리도 시빌라의 옆에 앉았다.

싹싹하게 웃던 엠마는 곧바로 표정을 진지하게 바꿨다.

"들었다시피, 던전이 세 개 나타났다네. 지금까지 일어난 적이 없는 케이스야."

"조사를 보냈다고 들었는데."

"편의상 번호를 붙여서『제7』과『제8』에는 사람을 보냈지만, 『제9』에는 아직 아무도 파견하지 않았어."

아까 길드 안에서 들린 연락에서는 확실히 조사를 보냈다고 말했을 텐데.

"그건 혼란을 피하기 위해서라네. 동시에 혼란이나 불안을 억누르기 위해서는, 여느 때처럼 일상을 보내야만 하거든. 그래서 직원이 부족한데 말이지."

일상……. 이 도시의 사람들이 일상을 평화롭게 보내기 위한 기반이라면.

"모두가 섣불리 움직이지 못하도록 제2던전에 직원을 할당하고 있다는 건가."

"정답이야, 러셀."

손가락을 튕기며 윙크한 엠마가 다리를 다시 꼬며 웃었다.

"이 도시 사람들은 『안정』이라는 커다란 지반 위에 있기에 차분하게 일상을 보내고 있다네. 그것은 무엇보다도 중요한 것이며, 또한 여왕의 소망이기도 하지. 동시에, 그것이 길게 이어지면 『불안』이라는 마물이 무엇보다도 무서운 것이 돼."

모험가 길드는 국영이며, 도시 제2던전은 『절대 안전』을 철저히 준수하고 있다. 던전 이외의 오락을 발전시키는 것이 여왕의 소망이며, 여기에 고아원 운영까지 담당하고 있다.

내가 이 도시의 운영에 수긍하는 사이, 누가 문을 노크했다.

"누구인가?"

"나."

"어?"

시빌라가 그 목소리를 듣고 놀라서 돌아보자, 시선 너머에는 로브 차림의 여성으로 보이는 사람이 방 안으로 들어왔다. 입가는 마스크를 끼고 있어서 푸른 눈 말고는 아무것도 보이지 않는다.

"엠마, 그리고…… 시빌라? 던전의 낌새는?"

"마침 시빌라 파티에게 부탁하려고 하던 참이라네. 걱정할 건—."

엠마가 말하던 도중, 어째서인지 시빌라가 짜증을 감추지 못하겠다는 표정으로 일어나서 로브의 가슴팍을 손가락으로 찔렀다.

"너! 말이야! 걱정되는 건 이해하지만! 맡기거나 할 수는 없는 거야?!"

"그래도……."

"이쪽은 괜찮으니까! 자기 일을 해!"

"……아, 알았어."

로브 차림의 여자는 그대로 문 너머까지 손끝으로 찔리면서 방 바깥까지 후퇴했다. 순간 나와 눈이 마주쳤지만, 곧바로 시빌라에게 떠밀리고 말았다.

시빌라는 마지막으로 문을 닫고 나서 한숨을 내쉬며 소파에 다시 털썩 주저앉았다.

"지금 그건 누구지? 세인트고다트의 모험가 동료 같은 건가?"

"……그런 셈이야. 정말, 걱정이 많다니까."

평소에는 기분이 좋은 이 녀석이 이렇게나 어이없어한다는 건, 마음에 안 든……다기보다는, 그만큼 마음을 터놓은 상대라는 느낌이 든다. 이렇게 보면 원래 시빌라는 이 도시에 있었다는 것도 납득이 갈 만큼 지인이 많다.

엠마는 시빌라의 모습을 보고 어째서인지 쓴웃음을 지으면서 우리를 돌아봤다.

"이야기를 되돌려서, 자네들은 제9던전 상층을 조사해줬으면 하네. 후일에 다른 파티와 함께해도 좋고, 물론 거절해도 괜찮아."

이 위기적 상황에서 길드 마스터가 『거절해도 좋다』라고 나왔나.

이 녀석도 이 녀석대로 무척이나 저자세인 녀석이다. 그렇다면, 이렇게 답하자.

"받을 생각이기는 하지만, 하나 질문해도 될까?"

"고마워! 물론 뭐든 물어주게."

"—마왕을 만나면, 토벌해도 상관없겠지?"

엠마는 놀라서 눈을 크게 뜨더니 시빌라에게 시선을 돌렸다. 시빌라는 그 얼굴을 히죽히죽 바라보면서 엄지를 나를 가리켰다.

"보고했겠지만, 러셀이 쓰러뜨린 마왕은 한두 명이 아니야. 게다가 진짜로 『여신을 향한 기도의 장』을 해냈단 말이지. 정말, 사람은 외모만으로 판단할 수 없다니까!"

"무슨 뜻이냐."

"안 돼~. 미간의 주름이 회복마법으로도 없어지지 않을 만큼 새겨지겠어~."

이 녀석, 길드 마스터 앞이든 뭐든 있는 힘껏 때려줄까.

우리의 그런 모습을 보자, 엠마는 천장을 올려다보며 크게 웃었다.

"하하하하! 이렇게 기분 좋은 청년은 참 오랜만인걸. 왕도에 살다보면 다들 안정 지향이라서 말이야. 그게 나쁘다고 하지는 않겠지만, 뭔가 부족한 느낌을 받기도 한단 말이지."

엠마는 웃으면서 내게 오른손을 내밀었다.

"물론, 해줘도 상관없고말고. 잘 부탁하겠어. 【성자】 러셀."

"그래, 맡겨둬."

나는 그 손을 마주 잡으며 끄덕였다.

오랜만에, 아무도 공략하지 않은 마왕의 던전이다.

실력이 녹슬지 않았는지 마음껏 시험해보기로 할까.

거대한 길드를 나온 우리는 다시 직원의 안내를 받아 던전 방면으로 향했다. 도구를 길드 비용으로 살 수 있었기에 시빌라와 자넷이 몇 가지 골랐다.

"자~, 그럼. 오랜만……이라고 할 정도는 아닌 신규 던전 탐색이네!"

"생각해 보면, 우리에게는 절반 정도가 첫 던전이었지."

아드리아 마을에 나타난 제2층부터 바로 『마계』였던 던전을 시작으로, 다음으로 간 세이리스에서는 해안에 나타난 제4던전.

마델라로 갔을 때는 『붉은 구제회』의 뒷문에 마신이 있는 던전이 있었다.

세인트고다트로 와서 지루하기 짝이 없는 안정적인 던전을 봤다 싶었는데, 다음에는 이 제9던전이다. 바쁘기 그지없지만, 지루한 것보다는 훨씬 낫다.

"러셀은 이런 거 익숙하구나."

"그러고 보니 자넷과 신규 던전에 들어가는 건 처음인가……."

미지의 던전. 처음에 아드리아 공략에 도전했을 때 시빌라가 했던 말.

"처음보다는 익숙해졌지만, 가능한 한 익숙해지지 않도록 조심하고 있어."

"하긴, 익숙해졌을 때일수록 방심이 위험을 부르니까. 경험자의 의견은 책의 지식보다 무겁네."

자넷은 취지를 이해하고는 수긍했다.

시빌라조차도 마왕이 다음에 쓸 전략을 모두 예측하지는 못한다.

여신은 만능의 예언자가 아니다. 그러나, 그렇기에 나라도 옆에 서서 싸울 수 있다.

"시빌라. 우선 우리가 지금까지 쌓은 경험을 토대로 몇 가지 예상할 수 있는 건 있겠지?"

"응. 순서대로 설명할게. 세인트고다트에서는 매일 모험가에게 던전 주변의 탐색 의뢰를 내. 던전에 들어가지 않아도 보수가 나오니까 인기 있는 일이야."

매일 순회하고 있다니……. 그렇다면, 그 시점에서도 알 수 있는 게 있다.

"보고된 던전 세 곳은, 전부 이제 막 나타났군. 즉, 아드리아 때처럼 제2층이 최하층일 가능성이 높겠어."

"그런 거야. 내가 길드 쪽에 보고했으니까, 출현 직후의 던전이 위험하다는 건 엠마도 파악하고 있어."

제1층 조사만 하라는 지시였던 건, 시빌라의 정보 때문이었나.

베테랑 모험가라도 드래곤과 마주치게 되면 위험이 크니까.

대화를 나누면서 걸어가서 세인트고다트 동문을 나온 즈음에서 시빌라가 도시벽을 돌아봤다.

"게다가, 우리는 알고 있어."

"뭘 말이지?"

"이번 조사에는, 【용사】가 절대로 없다는 걸."

……아, 그야 당연한가. 우리는 용사가 지금 어떤 상황인지 안다.

그 녀석이 참가했다면, 그걸 알리지 않을 리 없다.

동시에, 이렇게 생각한다.

지금, 내가 맡게 된 역할은 원래 【용사】가 맡아야만 하는 일이다. 싸울 힘을 가진 【성자】인 내가 영웅담의 주역인 【용사】와 동등한 대우를 받고 있다.

그것 자체는 솔직히 기쁘게 생각하지만…… 동시에, 보람이 없기도 하다.

당대의 용사, 빈스.

라이벌조차 되지 못했던 용사와 전혀 이겼다는 느낌이 들지 않는 사랑의 여신.

빈스. 나는 지금, 너의 길을 앞서 나아가고 있어. 너는 이 정도 수준이 아니잖아.

이제는 그 시절처럼 승률이 높아진 나를 웃돌고자 자넷에게 검술을 배우던 그 시절의 기억도, 기개도 없는 거냐.

……이런 생각을 해도 별수 없다. 지금은 눈앞의 일에 집중하자.

“【용사】가 없는 이상, 마왕 토벌에 적임이라고 할 만한 모험가는 없겠군.”

“그런 거야. 엠마가 이번 러셀의 탐색에 내키는 마음이었던 건 모험가가 안전 중시라는 것에 불만……이라는 정도까지는 아니지만, 지루함을 느끼고 있었기 때문이지.”

“하긴, 그런 느낌이었지. 나도 비슷한 기분이었으니까 고마운 일이야.”

“너는 엠마와 마음이 맞을 것 같네. 뭐, 나 정도는 아니겠지만.”

“어째서 거기서 대항하는 거냐고.”

진지한 이야기에서 어느새 개인적인 이야기로 돌아간 즈음에서, 대기하던 다른 직원이 보였다.

“수고하십니다. 어떠셨죠?”

“문제는 없었습니다. 지금은 배트 한 마리도 뛰쳐나오지 않고 있지요.”

길드 직원이 던전 앞에 대기하던 네 명과 가볍게 대화를 나눈 뒤에 우리를 돌아봤다.

“그럼 『어스름의 서약』 여러분에게 조사를 맡기겠습니다. 아무쪼록 조심하세요.”

“맡겨둬!”

다섯 명의 직원이 고개를 숙이자, 시빌라는 밝게 양손 엄지를 들었다.

눈앞에 펼쳐진 것은 지도도 뭐도 없는, 진정한 미지의 던전이다. 세인트고다트에서의 안온했던 나날은 일단 끝이군.

"좋아. 가볼까."

내 말에 시빌라, 에미, 자넷이 동시에 끄덕였다.

우리 네 명이 처음으로 하는 던전 탐색 개시다.

대방패를 든 에미를 선두에 세우고 자넷과 시빌라가 나란히, 내가 검을 뽑아 뒤를 지켰다.

—세인트고다트 제9던전. 이곳 왕도에 새롭게 출현한 세 개의 던전 중 하나다.

"시빌라. 던전이라는 건 이런 기세로 늘어나기도 하는 건가?"

"그럴 리가 없잖아. 애초에 한 번에 두 개 이상의 출현도 처음일 거야. 그래도 세월이 쌓이면 상당한 숫자가 돼. 【용사】도 어떤 사람이냐에 따라 공략 페이스가 다르고, 현역에서 은퇴하는 시기에는 신규 던전도 늘어나기만 해. 그러니까 힘든 거야."

그렇겠지. 아무리 용사 파티라도 젬마 할머니 정도의 나이가 되면 하층에서 마물의 공격을 받아낼 수 있을 리가 없다.

다음 세대가 담당하는 건, 그 시기에 늘어난 던전의 공략이다.

"그렇더라도—."

나는 뒤를 돌아봤다. 조금 전 모험가 길드 직원…… 범상치 않았다. 그들이 세인트고다트에서 던전을 관리하는 사람들인가.

슬라임 던전에 들어간 뒤이기에, 솔직히 과잉 전력이라고 느껴질 정도다.

“응? 아, 러셀은 그 사람들의 실력을 알아챘나 보네.”

“중층에 들어갈 정도의 힘은 여유롭게 있더군. 그 직원들은 탐색 쪽으로 일하지 않는 건가?”

“러셀은 홍차를 좋아해?”

오늘의 의미불명 시빌라는 한층 더 이야기가 하늘 높이 비약했군. 시력에는 자신이 있지만, 구름 위는 관측 범위 밖이다. 어디에 이야기가 있는지 시인할 수 없어.

자넷은 멍해져 버렸다. 오오, 드문 표정이군.

참고로 에미는 웃고 있다. 물론 이건 『처음부터 포기했습니다!』라는 표정이다.

나는 어이없어하면서도 이야기를 재촉하기 위해 긍정했다. 시빌라는 실로 즐겁다는 듯이 손가락을 세웠다.

“또 하나 질문. 그 홍차에는 수천 번 중 반드시 한 번은 독이 들어있는 게 섞여있어. 러셀은 그 홍차, 시킬 거야?”

“……과연, 던전 탐색에서 수천 번이나 수만 번 중 하나. 그 비극이 일어날지도 모르는 한 번을 그 사람들이 경계하고 있는 건가.”

“바로 그거야.”

시빌라가 만족한 듯 끄덕이자, 자넷이 시선을 내 쪽으로 돌렸다.

“러셀. 시빌라 씨와의 대화는 언제나 이런 식이야?”

“이 녀석의 이야기 비약은 빈번하게 이런 식이지.”

"너도 큰일이네……."

정말 그렇다니까. 이 말을 계속 듣고 있지 않나 싶을 만큼 정말로 큰일이다.

"그래도, 그런 그들에게도 중요한 임무가 있어. 입구가 아니라면 할 수 있는 세 가지 일이야."

"던전에서 흘러나올 가능성이 있는 마물에 대한 대처와 연락이겠지? 다른 모험가가 실수로 들어오지 못하게 하는 것도 있겠고."

"응응, 좋네. 나머지 하나는 두 번째와 하는 일 자체는 다르지 않아."

내가 고민하는 사이, 자넷이 뭔가 알아챈 듯 목소리를 높였다.

"응, 자넷."

"혹시, 엠마 씨는 러셀에 대해 알고 있나요?"

"……느닷없이 거기에 착지하는 게 정말 굉장하다니까."

자넷은 아무래도 구름 위로 날아간 이야기의 패스를 잡아낸 모양이다.

엠마가 나에 대해 안다고? 그게 영향을 준다는 건—.

"그렇군. 엠마는 내 직업(잡)을 아는 건가."

시빌라가 씨익 웃으며 내 대답을 긍정했다.

여기서의 직업(잡)이란 【성자】가 아니라 【어스름의 마경】이다. 어둠마법을 쓰는 나를 다른 모험가에게 보이지 않게 감시하고 있는 거로군.

"이해했지? 오늘은 『어둠마법』을, 뒤쪽을 신경 쓸 것 없이 마음껏 쓸 수 있어. 자, 일할 시간이야."

시빌라의 말과 시선을 보자, 이야기를 흘려듣고 있던 에미가 끄덕이고는 방패를 앞세우고 검을 들었다. 뭔가 왔다고 생각한 동시에 에미가 방패를 검게 빛내면서 동시에 지면에 내리쳤다.

지금 에미가 보유한 【어스름의 기사】의 능력은 검은 방패의 힘으로 상대를 끌어들이는 것. 아마 뭔가를 포착하고 지면에 꽂아버린 거겠지.

"앗, 이거 본 적 있는 마물……이 아닌가……?"

에미의 입에서 나온 건, 뭔가 이해할 수 없는 말이었다.

자넷과 시빌라가 들여다봤고, 뒤에 있던 내가 마지막으로 왔다.

"니들 래빗인가. ……아니, 이게 뭐야?"

자넷이 중얼거린 동시에, 나의 시야에도 마물의 모습이 보였다.

시빌라가 세이리스 해안에서 통구이로 만들고 근처 꼬치구이 가게에 팔았던 마물. 그러나 이 녀석은 명백하게 니들 래빗이 아니었다.

"날개……인가?"

니들 래빗에는 어째서인지 등에 새의 날개가 돋아나 있었다. 영문을 모르겠다.

시빌라는 뭔가 알아챘는지 눈을 크게 뜨고는 던전 안쪽과 입구를 교대로 바라봤다.

"우리, 갈림길은 지나지 않았지?"

"그래. 외길이었지. 이곳은 조금 넓어졌지만, 샛길은 없었을 거야."

어째서 그런 당연한 걸…… 어째서, 인가.

니들 래빗. 날개가 난 니들 래빗……. 날개…….

—날개가 있다고?

"시빌라. 이 날개는 대체 뭐에 쓰는 거지?"

내가 생각한 의문은 그것이었다. 던전 스칼렛 배트는 결코 강하지 않지만, 던전 밖으로 나올 수 있기에 귀찮고 두려움을 사는 마물이다.

동시에 던전 안이라면 그다지 무섭지 않다. 이유는 간단, 던전에는 『하늘』이 없기 때문이다. 그렇기에 날개가 있는 마물은 애초에 숫자가 적다.

날개가 있는, 배트. 날개가 있는, 토끼.

"러셀, 알아챘나 보네."

"그래."

시빌라는 마물 시체에서 안쪽으로 얼굴을 돌렸다.

시선 너머에는, 어마어마한 숫자의 니들 래빗이 이쪽을 노리고 붉은 눈을 빛내고 있었다. 세이리스와 기본적으로 같은 개체라면 약한 상대지만, 숫자가 많군……!

"전원, 한 마리도 밖으로 보내지 마!"

"알았어!"

"응."

이 던전은 그런 방향으로 공격해 오나……! 정말이지, 마왕이라는 녀석은 진짜로 이놈이고 저놈이고 성격이 끝내주는군!

이곳의 마왕은, 던전이 완전히 성장하기 전부터 도시 주민을 습격할 작정이다!

"야앗!"

에미는 마물을 방패로 끌어들여 대검을 휘둘렀다. 아직 상층에서는 불필요해 보였지만, 일단 어둠 속성 【인첸트 다크】를 중첩해서 걸어놨다.

"……흠."

에미의 후방에서 자넷이 지팡이를 양손으로 들었다.

"조금 뜨거워. 그래도 신경 쓰지 마."

"어?"

자넷은 말없이 그 거대한 화염구를 꺼냈다. 에미의 머리 위와 그 좌우.

마물 무리에게 던지……려나 했지만, 화염구는 그 위치에서 멈췄다.

"—합계 세 개의 플레어 스타 유지. 그렇구나."

시빌라가 감탄한 듯 끄덕인 동시에 플레어 스타의 빛이 몇 번 흔들렸다.

에미의 공격 사이사이를 누비며 좌우와 머리 위를 뛰어넘으려던 마물이 화염구에 삼켜졌다.

"어?! 이거 나 괜찮아?! 어라?!"

"괜찮아. 오늘은 추우니까 따스한 게 좋겠지."

"그런 문제야?!"

덤덤하게 말하는 자넷과 바쁘게 움직이는 에미. 대조적이고 즐거워 보이는 대화지만, 모두 숙련된 움직임을 보이며 효율적으로 마물을 처리하고 있다.

"윽……! 자넷은 그대로! 러셀, 뒤로 물러나자!"

갑자기 시빌라가 외쳤고, 그녀와 함께 뒤로 물러났다.

"세이리스 때와 마찬가지로 마물의 움직임을 조작하고 있어. 일단 이것도 보고한 거지만……."

자넷이 좌우로 전개한 플레어 스타. 시빌라는 그 위쪽 틈새를 가리켰다.

"러셀, 양쪽 스피어!"

"《다크 스피어》……."

(……《다크 스피어》.)

나는 시간차로 어둠마법을 날려 시빌라가 지정한 두 공간으로 던졌다. 미약한 틈새에 다크 스피어가 도착한 순간, 마법이 폭발해 퍼졌다. —마물과 충돌했다!

이 녀석들, 완전히 던전에서 빠져나가는 것밖에 생각하지 않고 있잖아!

"흠."

"어?"

자넷이 심호흡하며 에미의 옆에 지팡이를 꽂아 넣었다. 에미가 갑자기 나타난 지팡이의 보주에 놀랄 새도 없이, 자넷이 처음으로 구두 영창했다.

"—《플레어 스타》."

작게 중얼거린 목소리와 함께 지금까지 쓰던 것보다 훨씬 큰 화염구가 에미의 앞에 나타났다. 자넷은 그걸 공격하지 못하고 머뭇거리던 집단에 거침없이 내던졌다!

불덩어리가 집단을 덮치며 안쪽이 불타올랐다. 동시에 어마어마한 숫자의 마물이 단번에 터져 나왔다.

"서치 범위 바깥, 예상보다 많았어. 순서를 실수한 걸지도. 《플레어 스톰》."

다음 마법은 케이티도 쓰던 광범위 화염 폭풍이다. 마물이 일제히 약해졌지만, 너무나도 규모가 큰 마법이기에 위력은 플레어 스타에 비하면 약한 모양이다.

정면에는 어스름의 기사 에미의 끌어들이는 공격. 그 스킬 범위 밖을 지나가지 못하게 하는 자넷의 마법. 틈새를 메우듯이 어둠마법으로 덧칠한 나의 마법.

거의 모든 틈새가 메워졌다.

"좋아. 여기까지 약해졌다면 다음은 나네!"

그 모습을 본 시빌라가 나이프를 들었다.

시빌라는 정확하게 마물이 뛰어넘으려는 곳에 진을 치고 나이프를 번뜩이며 마물을 쓰러뜨렸다. 그런가. 시빌라도 색적 마법으로 적이 어디에서 오는지 정확하게 파악하고 있는 거군.

"역시……."

시빌라는 중얼거리면서도 정확하게 마물을 쓰러뜨렸다.

"……윽! 이게 마지막 세, 마리……?!"

시빌라는 오른손에 나이프를 쥐고 왼손으로 마법을 날려 반대쪽의 토끼를 불태웠다.

멋진 동시 공격이었지만, 마물도 마지막 작전에 나섰다. 시빌라가 벤 마물의 그림자에서 또 한 마리가 나타났고, 목이 없는 시체를 박차며 날개를 크게 움직였다.

"러셀!"

"문제없어."

시빌라가 외친 동시에— 어둠의 함정이 입구에서 굉음을 발하며 마물의 체력을 모조리 빼앗았다.

나는 마물의 시체를 확인하고 모두의 상태를 확인했다.

"《엑스트라 힐 링크》, 《큐어 링크》. 뭐, 그냥 피로 회복이야."

이 공간에서 출구가 하나라는 걸 알고 있었기에, 나는 적이 빠져나갔을 때를 고려해서 《어비스 트랩》을 깔아놨다. 밟으면, 즉사다.

"【성녀 전설】의 궁극 마법이 옷의 먼지 털기에 펑펑 쓰이는 거, 기분이 좋네~. 아, 두 사람도 수고했어~."

시빌라가 즐거워하며 두 사람을 돌아봤다.

"오늘은 물론 자넷이네!"

"나도 자넷에게 한 표."

"나도 물론 자넷!"

"어? 뭔데?"

그야 공로자지. 아무리 상대가 약하다고는 해도, 저 숫자를 혼자서 대부분……. 정말, 너는 정말 믿음직스럽기 그지없어.

"자넷."

"……이번에는 뭔데."

나는 자넷 앞에서 손등을 보여줬다. 자넷은 순간 눈을 크게 뜨더니, 곧바로 살짝— 동시에, 모두가 알아볼 수 있을 만큼 명확하게— 입꼬리를 들고는 가볍게 서로 주먹을 맞부딪쳤다.

제9던전, 우선 제1관문 돌파인가.

"자~, 그럼. 여기서부터 어떻게 행동해야 할까……. 러셀의 판단에 맡길게."

어떻게 행동하냐니, 시빌라도 마왕을 쓰러뜨리러 간다고 생각하고 있던 게 아닐까…… 싶었지만, 그녀가 이렇게 말했다는 건 뭔가 그 선택에 문제가 있는 게 아닐까.

마왕을 쓰러뜨리러 가는 것의 문제라면, 『지금, 우리가 던전에 들어와 있다』라는 것에 관한 건데……. 뭐, 생각할 수 있는 건 하나뿐이군.

"남은 두 던전 및 파티인가. 두 던전의 마물을 잘 처리하지 못했을 경우, 이번에는……."

마물이 세인트고다트의 숲에 넘쳐날 가능성이 크다.

적어도 이 신규 던전 세 개가 동시에 나타난 건 우연이라고 생각하기 힘들다.

마왕 토벌을 길드 마스터 엠마에게 당당히 선언했다. 실제로 쓰러뜨릴 능력이 있다.

그러나…… 루나가 습격당할 수 있는 상황에서, 마왕 토벌을 우선하는 존재가 정말로 『그림자의 영웅』인가?

생각할 것도 없지.

"여기서 마왕을 쓰러뜨리는 것도 이점은 있지만, 그러다 도시에 피해가 생긴다면 의미가 없겠지."

내가 내놓은 해답을 이해한 시빌라는 기쁜 듯 끄덕였다.

"시빌라, 우리는 원래 제1계층 탐색을 맡고 있었지? 제2계층까지 내려간 뒤, 그곳이 마계가 아닐 경우에는 곧바로 던전 바깥까지 돌아가자!"

"알았어! 러셀은 엑스트라 힐 링크를 계속 사용해. 에미와 자넷도, 그래도 괜찮지?"

"네!"

"응."

우리는 방침을 정하고 던전 안쪽으로 나아갔다.

결론부터 말하면, 넓은 제1층을 탐색하고 내려간 제2층은 아직 『상층』의 색이었다. 이 이상 탐색하는 건 시간이 걸린다. 지상이 무사한지 확인해야 한다.

"지상의 안전을 우선하겠어. 시빌라를 선두에 세우고 던전을 나가자!"

나는 복잡한 던전 구조를 기억하고 있을 시빌라에게 맡기고 제1층을 달렸다.

도중에 자넷이 나를 돌아봤다.

"러셀. 지금도 항상 회복마법을 쓰고 있다는 건 알겠는데……. 마력, 괜찮아?"

"기본적으로는 전혀 고갈되지 않으니 문제없어. 피로는 없지?"

"운동 부족인 몸으로서는 이보다 고마운 일이 없네."

"그래. ……그런데."

기왕 이렇게 됐으니, 자넷에게 문득 신경 쓰이던 것을 물어봤다.

"어디가 운동 부족인가 싶을 만큼 달리고 있잖아. 몰래 체력이라도 단련한 건가?"

반쯤 농담으로 물어봤는데, 자넷은 놀랍게도 덤덤히 수긍했다.

"책의 지식으론 지속하는 게 필요하다고 해서, 계속하고 있어."

진짜냐. 책의 지식이라면 뭐든지 가능하군…….

"한때는 체력이 떨어져 있었지만, 이미 회복했어. 나머지는, 러셀도 그렇겠지만, 술사의 레벨이 올라가도 체력은 붙잖아?"

"……그래. 그러고 보니 자넷은."

나와 같은 술사지만, 【현자】 레벨 55다.

나도 에미 정도는 아니지만 여신의 직업(잡)을 받았으니까 미약하게나마 신체 능력이 전체적으로 올라간 걸 느끼고 있다. 그렇다면 당연히 자넷은 상당히 올라가 있겠지.

"지금 팔씨름을 하면 내가 이긴다거나?"

"에미라면 모를까, 자넷에게 완력으로 진다니 악몽 같은데……."

“아무리 그래도 그 정도는 아니라고 생각하지만. 그래도, 지기 싫어하는 러셀은 금방 나를 추월할 거야.”

그건 칭찬하고 있다는 걸로 받아들여도 되겠지……?

“내 쪽에서도 하나 질문.”

“뭔데?”

“나와 대화하면서도 머릿속으로 마법을 쓰고 있어?”

“뭐, 일단은.”

“……연습해둘게.”

“금방 그렇게 대답하는 걸 보면, 너도 무척이나 지기 싫어하는 것 같은데.”

내 대답을 듣자, 당황한 듯 목을 빼면서 눈을 크게 뜨더니 입을 삐죽이며 나를 빤~히 쳐다보고는 시빌라의 옆으로 가버렸다.

“그래그래, 꽁냥대지 말고 슬슬 출구야!”

시빌라의 목소리와 함께 던전 바깥의 빛이 시야에 들어왔다.

그래. 우리는 지금부터가 진짜다.

칼자루에 손을 댄 나는 다시 회복마법을 모두에게 사용했다.

던전에서 나온 직후, 길드 직원들이 무기를 들고 대기하고 있었다.

안내해 준 여성은 순간 눈을 휘둥그레 뜨더니 곧바로 확인해 왔다.

“여러분, 벌써 돌아오셨나요! 아뇨, 지금은 그보다도.”

"알고 있어! 연락 사항, 제1층만 완전 토벌! 다른 던전의 마물은—."

시빌라가 대답한 직후, 다른 직원들의 시선을 따라 세인트고다트 방면으로 시선을 보냈다.

"저건……!"

그곳에 있던 건, 배트 무리가 세인트고다트 도시벽을 포위하고 있다는 악몽 같은 광경이었다.

"『어스름의 서약』, 다음 목표는 녀석들이다! 가자!"

눈앞의 광경을 본 내가 외치자, 전원이 일제히 움직였다.

아무리 높은 벽으로 엄중하게 도시를 지키고 있다고는 해도, 세인트고다트는 태양의 빛까지 차단하고 있지는 않다. 하늘에서 오는 공격을 막는 건 불가능하다.

저쪽의 길드 직원도 대응하고 있는 모양이지만, 마물의 숫자가 많다!

특히 하늘에 있는 마물은 노리기 힘든 게 문제다. 던전 안에서 싸울 때와는 상대법이 완전히 다르다. 세이리스의 잠자리 자식이 떠오르는군……!

"내 차례네. 《선더 샷》."

자넷이 마물을 확인하고 살짝 중얼거리면서 번개 마법을 상대에게 날렸다!

날아간 뇌격은 마물을 향해 고속으로 날아갔고, 불똥을 튀기며 배트가 추락했다.

"넘쳐난 건 제7 방면이네. 제8은 성공한 걸까?"

하늘에 넘쳐나는 건 한 종류의 마물.

"저쪽과 같아. 던전 내부로 끌어들인 상태에서 일제히 마물을 넘쳐나게 했어."

"방식이 음흉하군……."

대화를 나누면서 달려가던 우리는 도시에 접근하자마자 낌새가 이상하다는 걸 깨달았다.

"저건 뭐지……? 마물이 튕겨나고 있는 건가?"

배트가 도시벽을 넘어 도시 안으로 들어가려고 하는 게 보이지만, 수없이 튕겨나고 있다. 여기서는 보이지 않지만, 도시 안에서 공격을 받는 건가?

"아, 저건 세인트고다트의 마도구야."

……마도구? 저 마물을 모두 튕겨내고 있는 게 마도구의 힘이라는 건가?

"저기 봐. 벽 위에 예쁜 보주가 나란히 주르륵 늘어서서 빛나고 있잖아? 저건 재미난 일루미네이션 같은 게 아니라, 도시를 지키기 위한 기능이야."

그러고 보니 던전에 들어가기 전에 도시벽의 보주가 빛나는 게 보였었다. 그건 마도구의 기능이 발현하고 있었기에 빛나던 건가.

마물에겐 그걸 이해할 지능은 없다. 결과적으로 상공에서 몇 번이고 몸통박치기를 하다가 튕겨나고만 있다.

자넷이 일단 개별 격파를 단념하고 도시의 낌새를 보며 고민했다.

"……점 공격으로는 끝이 없어. 시빌라 씨. 제 바람마법, 저 보주가 막을 수 있나요?"

"오, 과연. 도시벽은 바람에는 특히 강하고, 저 마도구는 마법을 흡수해."

"좋네요. 《토네이도》."

자넷이 시빌라의 대답을 들은 직후, 거대한 회오리를 꺼냈다. 날개를 당한 배트가 차례차례 떨어졌다. 좋은 밥상을 차려줬다. 이건 의욕을 내야겠지!

"에미"

"응!"

나는 에미와 함께 검을 뽑아서 지면에 떨어진 배트를 차례차례 베어버렸다.

지면에 떨어진 이 녀석들 정도라면 어둠마법을 보유하기 전부터 여유로웠다.

"……응?"

열 마리 정도 쓰러뜨렸을 때, 도시 안에서도 검이나 지팡이를 든 모험가가 나타났다.

"좋았어, 전부 떨어져 있잖아!"

"우리도 벌어야지~!"

아무래도 다른 파티가 추가로 토벌에 참가하려는 모양이다.

넓은 범위에 떨어진 엄청난 숫자의 마물도 이러면 남김없이 처리할 수 있겠군.

"흘러나온 마물의 보수를 독점하고 싶은 마음도 있지만, 내가 보기에 아마 나온 건 B나 C랭크 정도일 거야. 추가 보수를 위해 입후보한 사람들이네."

"과연. 자넷은 어때? 보수를 위해 조금 더 쓰러뜨릴까?"

"이제 와서 저건 레벨에 보탬이 안 돼. 지금 당장 필요한 것도 없고, 원하는 건 이미 받았으니까…… 그들에게 맡기자."

"너무 착하잖아……. 내 딸로 삼고 싶어."

그 대답을 듣자, 시빌라는 이상한 소리를 늘어놓으며 자넷을 끌어안았다.

자넷은 무표정하게 시빌라에게 당하고 있었다. 그 잉여신, 떨쳐내도 되거든.

"뭐, 확실히 그 말대로군. 우리도 돌아갈까. 에미…… 에미?"

돌아봐서 불렀을 때, 에미는 목소리도 닿지 않을 만큼 멀리 가서 마물을 베어버리고 있었다.

나와 시선이 마주친 동시에, 문자 그대로 순식간에 내 옆으로 찾아왔다.

변함없이 범상치 않은 신체 능력이야…….

"응? 뭔데뭔데? 무슨 일이야?"

"도시 모험가들이 나왔으니까, 활약은 양보하고 돌아가려고 상담하던 참이야."

"아, 그랬구나. 저쪽 구역은 이미 전부 쓰러뜨렸으니까, 미안한 일을 했을지도?"

아니, 딱히 상관없어. 원래 제7던전은 다른 사람들 담당이니까.

그나저나 검 하나로 저 범위를 혼자서 정리하다니. 조금 전의 이동 속도도 그렇고, 그녀의 높은 신체 능력은 역시나 대단하다고밖에 할 수 없다.

검만 가지고 에미와 토벌수를 경쟁하는 건 무리일 것 같다.

……알고 있다.

이곳은 왕국에서 가장 사람이 많이 모여있는 장소. 모험가 길드의 직원도 있다.

본래 【성자】인 나는 모두를 회복시키기만 해도 충분하다.

검을 들고 마물을 쓰러뜨린 것만으로도, 명백하게 회복술사로서의 역할 이상의 일을 하고 있다.

그런 건 내가 가장 잘 알고 있다.

알고 있어도― 어둠마법을 쓰지 못하는 건, 답답하군.

07 세계의 비밀과 눈앞에 있는 인물의 비밀을 알다

"—이상이 제9던전의 현재 상태라고 해야겠네."

일단 보고 온 걸 빠른 단계에서 이야기해서 정보 공유를 하는 게 좋다.

시빌라는 곧바로 엠마에게 가서 일련의 일을 이야기했다.

"과연. 던전 스칼렛 배트의 날개가 니들 래빗에게 달려있던 것. 시빌라는 어떻게 보지?"

"배트의 특성인 『신역 돌파』를 하급 마물에게 합성한…… 거겠지만, 꽤 위험하네. 러셀은 배트 우선 이야기를 알아?"

그야 물론이지.

던전 스칼렛 배트는 던전의 포화와는 상관없이 밖으로 나오는 마물. 그렇기에 우선 토벌 대상으로 정해져 있다.

아드리아 마을에도 싸울 수 있는 나이의 사람은 있었지만, 그 마을은 목숨을 던지면서까지 중층을 노릴 녀석이 없었다. 여신의 직업(잡)은 받지만, 10을 넘기면 그나마 나은 편이겠지.

그렇기에 빅토리아의 강함은 붕 떠 있지만…… 그때는 아직 치료한 직후였으니까.

"응. 그러니까 배트가 확인된 던전은 집중해서 공략하는 게 상식이었어. —오늘까지는, 말이지."

시빌라는 팔짱을 끼고 신음하더니 문제의 씨앗에 고민했다.

"마물로는…… 키메라, 라고 밖에 말할 수 없겠네."

"그렇겠지."

엠마도 찌푸린 표정으로 동의했다. 두 사람의 모습을 본 자넷이 앞으로 나와 질문했다.

"키메라라는 건 종족명이 아니라 『합성한 마물』이라는 뜻의 키메라라는 게 맞는 거지? 또 하나, 조금 전 『신역 돌파』라는 말에 관해서도 질문하고 싶어."

"아, 그럴까. 자넷. 우선 던전 스칼렛 배트가 던전 밖으로 나오기 쉽다는 특성을 가진 건 다들 잘 알고 있을 거야."

이 지식에 관해서는 에미도 수긍했다.

"그러나, 애초에 어째서 마물은 던전에서 나오지 못하는 걸까?"

그건, 그런 법이라서 그런 게 아니었나? 굳이 인간이 있는 세계까지 나오는 건, 어지간히 쓰러지고 싶다고 생각하는 녀석 정도일 텐데.

……아니, 잠깐. 그럼 어째서 하층 마물은 상층에 오지 않지? 토벌당하고 싶지 않기 때문에? 그러나, 그런 자아가 존재한다면 애초에 상층 마물은 어째서 강한 마물이 있는 아래로 내려가지 않는 거지?

그 이유는…….

"—『신역』."

내 입에서 자연스레 그 단어가 나왔다. 이 이야기 흐름으로 보면, 아마 이게 열쇠겠지.

"상층 마물이 중층으로 들어가지 않는 건, 항상 마물이 위로 향하고 있으니까. 마물이 제1층과 비교해도 제5층 마물이 강한 건, 상층으로 올라옴에 따라 마물 그 자체가 이 지상…… 즉 『신역』으로 들어오기 위해 변질되고 있다……?"

우선 떠오르는 걸 입으로 꺼내보고, 거기서부터 내용을 고민했다. 이런 가설을 세우는 의논은 자넷과 몇 번 해봤으니까.

자넷 또한 내 생각에 수긍하면서 다음 고찰을 이야기했다.

"신역…… 문자 그대로 『신들의 영역』이라는 뜻이겠지. 공간 전체에 작용하는 듯한 느낌이지만, 날개가 특징인 배트를 고려하면…… 예를 들어, 『대지의 여신』의 능력이 마물을 마계에 가둬두는 역할을 담당하는 걸지도 몰라."

"대지라. 확실히 이름만 보면 여신의 능력이라 생각하는 게 타당한가."

던전의 벽은 지상의 일반적인 동굴과는 완전히 다른 성질을 가졌다.

가뜩이나 안으로 들어가도 불빛이 필요하지 않을 만큼 빛나고 있으니까. 일단 해답을 듣고자 시빌라 쪽을 보니, 그녀는 양손 엄지를 세우며 웃고는 엠마 쪽을 바라봤다.

그쪽을 보자, 엠마는 나와 자넷을 교대로 바라보면서 놀라더니 시빌라를 바라봤다.

"……말했었나?"

"그게, 전혀 말하지 않았단 말이지."

시빌라의 실로 즐거워 보이는 대답을 들은 엠마는 실룩거리는 미소를 지었다.

“아아, 과연. 이건 확실히 각별하게 『현자』다운 【현자】로군. 【성자】도 굉장해. 의논은 같은 레벨인 사람이 아니면 성립되지 않으니 말이지.”

길드 마스터가 봐도 자넷의 고찰은 훌륭했나 보다. 자랑스러워졌다. 아니, 왜 살짝 차가운 눈으로 보는 건데. 시빌라.

“하아~, 돌아가면 그쪽에 관한 건 몇 번 지적하기로 하고……. 뭐, 이야기한 대로 신역이라는 건 지면에 펼쳐진 신의 보이지 않는 마력 같은 셈이야. 그것과 가장 상성이 안 좋은 던전 입구 쪽에서 모이고 모이다가…… 거기서 막히지.”

“지면에 퍼져서 입구에 모인다……. 과연, 그래서 배트는 그걸 넘어가는 건가.”

내 말에 수긍한 시빌라가 엠마 쪽으로 이야기를 넘겼다.

“그래그래. 그래도 자네들, 신역에 관한 이해가 빠른걸……. 정말로 감이 좋아.”

“그거 감사하네.”

“발설 엄금으로 부탁하네. 시빌라도 자네들을 믿고 이야기하는 걸 테니까.”

이런 이야기, 다른 곳에서는 도저히 할 수 없다고. 애초에 믿어줄지도 모르겠고, 기체의 질량 이야기부터 시작하지 않으면 통하지 않을 테니까.

“그걸 감안하고 지금부터 대책을 세워야만 하겠어. 제8은

미확인이지만, 그것도 날개 달린 키메라의 소굴일지도 몰라.”

생각하지 못한 타이밍에 이 세계의 터무니없는 비밀을 접하게 되었다. 지상은 우리가 생각하던 것 이상으로 여신에게 보호받고 있었던 모양이다.

그 『신역』의 힘이 없다면, 마물은 지상에 마음껏 나타날 수 있다는 건가.

……게다가.

엠마는 지금 『발설 엄금』이라고 신신당부했다. 그렇다면, 겉으로 나도는 정보가 아니라는 건 확실하다. 이 『신역』에 관한 정보는, 반대로 말하면 『어스름의 서약』에는 이야기할 수 있는 내용이라는 뜻이다.

이것이 시빌라가 신들의 사정을 나에게 이야기하는 여느 때의 패턴이라면 이해할 수 있다. 그러나 이번에는 그 이야기가 길드 마스터 엠마와 자연스럽게 이루어졌다.

아무리 길드 마스터라지만, 과연 『신역』 같은 신의 힘에 의한 것을 이렇게 당연하다는 듯이 알 수 있을까?

무엇보다……. 그 사실을 아무렇지도 않게 받아들이는 시빌라도 그렇다.

그러나, 여기까지 생각한 내용도 하나의 사실만 있다면 모두 정합성이 생긴다.

—즉, 그런 뜻이다.

“이봐, 엠마.”

“뭔가?”

"엠마는, 혹시 여신 중 한 명이 아닌가?"

내 질문에 엠마는 시빌라와 마찬가지로 양손 엄지를 들며 웃었다.

"자네는 정말로 이야기가 빨라서 좋아. 다시금 소개하지. 『물의 여신』 엠마다."

역시 그랬나. 눈앞의 이 인물은 시빌라과 마찬가지로 지상에 나타난 여신인 모양이다.

"『물의 여신』인가. 실례지만, 그다지 물이라는 느낌은 안 드는데."

"하하하, 자주 들어. 하지만 시빌라가 어스름 같지 않은 것과 비교하면 좀 낫지 않나?"

"그건 그렇군. 어스름은 어스름이라도, 술잔치 준비를 하는 시간대의 여신이겠어."

"이렇게나 청초한 미소녀에게 그게 무슨 말이야!"

"하하하하하!"

아니, 너는 정말로 어슴푸레한 하늘과는 전혀 어울리지 않으니 말이지. 조만간 『어스름의 여신』이라는 건 거짓말이라고 해도 나는 의심 없이 믿을 거야.

그나저나 엠마가 여신인가. 시빌라과 케이티에 이어서, 세 번째로군.

"사이가 좋아서 실로 다행이야. 자, 우선은 무엇보다—."

아니라고 부정하려 했지만, 그보다도 먼저 엠마가 책상에 양 손바닥을 힘차게 내리치며 커다란 소리를 냈다.

갑작스러운 움직임에 기세가 꺾인 사이, 엠마는 우리에게 크게 고개를 숙였다.

“모험가 길드의 관리를 맡은 여신으로서, 인간인 귀공들의 진력에 감사를 표하고 싶어. 고맙다.”

그 모습에, 분명 우리 전원이 놀랐을 거다.

원래 경박한 것까지는 아니더라도, 꽤 싹싹한 인품을 가진 인물이었다. 그런데 여신이라는 걸 밝힌 동시에 가슴을 더더욱 펴는 게 아니라 고개를 숙인 것이다.

10초 정도 숙였던 고개를 든 엠마는 우리를 똑바로 응시했다. 그나저나, 지위상으로는 상사에 해당하는 사람에게 이렇게까지 감사의 말을 들을 줄이야.

“러셀. 자네는 【성자】라는 위치에서 대단히 고생했다고 들었어. 다른 모험가의 생명을 지키기 위해 마왕 토벌 임무를 맡은 것에 불만이 있다면 아무쪼록 사양하지 말고 말해줬으면 해.”

싹싹한 첫인상조차도 배려였던 건가. 지금은 오히려 성실함이 두드러질 정도다.

“만약 내가 모종의 부담을 느끼고 있다든가, 의무감으로 참고 있다고 생각하고 있는 거라면, 신경 쓸 것 없어. 지금의 환경은 어린 시절의 이상에 가까워서 만족하고 있으니까.”

용사는 아니지만, 자신만의 특별한 힘이 있고 그 힘으로 마왕을 쓰러뜨릴 수 있다.

그 역할을 맡은 이유가 자신이 회복술사(힐러)이기 때문이라는 건 참으로 얄궂은 이야기다.

"그렇게 말해주는 건가……. 고마워. 두 사람은 어떻지? 마왕 토벌을 맡으면서 힘든 일이라든가 싫은 일이 있다면 이 자리에서 말해줬으면 하는데."

내 대답에 안도한 표정을 지은 엠마는 이어서 옆에 있는 두 사람에게 화제를 돌렸다.

"앗, 나? 으~음. 힘든 일은 많이 있어. 하지만 나도 러셀과 같이, 지금이 굉장히 만족스러우니까. 정말로…… 이렇게 좋아도 되는 건가 싶을 만큼."

밝고 순수했던 에미는 절망 끝에서 모든 걸 잃을 뻔했다. 지금 이렇게 그녀가 여기에 있는 것은, 내가 【성자】였기 때문이다.

그녀는 다양한 것을 넘어서서 어른이 되었다. 지금은 누구보다도 믿음직한 파티의 커다란 방패다.

"그러니까, 이 이상은 바라지 않아. 지금 환경에서 어디까지로 위로 올라가고 싶어."

"희망 속에 근심도 있는…… 미술적인 눈이군. 대답 고맙네. 자넷은?"

"……편한 인생 같은 건 없고, 생각처럼 흘러가는 인생도 없어."

그렇, 겠지.

자넷이 동경하던 건 『성녀』였다. 그렇기에, 내가 사라진 이후에도 회복술사(힐러)로서 파티의 입지를 다지려고 했다.

"하지만."

그래도 자넷은, 말을 이었다.

"지금은 그래도 괜찮다고 생각하고 있어. 장래의 꿈이 정답인 길로 이어진다고는 할 수 없어. 길에서 벗어났기에, 결과적으로 고생하지 않기도 했어. 그러니까…… 『큰일인가?』라고 묻는다면 『편하다』라고 대답해둘까."

자넷답지 않은 기나긴 말과, 참으로 자넷다운 이론적인 해답을 들으니 저도 모르게 뺨의 힘이 풀어졌다. 엠마는 기쁨을 감추지 못하는 표정으로 시빌라에게 시선을 돌렸다.

"사기가 높고 채도가 진해. 그러면서도 순풍에 돛 단 기세는 아니었던 색도 있고, 방심의 혼탁함이 적어. 실로 다채로워서 좋군."

"끝내주지? 이번에는 정말 대단하다니까. 그만큼, 유일하게 빼앗긴 지인이 【용사】라는 게 뼈아프지만."

말할 것도 없이 빈스에 대한 거다. 우리는, 용사 파티에서 용사가 빠진 상황이니까.

"그걸 보충하고도 남을 만큼 우수한 것이 러셀이라는 건가."

거기서 나의 생각을 앞서 읽은 듯이 엠마가 말을 거듭했다.

"길드 직원을 입구에서 기다리게 할 때 시빌라도 했던 말이지만, 내가 어둠마법을 쓴다는 건 원래부터 알고 있었겠지?"

"물론. 역대 【어스름의 마경】은 매번 만날 때마다 긴장하지만, 자네가 제일 이야기하기 편해."

나보다 이야기하기 어려운 녀석밖에 없었나……. 없었겠군.

"마왕을 타도하는 어둠마법과 용사를 능가하는 검. 그리고 성자라고 한다면, 『태양의 여신』도 과로로 판단을 그르친 건가?"

"흐응. 태양의 여신을 안 좋게 말하기도 하는 건가."

"동기인 친구니까! 자네가 시빌라에게 선택받아서 정말 다행이야. 마왕 토벌자, 러셀. 의지하기로 할게."

"그래, 맡겨둬."

"그럼, 곧바로……. 던전 일에 관해서야."

새로운 정보의 크기에 놀라서 이야기 궤도가 탈선했지만, 이야기를 지금 상황의 해결로 돌려야겠지.

이번에 모인 건 세 개의 신규 던전 공략을 위해서다.

"방위는 직원을 중심으로 하면서, 약한 상대가 될 테니까 도시 모험가에게 맡기고 싶군. 공략은…… 저번 마왕 토벌 경험자인 이전 용사 파티는, 이미 은퇴한 지 오래야."

"이전 대는 확실히, 공작가였지."

아무리 그래도 용사 이야기라면 나는 물론이거니와 책을 읽지 않는 빈스라도 알고 있다. 우리가 그 이름을 알게 된 무렵에는 현역에서 물러난 뒤여서 이미 전설상의 인물이었다.

"전 용사는 은퇴 후 사무 작업만 해와서 도저히 다시 싸울 수 없어. 현재 깊은 곳까지 들어갈 수 있는 자는 한정되어 있지. 안전제일이기에 생기는 고민이라네."

만약 젬마 할머니 정도의 나이라면, 아무리 최상위직이라도 드래곤과의 싸움에 보낼 수는 없을 테니까.

"뭐, 여차할 때는 나도 움직이도록 하겠어."

시빌라도 그렇지만, 엠마도 내가 상상하던 여신 같은 모습과는 많이 동떨어져 있군. 분위기나 풋워크가 가볍다고 해야 할지, 과하게 가볍다고 해야 할지.

“일단 점심이라도 먹게나. 그 후에 이쪽 직원과 예정을 조율하기로 하지.”

엠마는 이야기를 마치고는 다시 일어나서 우리에게 고개를 숙였다.

“거듭 말하지만, 자네들이 와 준 것에 감사하고 있어. 정말로 고마워.”

고개를 숙이는 여신의 모습. 무엇이 그녀를 이렇게까지 하게 하는지는 모르지만, 그만큼 엠마에게는 인간이 협력해주고 있다는 것이 큰 것이리라.

감사라기보다는 책임감이나, 아니면 죄책감 같은 것조차 느껴진다.

우리가 보기에는, 여신이 없다면 싸울 힘조차도 없었는데 말이지. 애초에 인간을 위기에 빠뜨리는 건 마왕 측이다. 신들은 처음부터 이 상황에 대한 책임이 하나도 없다.

그래서일까. 이렇게나 고개를 숙인다는 건…… 뭔가, 좀 아닌 것 같단 말이지.

애초에 어울리지 않아.

“그 감사는, 마왕을 토벌할 때까지 받는 걸 거부하겠어. 애초에 편하게 대하라고 한 건 당신이잖아? 엠마도 시빌라처럼 세상에서 제일 뻔뻔스럽게 구는 게 좋아.”

“잠깐, 그건 무슨 뜻이야!”

엠마는 그런 대화를 나누면서 나갈 준비를 하는 우리를 다정한 눈으로 가만히 응시했다.

자애로 가득한 눈은 모든 걸 포용하는 바다 같아서, 나는 처음으로 그녀에게 물의 여신다운 점이 있다는 걸 느꼈다. 시빌라와 달리.

“너, 또 이상한 생각을 하는 건 아니겠지?”

“시빌라는 정말로 여신답지 않네.”

“이럴 때는 입 밖으로 꺼내지 않아야 하는 거 아냐?!”

방을 나설 때, 길드 마스터의 즐거운 웃음소리가 들렸다.

그래그래. 그게 딱 좋다고.

아침 긴급 의뢰와 보고를 마치자, 태양은 정오를 알리는 높이가 되어있었다.

다음 목적을 생각하려던 중, 기운찬 배꼽시계가 옆에서 들렸다. 주목을 모은 본인은 얼굴을 붉히면서 겸연쩍은 듯 머리를 긁적였다.

“응응. 에미는 특히 애썼으니까. 그럼 우리도 슬슬 점심을 먹을까? 에미는 뭘 먹고 싶어?”

“에헤헤……. 그게~, 저번처럼 맛있는 가게도 좋지만, 세이리스처럼 많이 먹을 수 있는 가게가 좋겠다~ 싶네요.”

그렇지. 나도 역시 배가 좀 고프다.

“음~, 그런 쪽 뷔페가 아니더라도, 그래……. 걸으면서 정할까?”

시빌라가 아마 레스토랑이 많을 거리로 걷기 시작했고, 우리도 거리를 어슬렁어슬렁 돌아보게 되었다.

그나저나 물의 여신 엠마라……. 첫인상은 이상한 가면을 쓴 이상한 여자였는데, 내면에 끌어안은 게 많은 거겠지. 가면은 정말로 이상했지만.

"시빌라는 엠마와도 오래 알고 지낸 건가."

"그야 물론. 그래도 내가 모험가로 나서게 되고 나서 더 많이 만났네. 언니와는 자주 대화했었지만."

"프리실라와 함께 대화를 나누던 건 아닌가?"

"……어라, 내 과거에 흥미진진한가 봐!"

"역시 못 들은 걸로 쳐줘……."

섣불리 질문하면 금방 이렇게 되는 걸 잊고 있었다.

"흥미진진해요!"

한숨을 내쉬고 있는데, 하필이면 에미가 물어봐서 시빌라는 더더욱 기뻐하면서 까불거리며 떠들기 시작했다.

"옛날의 나는 그야말로 얌전한 숙녀여서, 그 조용함과 아름다움 때문에 『미의 여신』이라는 말로도 불리며—."

응, 이건 들을 가치가 없군.

옆에서는 이미 자넷이 완전히 주변 거리로 시선을 돌리고 있었다. 올바른 판단이다.

"—그렇게 다른 여신들에게 갈아입히기 인형처럼 마구 사랑받았단 말이지. 러셀도 내가 옷을 갈아입는 것에 흥미진진…… 아니, 잠깐마안. 듣고 있어~?"

그래그래, 듣고 있어.

몸을 웅크린 고양이 소리 정도로 열심히 듣고 있다고.

시빌라가 고른 건 두 시간 동안 무한 리필인 고기 전문점. 에미가 좋은 먹성을 보여준 덕분에 확실하게 본전은 건졌다. 나도 양껏 먹었지만, 나와 시빌라와 자넷을 합친 양보다 에미가 먹은 양이 더 많았다. 원래 이렇게까지 먹는 녀석이었던가……?

참고로 시빌라는 낮부터 싱글이니 더블이니 하는 잘 알 수 없는 주문을 하며 호박색 액체를 마시고 있었다. 혹시 정말로 술의 여신인 건 아니겠지?

마음을 다잡고— 사전에 나흘 뒤는 던전 공략에 참가하지 않는다는 걸 엠마에게 전한 우리는 고아원으로 돌아갔다.

돌아온 우리는 아이들의 격렬한 질문 공세를 받게 되었다.

"형, 강해?"

"에미 씨, 멋져……."

"자넷 씨는 굉장하네."

"시빌라는 분명히 잤을 거야."

각자 입을 여는 아이들에게 순서대로 대답했다.

나의 활약을 에미가 전력으로 긍정하고, 에미의 강함을 내가 보장하고, 자넷의 압도적인 강함과 재주를 나와 에미가 칭찬했다.

이 녀석들도 도시에 들어오려는 마물을 본 건가. 그럼 불안감도 있겠지.

"그래도 세인트고다트는 강한 사람이 세상에서 제일 많으니까 안전하다고 이자벨라 선생님이 그랬어."

연장자로 보이는 소년이 그걸 지적했다. 확실히 이 세인트고다트는 도시를 지키는 모험가의 숫자도, 질도 압도적으로 제일일 거다.

"그래. 내가 본 바로도 직원은 우수했고, 도시벽도 높아. 너희도 어른이 된다면 도시를 지킬 전사가 될 수 있을 거다."

"헤헷……!"

내 말에 쑥스러운 듯 웃는 소년을 흐뭇하게 생각하고 있는데, 시야 끝에 루나가 보였다. 잘 보니……. 흐응, 말 상대가 있잖아.

루나는 나와 눈이 마주치자 주변 아이와 함께 내 쪽으로 왔다.

"러셀. 저기…… 잘 돌아왔네!"

"그래."

"저기, 러셀은 강하지? 그렇지?"

그 해답은, 나 자신보다 다른 이들에게 맡기는 게 좋겠지. 에미 쪽을 보자, 그녀는 루나에게 기운차게 수긍했다.

"정말 굉장하다니까! 러셀은 어, 어, 어마어마하게 좋은 움직임을 보여서, 아무튼 【성기사】인 나보다 검을 쓰는 게 능숙할 정도니까!"

"그, 그렇구나……! 드, 들었어?! 검은 사람은 역시 멋있다고!"

"그래도, 【성자】라면서?"

"어쩌면……."

뭔가 다른 아이들과 소곤소곤 이야기하고 있다. ……뭐야, 이미 친구가 생겼잖아.

시빌라가 루나의 모습을 보더니 웃으며 끄덕이고 있다. 다들 친하게 지내라는 약속, 지킨 것 같다.

태양의 여신교 고아원에서 과연 이래도 되는 건지는 모르겠지만, 친하게 지낼 수 있다면 그 『검은 사람』을 마음껏 써먹으라고.

아이들의 모습을 미라벨 수녀가 가만히 지켜보고 있다. 루나 쪽을 보고 있던 모양인데, 나와 눈이 마주치자 무표정하게 고아원 안으로 향했다.

친하게 지낼 수 있는지 걱정하고 있었던 건가. 그렇다면 말을 걸어도 됐을 텐데……. 그다지 이야기를 나눠보지 않은 사람이라 잘 모르겠다.

"러셀!"

미라벨과 교대해서 프레데리카가 현관까지 마중을 나왔다.

"괜찮았니? 아침부터 길드의 소집이라고 해서 신경 쓰였는데……."

"괜찮……았다고 말하면 방심이 될지도 모르지만, 익숙해. 게다가—."

나는 옆에 있는 모두에게 시선을 돌렸다.

"—지금은, 지나칠 정도로 믿음직한 동료가 많으니까."

그 말에 에미와 자넷이 미소를 보였다.

"뭐야뭐야, 호감도 폭등 러셀과 나의 예식 이야기? 태양의 여신 앞에서 할래?"

"너는 오늘 하루 활약하지 않았잖아."

"앗, 진짜로 신랄! 하지만 그것도 쑥스러움을 감추는 거겠지!"

시빌라의 실로 어울리는 대답을 흘려버린 뒤, 프레데리카를 바라보며 어깨를 으쓱했다.

프레데리카는 시빌라의 모습을 보자, 걱정하던 표정을 완전히 풀고 웃었다.

그런 반응을 본 시빌라는 뭐라 형용하기 힘든 장난 성공 같은 표정으로 웃더니, 양손 엄지를 들었다. 이 녀석이 이런 식이라서 기다리는 사람도 걱정하기 어려워지는 건 좋은 일이라고 생각한다.

—나흘 후의 예정.

길드에도 탐색 참가 불가라고 전했지만, 그날은 이곳 세인트고다트에 온 본래의 목적인 『태양의 여신』 샬럿을 만나는 날이다.

운명의 날은 확실하게 다가오고 있다. 그 전에 걱정거리는 전부 정리해두자.

막간 자넷 : 밤의 왕도는 장막에 복잡한 문양을 꿰맸다

밤, 그건 많은 사람에게는 잠드는 시간.

태양의 여신교니까……라는 건 아니고, 사람은 밤에 활동을 멈추고 잠든다. 우리 인간은 달빛만으로는 태양 아래에 있을 때와 똑같은 일상생활을 보낼 수 없으니까.

손을 뻗은 곳에 빛이 없다면 뭐가 있는지도 알 수 없다.

세계 그 자체가 갇힌 실내로 변해버리는 거다.

동물이나 벌레는 밤에 활동하는 종류도 많다고 한다.

이런 어둠 속에서 대체 뭘 의지하는 걸까……. 처음에는 그렇게 생각했지만, 책 속에는 인간에게는 들리지 않는 소리의 반사, 냄새로 위치 파악, 열을 감지하는 등등 다양한 방법이 실려있었다.

확실히, 손뼉을 치는 소리의 반사로 지하실의 넓이를 감지할 수 있다.

눈을 감아도 근처에 손이 오면 열을 감지하는 것도 가능하다.

뭐, 자신이 벌레가 된 적은 없기에 어디까지 진짜일지는 모르겠지만.

그 밖에도 벌레에게는 『달 이외의 빛은 너무 눈부시니까』 주간에는 표식이 없어서 움직이지 않는다……. 즉, 『달만 빛나는 시간이니 표식이 생기니까』 밤에 움직인다는 가설도 있다.

인간과는 정반대로, 밝은 곳이 많으면 움직이지 못하게 된다는 거다.

듣고 보면 벌레는 눈부신 불 속에도 뛰어드니까. 그들에게 모닥불은 달이겠지.

—그렇다면, 벌레들은 이 도시를 보고 어떻게 생각할까?

사람은, 잠들기 위한 시간대인 『밤』의 장막을 극복했다.

하몬드의 술집에서 방을 밝게 만드는 마도구를 켜고 밤새워 마시는 사람이 있다.

다가오는 어둠의 공포는 조금도 느껴지지 않는 그 모습을 보고, 이것이 인간이 만드는 기술의 종착지라고 생각했다.

……그렇게 믿었다.

나는 지금, 고아원 2층 중심 부분의 휴게실에 있다. 그 창문에서 밤거리를 내려다봤다.

—세인트고다트 도심지. 이 나라에서 가장 발전한 왕도.

이곳의 경치는, 마을(아드리아)에서 도시(하몬드)로 나와 잠들지 않는 밤거리를 조마조마하게 바라보던 우리 4인조를 완전히 과거의 것으로 만들었다.

창밖에 보이는 건 조금 먼 곳에 있는 모험가 길드.

이 거리에서도 시인할 수 있는 건, 간판의 글자 자체가 빛나는 데다 눈을 날카롭게 찌르는 듯한 창문의 불빛이 보이기 때문이다.

그런 눈부신 길드조차도 이 도시에서는 전혀 눈에 띄지 않는다.

다른 건물도 큰 차이가 없을 만큼 빛이 나오고 있으니까.

길드보다 훨씬 먼 곳에 있는 왕성이 길드보다 눈부실 정도다.

낮에 마차가 지나던 길에는 가로등이 철저하게 늘어서 있어서 창문에서도 통행인의 얼굴이나 복장을 식별할 수 있을 만큼 밝다.

길가에는 보행자 전용 단차가 있고, 그 경계에는 빛나는 마석이 빼곡하게 늘어서 있다. 밤에도 그 작은 단차에 걸려 발을 헛디딜 일이 없는, 철저한 안전제일 거리다.

건물 그늘에 가려질 때까지 불규칙하게 늘어나는 모습은 마치 빛으로 그려진 미술작품. 도시 그 자체가 마도구로 그려진, 색을 빠뜨린 부분이 없는 하나의 그림이라고 해도 좋다.

이곳에 사는 사람들에게는 아드리아만이 아니라 하몬드도, 세이리스나 마델라도 평등하게 발전 대상으로밖에 보이지 않을 거다.

태양의 여신이 내리는 은혜가 지상을 눈부시게 비추는 낮에는 움직이지 못하는 날벌레들. 본래 달을 향해 날아오르는 그들은 이 도시를 어떻게 느끼고 있을까?

어쩌면, 이 거대한 성채 도시 그 자체를 눈앞에 나타난 달이라고 착각하고 있을지도 모른다.

"오오, 우수에 잠긴 여자 발견! 그림이 되네~."

"……어라, 시빌라 씨?"

밝은 창밖에서, 이 건물의 불빛 중 하나인 실내로 시선을 돌리자 시빌라 씨가 한 손에 컵, 다른 한 손에 고기가 올라간 빵을 들고 있었다.

시빌라 씨가 야식을 먹으면서 내 옆까지 찾아왔다.

"이야~, 역시 도회지. 이렇게 크고 고성능인 냉장, 냉동기가 고아원에도 있다니까. 최고네."

"확실히 이런 규모의 물건은 가게에도 좀처럼 못 보는 거죠……."

가로등조차도 이렇게나 윤택하게 쓰고 있으니까, 태양의 여신교가 관리, 운영하는 왕도 고아원도 훌륭한 마도구를 준비할 만큼 여유가 있다.

정말로 다른 세계다.

그런데, 그 고기는 프레데리카 씨에게 확실하게 먹어도 된다는 허가를 받은 걸까? 아무리 그래도 멋대로 먹고 있는 건 아니겠지만.

"……헉?! 자넷이 의심의 눈으로 나를 보고 있어?!"

"설마요. 시빌라 씨가 고기를 멋대로 꺼내오는 짓은……. 뭐, 그렇죠. 절반 정도밖에 의심하지 않아요."

"아, 진짜로 의심하는 패턴."

물론 절반은 물론이고 전혀 의심하고 있지 않지만.

그래도, 이런 교류를 하고 싶어지는 게 시빌라 씨가 가진 매력이다.

처음에 에미가 시빌라 씨를 『편하고 유쾌한 사람』이라고 부르던 것도 이해가 간다.

과연. 이건 정말로 불경하네.

작년의 나, 보고 있어? 지금의 나, 여신님에게 농담을 던지고 있어.

솔직히 참회하자면— 지금 굉장히 즐거워.

"프렛치에게는 일단 허가받았고, 술은 내가 산 거야. 자넷도 마실래?"

"마시지 못하는 걸 알면서도 하는 말이죠?"

"……아, 진심으로 가능한 정신 연령이라고 생각해서 권유한 건데."

이건, 칭찬할 생각……인 게 아니라, 자연스레 칭찬하게 된 건가?

그럼 그 평가는 고맙게 받아들이기로 하자.

"그렇다면, 마실 수 있게 되었을 때는 꼭 함께하기로 해요."

"오, 즐거움이 늘었네!"

시빌라 씨는 웃으면서 술을 단번에 들이켰다.

러셀이 하고 싶은 말도 이해는 간다. 이게 실제로 존재하는 진짜 여신님이라니, 나는 정말로 지식만 있는 좁은 세계에서 다 알고 있다는 행세만 해오고 있었네.

"……응?"

문득 나는 시빌라 씨가 들어온 입구 방면을 바라봤다.

그곳에는 최근 러셀과 함께 있는 소녀, 루나가 있었다.

루나는 흑발을 흔들며 이쪽을 바라봤다.

"안녕. 슬슬 자는 게 좋아."

"이예~이! 암흑 하고 있어~?"

루나는 나와 시빌라 씨를 교대로 바라보더니―.

"네, 안녕히 주무세요."

작고 미려한 음색으로, 정중하게 인사하고 나서 복도를 걸어갔다.

어라? 굉장히 예의가 바르네.

나는 그다지 대화를 나눈 적이 없어서 잘 모르지만…… 저런 아이였던가?

시빌라 씨도 의문이 들었는지 나와 말없이 눈을 마주하더니, 서로 거울처럼 고개를 갸웃했다.

루나가 떠난 방 입구로 시선을 돌리자, 그곳에 미라벨 씨가 교대하듯 나타났다.

미라벨 씨는 우리를 보더니 조금 놀라면서 말을 걸었다.

"이제 밤도 늦었어요. 슬슬 쉬시는 게 어떨까요?"

"마침 루나에게 그런 말을 들었어요. 단지, 상태가……."

내 말을 예측했는지, 미라벨 씨가 고개를 끄덕이며 말을 가로막았다.

"네. 놀라셨죠? 적어도 밤만이라도 얌전히 인사하도록 가르치고 있어요오. 아직 아이들 앞에서는 거북하지만요."

"그랬나요. 낮의 모습을 고려하면, 애쓰고 있나 보네요."

"네. 그야 물론…… 후후……."

미라벨 씨는 다시 묵례하고는 루나를 따라 입구에서 나갔다.

주머니에 손을 넣고 짤랑짤랑 소리를 내고 있다. 은화 같은 걸까?

밤에 뭘 사러 가기라도 하는 걸까……. 그렇지만, 신경 써봤자 별수 없다.

"저희도 잘까요."

"음~, 그럴까."

대답이 약간 늦은 시빌라 씨는 역시 암흑용사 놀이를 하는 루나를 좋아하는 걸까?

마음은 이해하고, 시빌라 씨라면 그렇게 생각하는 것도 이해한다.

"최종적으로 정하는 건, 저 아이라고 생각해요."

내 말을 듣자, 시빌라 씨는 놀란 듯 잠시 눈을 휘둥그레 뜨더니…… 직후에 씨익 웃었다.

"그~러게! 후훗, 역시 자넷은 귀엽기만 한 게 아니라 근사하네~."

"저는 귀엽지 않아요."

예전에도 했던 말을 반복했다.

아무리 그래도 내 표정근이 세상에서 제일 죽어있다는 것 정도는 내가 가장 잘 알고 있으니까.

그러나 시빌라 씨는 이번에는 농담으로 답하지 않고, 귓가에 살짝 속삭였다.

"그거, 진심으로 계속 주장한다면 은근히 진지하게 러셀은 자넷 곁에 머물게 될지도?"

……어?

내가 발언의 진의를 확인하기도 전에 시빌라 씨는 식기를 들고 가버렸다.

쫓아가서 묻는 것도 새삼스럽다.

지, 지금 그건 무슨 뜻이지?

내 곁? 마지막에는 러셀이, 내 곁에……. 아니, 그래도 에미가…….

아니, 그게 아니야. 애초에 어째서 내가 『귀엽지 않다고 계속 주장하면』 그렇게 되는 건데?

인과 관계를 전혀 모르겠다. 고민한다고 알 수 있는 일일까?

……아아, 정말. 자기 일이 되면 곧바로 뭐가 뭔지 알 수 없게 되는 법이네.

농담을 늘어놓는, 즐겁고 유쾌한 대화 상대라고 생각하고 있었지만, 마지막에는 시빌라 씨에게 압도당해 버렸다.

역시 그 사람에게 대화로 우위를 잡기는 어려워 보이네……. 그래도, 휘둘리는 쪽이 되는 일은 지금까지 없었으니까 조금은 마음이 편할지도.

문득 창문을 보자, 벌레가 창문 근처를 날고 있었다.

그래. 그렇지.

아무리 지나도 내가 자지 않으면, 너는 나를 달이라고 생각하겠지.

달의 여신은, 좀 더 위에 있어. 어스름의 여신이라면 아래에서 추가 야식을 가지러 갔을지도 모르지만.

보고 와도 되지만, 불에는 뛰어들지 마.

방의 불을 껐다.

창문에 있던 벌레는 금방 떨어졌다.

나도 슬슬 쉬자.

—세인트고다트, 던전 출현.

마왕을 쓰러뜨리면 다시 평화롭게 돌아갈 문제.

그러나, 사태는 아무도 예상하지 못할 만큼 복잡하게 움직이고 있었다.

그걸 우리가 알게 된 것은, 조금 더 이후의 일이다.

제2장

08 그 기대에 부응할 수 있다는 걸 나는 알고 있다

왕도 세인트고다트에서 맞이하는 몇 번째의 밤. 여느 때처럼 일찍 일어난 시빌라는 창문에서 들어오는 햇살을 받으며 즐겁게 손을 흔들었다.

자, 그럼 일단 여기서 현재 상황을 정리해 보자.

태양의 여신 샬롯을 만나기 위해 왕도로 온 우리를 맞이한 건 세 개가 동시에 출현한 신규 던전.

하늘을 뒤덮을 정도의 마물이 흘러나왔고, 왕도는 도시벽에 있던 거대한 마도구가 보호했다.

그러나 아직 안심할 수는 없다. 모험가 길드의 마스터인 엠마는 공략 작전을 세우고 있다.

이 마물의 종류와 던전의 집중적인 출현.

—명백하게 마왕 측이 지상 진출에 범상치 않은 집착을 보인다는 걸 느끼지 않을 수 없다.

첫 공격을 막아냈다. 지금부터는 우리가 선제공격으로 마왕을 처리하러 간다.

"오, 맥주 신작이 나왔잖아~!"

"마시지 말라고?"

"그건 암묵적으로 마시라는 거네! 아니, 농담이야. 아무리 나라도 그렇게까지 분위기를 못 읽는 여자는 아니야."

그게 농담이라고 생각할 수 없는 게 어제의 너였는데 말이지.

"이거야 원……. 우선은 오늘 분담을 길드 마스터 엠마에게 물어봐야겠어. 이후의 예정을 고려하면, 마왕은 빠르게 잡고 싶으니까."

"좋네! 특히 마왕을 『빨리 끝낼 수 있는 일』 정도로 보고 있다는 부분이!"

"뭐, 이제 와서 긴장해도 말이지. 단지, 가는 길을 고려하면 방심할 수는 없어."

아무리 생각해도, 나온 마물의 숫자가 명백하게 일반적이지 않았다.

마물과 마물을 합친 것을 만들 수 있다는 건, 그저 날개만 달았을 뿐인 합성만 있는 게 아니라고 생각하는 게 좋겠지.

"합성수(키메라)라는 성가신 걸 꺼내기는 했지만. 그래도 지금은 역시 자넷의 존재가 크네."

"황송하네요."

자넷은 우리 중에서도 쓸 수 있는 마법의 종류가 특히 풍부하다.

대량의 마물을 성가시게 느끼는 국면에서는 자넷만큼 잘 어울리는 사람이 없겠지.

"믿고 있을게."

"응."

변함없이 표정도 대답도 덤덤하지만, 이런 평소와 다름없는 모습은『긴장할 정도의 일이 아니다』라는 의사를 명확하게 표현하고 있는 거다.

"일단 나와 시빌라가 뒤에서 대기하는 형태가 될 거야. 앞쪽 마물은 에미가 드래곤의 돌진이라도 받아낼 수 있고, 뒤에서 오는 공격은 전부 내가 막겠어."

"그건 좋네. 빈스보다는 잘 지켜줄 것 같아."

자넷은 그런 농담을 하면서 이번에는 명확하게 입꼬리의 힘을 풀었다.

길드에 도착해서 이미 얼굴을 알게 된 직원과 함께 엠마의 방으로 향했다.

길드 마스터의 방에 들어가자, 엠마는 우리의 얼굴을 보고 고개를 끄덕였다.

"좋은 얼굴이로군! 곧장 예정대로 제7던전을 부탁하고 싶어."

"여기를 고른 이유를 물어봐도 될까?"

"제9던전은 대처할 수 있을 것 같으니까, 아직 미지수인 제7의 불안 요소 배제를 우선하고 싶다네. 나머지는 세이리스에서 보고했듯이 마왕이 세 던전 공통이라면, 나머지 두 개는 출구에 힘을 줬겠지."

수상한 자가 나오지 않게 감시하겠다는 거로군. 도시 안에 숨어들면 성가시다.

"제8과 제9는 각각 유력 파티『사자의 이빨』과『길드 직원팀』이 무리 없는 범위에서 마물을 줄이고 있어. 자네들은 그 동안 제7을 공략해줬으면 좋겠군."

"알았다. 맡겨둬."

우리도 밀릴 수는 없겠지.

세인트고다트에 나타난 마왕은 명확하게 왕도 안을 공격한다는 목적을 가지고 있다. 이 왕도에는 신세를 지는 고아원이 있다.

나는 그곳에 있는 희귀하면서도 재미있는 소녀와 의기투합한 걸 떠올리면서 칼자루에 손을 대며 감각을 확인했다.

모두와 고립되면서도 그림자의 영웅을 믿던 소녀. 암흑용사는 아니지만, 그녀가 말하는 『그림자의 영웅』이라 부를 수 있는 자가 여기에 있다는 걸 나는 안다.

그 기대에 부응할 수 있을지 없을지는, 나에 달렸다는 것도.

—이 왕도에는 손대지 못하게 하겠어.

다음 마왕이 만들어낸 마물도 나의 양식으로 삼아주겠다.

"마왕은 우리가 쓰러뜨리겠어. 『어스름의 서약』, 가자."

"좋네!"

"오~!"

"응."

내 말에 모두가 각자 대답했고, 엠마가 즐겁게 우리를 보내줬다.

오늘 들어가는 제9던전 앞에서 그 높은 천장을 바라봤다.

안에 있는 마물은, 지금으로서는 도시 바깥까지 나온 던전 스칼렛 배트만 확인했다.

"보고는, 있지만 없는 거나 다름없어. 이곳의 마물은 아직 전혀 확인하지 못했거든."

시빌라는 이미 직원에게 얼추 이야기를 들었는지, 던전 입구로 발을 들이면서 설명을 시작했다.

"직원이 이곳에 발을 들인 순간, 느닷없이 제8던전에서 배트가 일제히 나타났거든. 직원은 모두 탐색보다 도시 방어의 우선순위가 높으니까, 그래서 전원 물러난 거야."

과연. 그렇다면 문자 그대로 전혀 모른다는 건가. 신중하게 가자.

그렇지만 시빌라는 물론이거니와 자넷도 《서치 플로어》를 쓰고 있다. 두 사람이 아무 말도 하지 않고 있다는 건, 아직 마물이 나오지 않았다고 생각하는 게 좋다.

"에미, 안쪽 상황은 어때?"

"지금으로서는, 샛길은 없어보여~."

넓은 길을 나아가면서, 에미는 종종 샛길이 숨어있는지 확인하고자 방패를 빛내면서 전방을 비췄다.

"에미! 계단을 발견할 때까지 달려줄래?!"

"알겠습니다~!"

에미는 큰소리로 대답하더니 내달렸다. 우리도 뒤를 따라가면서 주변을 돌아봤다.

이 던전은 천장도 옆도 폭이 넓다. ……마치 마물이 옆으로 빠져나갈 수 있도록.

“암습은 없어 보이는 곳이지만, 마물이 없는 건 맥이 빠지는군.”

“어제 단번에 내보냈기 때문이겠지. ……뭐, 그래서 더더욱 성가시지만.”

“무슨 뜻이냐?”

내가 묻자, 시빌라는 앞을 달리는 에미도 들을 수 있게 목소리를 높였다.

“요컨대, 어제는 단기 결전이나 전력 정찰을 하려고 마물에게 작전을 전달시킨 거야. 그게 가능하다는 건.”

“……이곳의 마왕, 세이리스의 마왕과 같은 타입인가.”

“완전히 같지는 않겠지만, 비슷한 레벨일 가능성이 높네.”

그 녀석인가……. 그 녀석은 성가셨다.

하층 플로어 보스를 지상에 풀어놓는다는 변칙적인 수법을 쓰고, 자신은 3인분의 능력을 가졌던 마왕. 얼굴 세 개와 팔 세 개, 인간의 한계를 월등히 능가하는 존재였다.

“있어요~! 계단!”

“오케이! 제1층, 아무것도 없음! 자넷, 어때?”

“레벨만큼 색적 범위를 넓혔는데, 아무리 넓혀도 정말로 하나도 없어요.”

자넷이 하나도 없다고 말한다면, 이 제1층은 완전히 아무것도 없는 거겠지.

“마왕이 의욕을 내지 않는다고는 생각할 수 없어. 자연 발생하기 쉬운 상층의 마물이 없는 시점에서, 상층의 마력을 아래쪽에 모으고 있는 걸지도 모르겠네."

그로부터 제2, 제3, 제4층까지 아무 일도 없이 전진했다.

"달리고만 있지만, 그렇게 넓지도 않고 샛길도 없어. 다음은 제5층. 플로어 보스 정도는 있어줬으면 좋겠네."

"그래, 그렇지. 신경이 느슨해질 것 같으니까 슬슬 뭔가 나와줬으면 좋겠어."

그렇게 대답하면서 가볍게 검을 휘두르며 제5층으로 나아간 나는— 자신의 말을 후회했다.

"으에엑……."

에미가 거북하다는 소리를 내며 방패를 앞으로 들었다.

덮쳐온 마물을 향해 에미의 방패가 빛났고, 그 반격으로 마물은 허망하게 절명했다.

"이봐, 시빌라. 이 녀석은 대체 뭐지……?"

내 질문에 침묵한 시빌라는 마물 시체를 확인하며 발을 내디뎠다.

아드리아에서 봤던 얼굴과 작은 키. 가까운 마물을 거론하자면, 이 녀석은 고블린이었다.

그러나.

"키메라네."

시빌라가 중얼거리며 시체를 걷어찼다. 뒤집힌 고블린이 양손을 벌리며 쓰러졌다.

고블린은, 양팔이 배트의 날개가 되어있었다.

……이 모습은 뭐지? 이러면 이 고블린은 싸우지 못할 거다.

에미를 덮쳤을 때, 날지 못하는 대신 날개를 퍼덕이면서 물어뜯으려 했지만…… 전혀 움직이지 못했다. 솔직히 이거라면 표준적인 고블린이 더 강하다.

"다음이 왔어."

시빌라가 시선을 돌린 곳에는, 마델라에서 싸운 오크가 있었지만…… 그 양팔은 예외 없이 날개가 되어있었고, 뚱뚱한 몸으로 날지 못하는 날개를 질질 끌고 있었다.

마물은 인간을 습격하기 위해 태어난 존재이고, 일반적인 생물과는 다르다. 그러나 그것과 비교하더라도 이곳의 마물은 너무나도 이상하다.

목적을 위해서라면 의미가 없는 실험도 불사하는, 뭔가 집념 같은 게 느껴진다. 에미의 반응처럼, 이건 생리적 혐오감이 앞서는군…….

"하아~."

시빌라는 크게 한숨을 내쉬더니 하나의 결론을 말했다.

"일단 알게 된 것. 마왕은 누구나 괴짜지만, 이곳의 녀석은 특히나 더 이상한 녀석이야."

대답하는 사람은 없었지만, 틀림없이 전원이 동의하고 있을 거다.

"……."

그로부터 몇 마리를 잡았을까. 전위에서 싸우는 에미는 묵묵히 싸우고 있지만, 무리도 아니다.

이 층에는 일그러지게 합성된 마물밖에 없다. 어지간한 적은 가까이 온 순간 자넷이 쓰러뜨리고 있지만, 만나자마자 달려오는 마물은 에미에게 부담이 간다.

"정말 철저하네. 에미! 전위 러셀과 바꿔도 되거든?"

"……으! 아뇨! 괜찮아요~! 앞은 맡겨주세요!"

에미는 다부지게 외치고 다시 나타난 마물을 빛나는 방패로 날려버렸다.

"앞을 러셀에게 양보할 바에는 자기가 한다는 걸까? 음~, 사랑받고 있네~."

"놀리지 마. 능력적으로는 걱정하지 않지만, 정신적인 면이 마음에 걸려."

"그럼, 일단락이 지어지면 전력으로 칭찬해줘. 그게 제일가는 버팀목이 될 거야."

그 정도로 괜찮다면, 싸게 먹히는 셈이겠지.

"……아, 이걸로 끝인가?"

중얼거린 에미의 시선은 제5층의 큰 방을 보고 있었다.

"좋았어. 제5층도 이걸로 끝이네. 일단 주변 상황도 탐색하고 있지만, 남은 마물도 없어. ……그렇지만, 신역 돌파 같은 건 도저히 할 수 없어 보이는 실험물이었는데."

날개가 돋아난 마물은 던전 입구 지면 부근에 모여있는 신역을 넘어서서 지상에 나타난다. 그러나, 그러려면 당연히 『날아가는』 게 필수 불가결하다.

자넷이 태운 오크 키메라는 뚱뚱한 몸에 작은 날개를 붙인 상태로 지면에 쓰러졌다. 저걸로는 도저히 날 수 있을 것 같지 않다.

"에미는 방어에 전념해줘. 자넷과 시빌라는 나와 함께 선제공격하자. 상층 플로어 보스라면 대단하지 않겠지. 시빌라도 이러면 되겠지?"

"응. 찬성. 상대의 고찰은 쓰러뜨린 뒤에라도 생각하자."

시빌라에게 동의를 받았기에, 에미가 문을 열었다.

그러나, 문을 열어젖힌 곳에는 아무것도 없었다. ……보스가 없나?

"《플레임 스트라이크》!"

"《플레어 스타》."

"―《다크 스피어》!"

그렇게 생각했지만, 시빌라과 자넷이 동시에 천장으로 마법을 날렸다! 위인가!

이번 탐색에서는 던전 안의 마물을 남길 수가 없다. 그래서 마도사계인 두 사람은 모두 색적마법(서치 플로어)을 쓰고 있다.

그래서 들어온 동시에 알아챈 거겠지. 높은 천장 안쪽에 마물이 숨어있다는 걸. 나도 시인하지는 않았지만, 두 사람의 행동을 믿고 같은 방향으로 마법을 꽂아 넣었다!

"어?! 앗…… 와악~! 커?!"

그리고 한발 늦게 사태를 파악한 에미가 천장으로 방패를 들었다.

불타오른 마물이 충돌 직전에 방패로 날려버렸다.

"배트로 보이지만…… 범상치 않은 사이즈군."

던전 스칼렛 배트는 동물인 박쥐와 비교해도 상당히 크다. 그러나 이 녀석은 그것과도 비교가 안 된다.

"전에 싸운 드래곤 수준의 사이즈네. 그보다도…… 이렇게나 크면 좁은 플로어에서는 날개를 펼칠 수 없어. 애초에 밖으로 나갈 수가 없잖아."

확실히, 바람의 힘을 받으며 나는 날개를 펼칠 수 있을 만한 사이즈가 아니다.

"강해지도록 가공했지만, 결국 약체화됐어. 날지 못하는 배트는 그냥 표적이야."

자넷이 살짝 중얼거리고는 배트에서 흥미를 잃은 듯 시선을 돌렸다. 이 플로어 보스에 볼만한 부분은 이미 없다고 판단했겠지.

……자, 그럼.

"에미, 고마워. 떨어진 후는 생각하지 못했으니까."

"앗, 아냐! 오히려 이번에는 아무것도 안 했을 정도야!"

"나에게는 가장 도움이 되었어. 고마워."

그렇게 전하면서 에미의 머리에 묻은 더러운 부분을 털어내기 위해 살짝 쓰다듬었다. 어린 시절 같아서 너무 스스럼없었나 싶었지만, 이제 와서 그런 걸 고려할 사이도 아니니까.

"천만에!"

에미는 순간 눈을 크게 뜨더니, 밝게 웃었다.

그리고 종종걸음으로 계단 근처까지 가더니 방패를 든 채로 양손을 펼치며 정지했다.

……뭐지? 괜찮은 건가? 걱정이 됐지만, 시빌라는 나에게 엄지를 세웠다.

"대단히 좋아."

"……정말인가?"

"저 아이도 이제는 괜찮아 보이네."

시빌라가 이럴 때 하는 말은 빗나가지 않으니 믿어도 되겠지만…….

참고로, 그로부터 에미는 시빌라의 선언대로 하층 공략까지 안정적으로 진행했다.

현재, 제15층.

남은 건 하층 플로어 보스 하나와 그 안쪽의 마왕뿐이다.

"이야~, 그나저나……."

시빌라는 허리에 손을 대고 목을 돌리면서 뒤를 돌아봤다.

쓰러진 검은 짐승. 던전 블랙 울프……가 아니다.

"까마귀 날개가 등에 달려있지만, 전혀 움직이지 않았네."

"그야 다리로 달리는 게 빠를 테니까."

지금까지 만난 마물은 철저하게 『날개』가 달려있었다.

솔직히 숫자는 대단하지 않은 데다가 약하다. 이 마물들이 날았다면 확실히 위협적이었겠지. 그러나 실제로 하늘을 나는 건 불가능하다.

몸길이가 두 배로 늘어나면 체중은 여덟 배, 세 배가 되면 27배가 된다. 그 거구를 지탱하려면 작은 새와는 비교도 되지 않는 커다란 날개가 필요해진다.

그런 거대한 날개를 가지면, 좁은 던전에서는 도저히 펼칠 수 없다.

반대로 펼칠 수 있는 사이즈의 날개밖에 없는 마물은 날개가 있어도 못 난다.

그 결과, 여기에 있는 마물은 『의미가 없는 합성』이라고밖에 할 수 없는 것들이었다.

"동물은, 어느 정도 지상에서의 **최적화**를 따르며 살아가고 있어."

시빌라가 쓰러진 마물을 보며 중얼거렸다.

"거기서 벗어나면 당연히 부정합이 발생해. 예를 들어 새의 다리는 쓸데없이 체중을 늘리지 않도록 살이 없고, 몸은 의외일 만큼 작고 둥글어."

"이 녀석들은, 그 최적화에 맞춘 밸런스가 없다는 건가."

"그런 거야. 바퀴가 네모난 마차 같은 셈이지. 설계 센스가 없어~."

이런 상황이기 때문인지, 시빌라는 어깨를 으쓱하며 장난기 있게 말했다.

"다음에는 뭐가 나올 것 같아?"

"그다지 상상하고 싶지 않은데……. 에미, 괜찮겠어?"

"아, 응. 물론 괜찮아! 익숙해지니까 왠지 똑같은 소재라서 적응해버렸고, 오히려 약해서 편하려나?"

에미의 능력은 걱정하지 않지만, 정신적으로도 괜찮아 보이는군.

"《윈드 배리어》. 상층, 중층과 똑같이 공략하겠지만, 명백하게 이질적인 경우에는 임기응변으로 가자."

"오케이. 적당히 무리한 날개가 달린 마물이라면 좋겠네. 드래곤 같은 게 아니라면 좋겠지만. 아, 나 이상한 플래그 세웠나?"

뭔가 이상한 소리를 하고 있지만, 설명해도 모를 테니 무시했다.

"그럼, 가볼까!"

에미가 문을 열고, 방패를 든 채 제15층 보스 플로어에 발을 들였다—.

"무리무리, 무리무리……."

에미가 방패를 양손으로 들고 지금까지 없었던 새파란 표정을 짓고 있다.

"이건 엠마 쪽이 훨씬 낫네, 최악이라는 말은 고쳐야겠어. 엄청 구리네. 《스톤 랜스》."

시빌라가 거대한 공간에 앉아서 움직이지 않는 플로어 보스에게 마법을 날렸다.

그 돌창은 보스의 몸에 나 있는 날개에 박혔다. 그와 동시에 플로어 보스의 어딘가 졸린 듯이 반쯤 뜨고 있던 **네 개 이**

상의 눈이 크게 뜨이더니 동시에 이쪽을 바라봤다.

거대한 다리에 마법진이 나타났고, 붉은 모피를 뒤집어쓴 구형 마물이 부자연스럽게 떠올랐다.

……그렇다. 구체다.

붉은 모피에 눈과 날개가 명백하게 이질적인 숫자로 달린, 이미 다른 마물에 비유할 수조차 없는 모습이 이곳의 플로어 보스였다.

"꼭, 이걸 만든 녀석에게 제작한 감상을 물어보고 싶어졌어."

그 목소리에 마음속으로 동의하면서, 하층 플로어 보스와의 전투가 시작됐다.

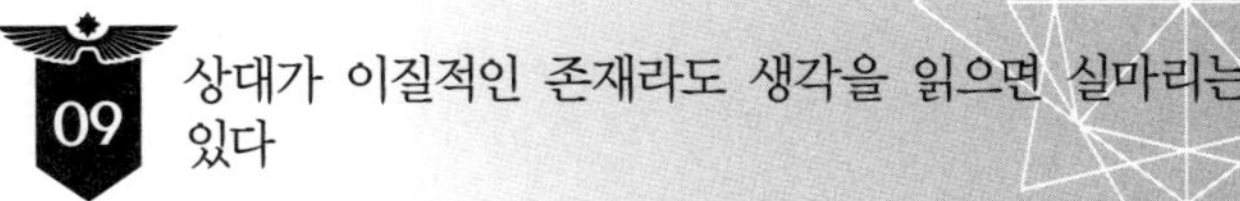

09 상대가 이질적인 존재라도 생각을 읽으면 실마리는 있다

하층 플로어 보스, 눈알과 날개가 조잡하게 붙은 구형 마물.

그 눈 중 하나가 살짝 빛나기 시작했다.

"에미, **날려버려**!"

시빌라의 지시를 곧바로 이해한 에미가 방패를 눈부시게 빛냈다.

동시에 녀석의 눈에서 광선이 날아와 옆으로 선을 긋듯이 우리와 함께 던전 벽면을 휩쓸었다. 다음 순간, 플로어 일대가 폭음과 함께 타올랐다!

파티 멤버를 크게 감싸는 윈드 배리어는 살짝 스치기만 했는데도 날아가버렸다. 저게 직격했다고 생각하면 식은땀이 흐른다.

이 녀석은 뭐지? 명백하게 멀쩡한 능력이 아니야……!

"우왓, 뜨겁! 지 않아!"

"파이어 드래곤의 비늘은 열을 전혀 통과시키지 않아. 대방패의 상성이 좋았던 것에 감사해야겠네. 그래도 지금 공격이 약간이라도 맞으면 위험하니까, 열심히 받아내야 해. ……그나저나."

시빌라는 불타오르는 플로어와 상공에 떠오른 구체를 보며 한숨을 내쉬었다.

"근접 공격 파티였다면 이미 이 시점에서 『외통수』네. 에미 뒤에서 떨어지지 말고 쏘자."

"알았어. 《다크 스피어》!"

아무리 꺼림칙한 보스라도 어둠마법이 안 통하지는 않을 것 같아서 수많은 마물을 없애버린 어둠의 구체를 던졌다. 충돌 순간 크게 폭발하며 퍼졌다— 그렇게 예상했지만.

"저건 뭐지……?"

플로어 보스는 공중에 뜬 채 옆으로 고속 이동해서 피했다. 나의 어둠마법은 하층의 붉은 천장에 격돌해서 허망하게 퍼졌다.

정면의 눈알은 이쪽을 응시하면서, 옆에 있는 눈알은 다크 스피어의 폭풍을 지켜보다가 이쪽으로 시선을 돌렸다. 저 녀석, 뭐지? 저런 외모로 저렇게나 민첩하게 움직이는 건가. 생물이라기에는 너무나도 부자연스러워서, 에미처럼 생물적인 혐오감을 느끼게 된다……!

공격을 피한 플로어 보스는 몸에 수없이 달린 눈알을 동시에 빛내더니, 빙글 회전하면서 세로 일자로 몇 번이고 몇 번이고 우리를 끌어들 벽면에 선을 그었다!

붉은 마력의 선이 방에 몇 겹이나 내달리면서 실내가 화재라도 일어난 듯 타올랐다.

"질, 까, 보냐아아아아아아아아아아아아아아아아아아!"

한편, 파괴의 극한을 일으키는 광선을 상대로, 그 난사된 붉은 빛을 날려버리는 하얀 빛이 에미의 방패에서 솟구치면서 적의 공격을 모두 사방팔방으로 튕겨냈다.

허리를 숙여서 버티고, 발밑이 가라앉을 정도의 압력을 받으면서도 에미는 밀리지 않았다. 힘과 힘의 응수. 궁극의 방어를 체현한 【성기사】의 힘이 규격 외의 플로어 보스가 가진 힘을 모조리 막아냈다. 그렇지만 부담은 미루어 짐작할 수 있다. 장기전은 가급적 피하고 싶다.

"움직이는 적이라면—《라이트닝 볼트》."

자넷이 고른 마법은 지팡이에서 옆으로 떨어진 낙뢰. 눈에도 보이지 않는 속도로 날아간 예리한 번갯불이 빠직빠직 소리를 내며 피할 새도 없이 지팡이와 마물을 연결……했지만.

"안 통하나."

자넷이 중얼거린 대로, 그녀의 번개는 확실히 보스에 닿았다.

그러나 마법은 몸 표면을 감싸면서 쓰다듬듯이 내달리더니 딱히 상대에게 대미지를 주는 인상도 없이 소멸하고 말았다.

한편, 자넷이 살짝 중얼거리는 사이에도 공중에 떠 있는 플로어 보스는 반격의 마법을 끊임없이 날려대서, 에미는 그 공격을 집중해서 전부 막아냈다.

"가능한 건 다 시험해볼게."

견제인지, 아니면 뭔가 생각이 있는지 자넷은 불꽃이나 얼음 등의 마법을 차례차례 상대에게 쐈다. 결과는…… 녀석은 그 모든 걸 맞아도 멀쩡했다.

이쪽에 대미지가 들어가지 않은 게 아니꼬웠는지, 광선이 집중력을 잃은 듯 여기저기를 난잡하게 쓸어버렸다. 주변은 마치 화재가 일어난 민가 같다.

어비스 새틀라이트를 고려해 봤지만, 그걸로는 즉시 사라져서 끝이겠지.

(부담이 집중되고 있을지도 모르겠어. 《엑스트라 힐 링크》.)

"에미, 괜찮아?"

"막는 건 전혀 문제없지만! 공격에는 참가하지 못할지도! 가능하면 보고 싶지 않으니까! 미안해!"

"아니, 상관없어. 뛰어들더라도 저 움직임으로는 피하겠지. 방어에 집중해줘. 믿고 있을게."

"러셀을 다치게 하지는 않아! 절대로! 하지만, 그건 그렇더라도 빨리 부탁해!"

지금 상황에서도 이쪽이 와해되지 않는 건 에미 한 명의 노력 덕분이다. 공격 담당인 나를 위시한 술사 측은, 한심할 따름이지만 현재 전혀 유효타를 주지 못하고 있다.

"어디까지 안 통하는 걸까? 《플레어 스타》."

자넷은 어지간한 마물이라면 삼켜진 시점에서 숯덩이가 되어버릴 마법을 사용했다. 가까이 있기만 해도 자넷의 저력이 피부로 느껴진다.

유례없는 천재인【현자】의 5중 영창.

어느 의미로는 자넷다운 탐구심과 실험 같은 마법이 플로어 보스를 향해 날아갔다!

"……이 방법은, 그만두자. 의미가 없어."

그 결과. 그 마물은 그 거대한 마법조차도 날개로 튕겨내고 말았다.

—응? 지금, 뭔가 위화감이…….

내가 무언가를 머릿속으로 정리하기 전에, 시빌라가 고개를 흔들면서 플로어 보스 분석을 이야기했다.

"아마 표면에 있는 날개, 하층 플로어 보스의…… 예를 들어 그리폰 같은 게 이식되어 있을지도 모르겠어. 실은 이 안쪽에 다 벗겨져버린 불쌍한 플로어 보스가 있을지도?"

이런 때에도, 아니 이런 때이기 때문인가. 시빌라는 농담도 섞어가며 상대를 분석했다. 소재가 된 마물에 대해 상상하니, 확실히 웃음은 나오는군.

그래, 맞다. 긴장해봤자 의미는 없다. 용건이 있는 건 이 너머니까.

그나저나 이 녀석을 만든 마왕은 강하게 만들기 위해 이것저것 생각하고 있었던 건가. 하층으로 내려올수록 마도사의 마법은 잘 통하지 않는다고 듣기는 했지만, 이렇게나 강하면 성가시군.

뭐, 이쪽도 파이어 드래곤의 비늘을 쓰고 있으니까 서로 피차일반이라고 해야겠지.

"그럼 이거라면. 《토네이도》."

자넷은 하몬드 던전에서도 사용했던 회오리 마법을 선택했다. 방어마법(윈드 배리어)을 걸어도 이 녀석의 영향은 크다. 몸을 숙여서 상대의 낌새를 봤다.

『—.』

역시 이 마법이라면 공중에 떠 있어도 그 자리에 멈춰있을 수는 없겠지.

갑작스러운 폭풍에 맞아 벽에 크게 부딪힌 마물은 그 눈을 크게 뜨면서 자넷을 날카롭게 노려보더니 날개를 접어서 지면으로 몸을 숙였다.

설마 버티려는 건가? 저 구체에 다리라는 개념이 있다고는 생각할 수 없는데…… 확실히 어째서인지 바람에 날아가지 않게 되었다. 동시에 움직이지도 못하게 된 모양이다.

그렇다면, 이 순간은 틀림없이 큰 기회다.

"《어비스 네일》!"

나는 자넷의 회오리에 버티는 마물을 향해 전력으로 어둠마법을 날렸다.

—나의 첫 공격과, 그 후의 위화감.

그때는 플로어 보스의 재빠른 움직임과 반격의 격렬함에 충격을 받았지만, 그 후에 보인 이 녀석의 움직임을 고려하면 오히려 그게 나의 의문을 확신으로 바꾸는 결과가 되었다.

이 녀석은 시빌라가 처음 쓴 돌마법을 간단히 튕겨냈다.

자넷의 격렬한 뇌격도 전혀 통하지 않았다.

그 불덩이조차도 그 날개로 가볍게 튕겨내 버렸다.

그러니까 더더욱 생각하게 된다.

마치 과시하듯이 마법을 받아내던 이 녀석이, 내가 처음으로 날린 어둠마법은 회피했다.

그 이유는 하나다.

"과연, 어둠마법만큼은 날개로 튕겨낼 수 없다는 걸 알아서 피했군. 자신만만하게 자넷의 마법을 받아냈지만…… 입이 없는 너의 행동은 나의 마법이 유효하다는 걸 명확하게 알려주고 있었던 거다."

어둠의 손톱이 마물의 몸을 관통하자, 엄청나게 많은 눈의 동공이 일제히 작아졌다.

명확하게 통했군. 코도 입도 없지만, 표정 연기는 거북해보여서 다행이다. 표정 자체가 없어 보이니까.

『—!』

목소리를 낼 수 없는 플로어 보스는 자넷의 마법이 끊어진 순간 놀랍게도 몸통박치기로 반격해왔다!

충돌한 순간 지진 같은 흔들림이 플로어 전체를 뒤흔들었고, 에미의 방패가 상대를 튕겨냈지만 공중 이동과 같은 요령으로 금방 착지해서 다시 에미에게 부딪쳤다!

"와아아아아아아아아무리무리무리~~!"

에미는 비명을 지르면서도 양손으로 방패를 움켜쥐고 눈을 감으며 날려버렸다.

인간 3인분 크기는 될 법한 꺼림칙한 구체가 몇 번이나 급속 접근하고, 에미가 몇 번이고 날려버렸다. 그때마다 같은 위치에서 플로어 보스가 몸을 굽혔다. —여기다.

"《섀도 스텝》."

공격 패턴이 광선에서 분노에 맡긴 몸통박치기로 변했다.

똑같은 움직임이라면, 나도 할 수 있는 게 있다.

나는 섀도 스텝에 의한 순간 이동으로 막 착지한 플로어 보스 위로 이동했다.

검을 깊이 박아서 열어젖히고는, 그 안에 왼손을 힘차게 쑤셔 박았다!

"꺼림칙한 외모와는 달리 알맹이는 무척이나 인간미가 넘치는군? 에미를 참 많이도 겁주던데, 즐거웠나? 이건 그 답례다. —《다크 스피어》!"

이중 영창에 의한 혼신의 마법으로 구형 플로어 보스의 체내로 어둠의 폭발을 꽂아 넣었다!

몸 안쪽이 어떻게 되어있는지는 모르지만, 표면만큼 튼튼하지는 않겠지. 현재 상황을 겨우 알아챈 플로어 보스의 분노가 느껴지는 눈이 일제히 나를 바라보며 빛나기 시작했다.

그러나, 늦었다.

(《섀도 스텝》.)

공격이 격렬하더라도, 그 방향이 직선적이라는 걸 고려하면 피하는 건 손쉽다.

분노에 몸을 맡긴 광선이 천장에 집중된 동시에 대폭발이 일어났지만, 그때 이미 나는 에미의 방패 뒤쪽, 시빌라 옆으로 돌아왔다.

"—퇴각!"

내가 그런 걸 생각하는 사이, 시빌라가 외치면서 지시하고는 위쪽 계단으로 올라갔다.

나머지 두 명과 순간 눈을 마주한 우리는 깊이 생각하기도 전에 시빌라의 뒤를 따랐다.

계단을 막는 마력의 벽이 사라져서, 저 꺼림칙한 플로어 보스를 쓰러뜨렸다는 것만큼은 명확하게 알 수 있었다.

생각할 일은 아직 많지만, 일단 지금은 그것만으로도 충분하겠지…….

"아차~, 사라져 버렸네."

시빌라는 붕괴가 멈춘 보스 플로어에 다시 발을 들이고 주변을 돌아봤다.

붉은 벽돌이 넓은 공간에 흩어져서 바닥이 고르지 않다.

신기하게도, 그 구형 키메라 보스 본체는 소멸한 모양이다.

그 거구다. 잔해에 깔렸더라도 장소 정도는 알 수 있다.

"그나저나, 의도적으로 약하게 한 건지 키메라의 공격력이 높았던 건지…… 천장이 무너진 건 놀랐어."

"보통은 무너지지 않는 건가?"

"기본적으로 마왕 측의 던전 메이크 말고는 무너지는 일이 적어. 인간도 태양의 여신 측의 『신기』를 내뿜고 있어서 눈앞에서 던전의 형태가 휙휙 바뀌거나 하는 일은 기본적으로 없으니까, 던전의 벽은 그리 간단히 얇게 만들 수 있는 게 아니거든."

확실히, 던전이 갑자기 무너져서 생매장을 당했다는 이야기는 들은 적이 없다.

"우리의 몸에서 그런 게 나오고 있는 건가?"

"나온다고 해야 할지, 『직업』의 능력이 신기의 가산이니까 자연스레 나오는 거야."

그런 능력도 있었나. 직업 없이 던전 탐색이 불가능할 만하다.

이것도 『태양의 여신』이 인간을 지키기 위해 고안한 방법인가? 우리는 자신들이 생각하는 것보다 던전 탐색의 구조를 훨씬 모르는군.

"그럼 에미, 와봐."

시빌라가 부르자, 에미는 쌓여있던 잔해를 날려버렸다. 눈앞에 던전 최하층, 별명 『마계』로 이어지는 계단이 나타났다. 마왕이 사는 16층으로 가는 길이다.

우리는 기습도 경계하면서 제16층, 『최하층』으로 내려갔다.

뭐였더라……. 확실히, 『암흑용사』였던가?

여기서 마왕을 쓰러뜨리면, 루나가 말하던 그림자의 영웅의 활약을 실현하는게 되겠군.

뭐, 나는 【어스름의 마경】이지만. 그렇지만, 말할 기회는 없을 거다.

결국 『흑연의 성자』도, 어둠마법에 관해서는 숨기고 있다. ……모두에게 말할 수 있게 되는 날은 과연 찾아올까? 아직은 모르겠다.

—결론부터 말하면, 이 최하층은 꽝이었다. 그것도 완벽한 꽝이다.

"시빌라는 이걸 어떻게 생각하지?"

"나한테 물어보지 않아도, 너라면 상상이 가잖아."

그야, 이런 걸 보면 말이지.

지면에 흩어진, 익숙한 것들. 던전 스칼렛 배트―의, 날개뿐이다.

날개만 떼어낸 것이 방구석에 쌓여있다.

"실험하다 남은 거겠지. 살아있는 마물은 없어보여."

"그러게. ……에미, 괜찮아? 일단 이곳은 이미 적다운 적도 없으니까, 위에서 기다려도 돼."

"으윽……. 죄송해요, 맡길게요……."

만약을 위해, 다시 회복마법과 치료(큐어)마법을 전원에게 걸어둘까.

비위가 상해버린 에미를 계단까지 돌려보낸 대신, 자넷이 왔다.

의외로 적극적이다― 싶었는데, 자넷은 플로어 중심에 있는 테이블 같은 것에서 하나의 물건을 집어들었다.

"……『여신의 서』인가?"

자넷의 손에 있는 건, 바로 『태양의 여신교』의 교리를 쓴 책.

그러고 보니…….

"떠올랐어. 마델라의 마왕도 『여신의 서』를 가지고 있었지."

"마델라라면, 그 마도구의 도시?"

자넷의 말에 수긍했다.

아무런 특징도 없는 『여신의 서』였기에, 어느 모험가가 떨어뜨린 걸 마왕이 회수했던 건가 해서 염두에 두지 않았었는데.

“두 권째가 되면, 우연이라고 생각하기 힘들군.”

“그러게. 인간 모험가가 죽었다면 검이나 갑옷이어도 되고, 포션을 떨어뜨렸다면 빈 병이어도 돼. 보물상자에 보관할 수도 있겠지. 하지만.”

싸움에는 필요 없는『여신의 서』만이, 마왕이 지내던 방에 있다.

“응?”

자넷은 놓여있는 책을 넘기려다가 잠깐 중얼거리더니 책을 위부터 들여다보면서 뒤쪽부터 페이지를 넘겼다.

“왜 그래?”

“조금 얇다 싶어서. 역시 그랬어.”

자넷이『여신의 서』뒤표지를 열자, 그곳에 있던 건 중간 페이지였다. 뒤쪽만 찢어진 흔적이 있다.

“흐응! 들었을 뿐인데 용케 알아챘네.『여신의 서』를 읽고 있었던 걸까? 샬럿이 들으면 기뻐하겠어.”

시빌라는 자넷이 든『여신의 서』를 웃으며 들여다보고는…… 곧바로 얼굴을 찌푸렸다.

“어이어이, 기분의 고저차가 가을 하늘 수준이잖아. 무슨 일이야?”

“있었다고 해야 할지, 없었다고 해야 할지……. 이 마지막 페이지 다음이 최종장이야.”

시빌라가 마지막에 적힌 페이지를 손가락으로 쓸었다.

“『여신의 서』는 주로 두 가지 내용이 적혀있어. 하나는『신들의 싸움 기록』이고, 또 하나는 『사람들을 위한 도덕 공유』야. 사람이, 서로의 힘으로 더 나은 생활을 보낼 수 있도록 하기 위해서."

그것이 여신교의 교리로 이어지는 거였지.

"마왕은 세이리스와 마찬가지로 혼자서 던전을 조립해서 잠복하고 있었을 거야. 아마 지금은 제8이나 제9던전에 있겠지. 그렇다면, 우리가 제7던전에서 확인할 건 이제 없어 보이네."

시빌라는 그 말을 마지막으로 방의 탐색을 마치고 계단으로 돌아갔다.

이곳 세인트고다트 던전에 나타난 마왕은, 누구에게 보여주는 게 아니라 최종장을 자기 생각대로 찢었다. ……문득 솟구친 의문의 해답을 찾아 자넷에게 물었다.

"이봐, 자넷. 『여신의 서』의 최종장은 무슨 내용이었지?"

"응? 러셀은 『여신의 서』를 암기하지 않은 거야?"

마지막으로 완독한 것은 아직 어린 시절, 프레데리카의 수업에서였다.

그리고 암기까지 하는 녀석은 그다지 없을걸…….

"『여신의 서』 최종장은 말이지—."

자넷이 불완전한 책을 테이블로 되돌리며 말했다.

"—신들이 『지상은 인간을 위한 것』이라고 선언하고, 사람들 앞에서 떠나는 이야기야."

페이지를 잃은 『여신의 서』 뒤표지는, 그 메울 수 없는 도랑을 보완할 수 없다는 듯 느슨해져 있었다.

던전을 나온 무렵에는 역시 해가 기울어져 있었다.

이번 적은 모두 밖으로 나올 가능성이 있었다. 16개의 계층을 한 계층씩 빠짐없이 공략했으니 이 정도의 시간은 걸리겠지.

—그나저나, 무서운 플로어 보스였다.

검이 닿지 않는 곳으로 날아오르는, 꺼림칙한 눈알이 돋아난 거구. 모든 속성 마법을 튕겨내는 강인한 날개. 방어하는 것도 어려운 광선의 연발. 정면에서 쓰러뜨리는 방법 같은 건 고려하지 않았다고밖에 볼 수 없다.

아니, 마왕이 공략 방법을 굳이 남겨둔다고 생각하는 게 이상한가…….

"제6던전까지는 모든 마왕이 쓰러졌다는 게 틀림없겠지?"

"응. 그럴 거야. 재이용 패턴은 지금까지 없었지만, 일단 다른 마왕이 재이용할 가능성을 여러모로 고려해서 길드 직원을 관측에 돌리고 있거든."

"그야 상정 정도는 하고 있나."

"세이리스의 마왕 같은 게 있었으니 말이지~."

시빌라가 이렇게 말하는 걸 보면, 정말로 그건 특수한 개체였나 보다.

"그래도, 그런 녀석이 나타났다는 건—."

"다음에도 비슷한 수법으로 올 가능성이 있다는 거겠지."

말의 후속을 잇자, 시빌라가 고개를 끄덕이며 하늘을 바라봤다.

저녁의 태양이 먼 언덕 위에서 빛났다. 도시벽 안에서는 가려질 정도의 위치다.

붉게 물든 세인드고다트. 어스름까지는 아직 조금 남았다.

길드로 돌아가 제7던전 공략을 완료했다고 엠마에게 보고했다.

“응, 응! 자네들은 정말 근사하다니까! 16계층까지 전부 하루 만에 쓰러뜨린 건가?”

“오늘 같은 상대는 이제 사양하고 싶은데 말이지.”

“이거이거, 시빌라가 푹 빠져 있어서 신경이 쓰이기는 했는데, 설마 이 정도일 줄이야……. 보수는 넣어놨으니까, 다음에도 부탁하네!”

길드 마스터의 만족스러운 목소리를 들으며 오늘 일을 마치고 밖으로 나와 어깨를 돌렸다.

“자, 그럼. 에미는 정도는 아니지만, 역시 배가 고파졌어.”

“러셀은 혹시 내가 언제나 배고파한다고 생각하고 있어?!”

“배 안 고파?”

“엄청 고픕니다.”

솔직해서 좋다.

시빌라는 에미의 어깨를 안고 기쁜 듯이 뺨을 비비적댔고, 자넷은 두 사람을 모습을 보고 나에게 어깨를 으쓱했다. 그 입가는 나와 마찬가지로 긴장감이 풀어진 듯 올라가 있다.

“좋~았어. 오늘 밤은 질보다 양인 왕도 특설 뷔페로 가자!”

“어? 그런 게 있나요?!”

"훗훗훗, 듣고 놀라시지. 설탕의 안정 공급이 가능한 왕도에는 팬케이크 무한 리필이 되는 곳이 있어!"

"굉장해……!"

시빌라의 선언에 에미가 눈을 크게 뜨더니 신음했다. 가게 사람, 딱하군. 오늘은 두 배로 일해야겠어.

그나저나 팬케이크라. 기본적으로 나는 편식하지 않고, 단 것도 물론 좋아한다.

"나도 오랜만에 단 걸 마음껏 먹고 싶은 기분이군. 자넷은 어때?"

"단것은 좋아해."

그녀는 표정을 바꾸지 않은 채 엄지를 척 들었다. 좋아. 만장일치군.

그래서 오늘 저녁은 시빌라의 제안으로 단 음식이 많이 나오는 가게로 결정되었다.

배가 고프다고는 해도, 나도 자넷도 기껏해야 1인분에서 2인분을 먹고 배가 꽉 차서 함께 커피를 마셨다.

에미는 말할 것도 없지만, 시빌라도 밀리지 않는 양을 먹어서 놀랐다. 아무래도 『여자아이에게 단것이 들어가는 배는 따로 있거든』이라고 한다.

무슨 호러인가 싶어서 후일 프레데리카에게도 물어봤지만, 『그럴 때도 있지~』라는 대답이 돌아왔다.

역시 여자에 대해서는 알 것 같으면서도 전혀 모르겠어…….

고아원에도 일단 보고하고, 다음 날을 대비해 일찍 자기로 했다.

"그러고 보니……."

우연일지도 모르지만, 어제에 이어서 루나를 만나지 못했다. 뭐, 넓은 고아원이니까 이런 일도 있겠지.

굳이 나를 만나러 오지 않았다는 건, 이 경우에는 주변에 조금씩 녹아들고 있다고 생각해도 되는 걸지도 모른다.

의외로 이미 암흑용사를 믿는 동료까지 생겼다거나?

동료가 되겠다고 정하기는 했지만, 내가 언제까지 함께 있어 줄 수 있는 건 아니다.

암흑용사를 믿는 루나와 그 주장을 듣던 다른 아이들.

시빌라도, 나도, 제안은 해도 강제할 수는 없다. 쌍방에게는 선택의 자유가 있다.

이 연령으로 고아원에서 보내는 거니까, 오랜 시간을 함께 보내는 소꿉친구가 된다.

바라건대, 그게 모두에게 행복한 결론이 되기를.

모두가 가족처럼 깊은 유대로 연결되는 결말을.

10 뜻밖의 협력자와 함께 구출에 나선다

"아침부터 미안하네."

고아원에서 아침 식사를 마친 우리는 아침 일찍 길드로 나왔다.

"신경 쓰지 말라고 했잖아? 엠마도 시빌라처럼 사람을 다루는 것에 익숙해지는 게 좋아."

"하하, 그건 그런가. 그럼 곧바로, 탐색 방침을 상의하고 싶군. ……마왕이 하나라는 건 확정되었어. 그리고 도망치고 있다면 빠르게 대처해야겠지. 쓰러지지 않은 이상, 제7던전의 마물도 금방 부활할 거야. 특히 자네들은 사흘 뒤에 예정이 있지 않나."

그렇지. 사흘 뒤에는『태양의 여신』과 만난다는 특별한 예정이 있다. 다음 예정이 비게 될지 불투명한 이상, 그날을 놓치는 건 피하고 싶다.

"그러니 나로서는 빠르게 이 소동을 해결하고 싶어. 뭔가 의견이나 희망은 있나?"

"잠깐 생각 좀 해볼게. 마스터 디바이스, 빌려도 될까?"

엠마가 이쪽에 질문하자, 시빌라는 양해를 구하면서 그 신기한 판—마스터 디바이스라는 모양이다—을 빌렸다. 길드

등록만이 아니라 보고도 볼 수 있는 것 같다.

조작 방법은 모르지만, 우리는 뒤에서 그 모습을 흥미진진하게 바라봤다. 이윽고 납득했는지, 고개를 한 번 끄덕인 시빌라는 판에 표시된 정보를 지웠다.

"나는 다음에는 제8던전에 가야 한다고 생각해."

시빌라가 고른 건, 우리가 들어가지 않았던 제8던전이다.

"이유를 물어봐도 될까?"

"제7, 제9던전은 얼추 쓰러뜨렸잖아. 그러니 적이 적어. 제8은 보고로 봐서는 다른 곳보다 넓은 데다 마물이 꽤 남아있는 것 같아. 『직원팀』을 제9던전에 많이 집중시키고, 우리는 단번에 제8던전을 공략하고 싶은 거지."

그 결론에 도달하기 위한 정보를 마스터 디바이스로 수집한 건가.

시빌라는 엠마에게 마스터 디바이스를 돌려주고는 팔짱을 끼며 신음했다.

"게다가, 신경 쓰이는 점도 있어. 내 예상이 맞는다면, 제8던전에서의 싸움은 꽤 격렬해질 거야."

"시빌라가 그걸 말하는 건가~. 시빌라의 예감, 잘 맞는단 말이지."

엠마의 불길한 말을 듣자, 나도 꺼림칙한 예감을 느꼈다. 제8던전인가.

"……맞다."

엠마가 서랍 안에서 나이프 하나를 꺼내더니, 또 하나의 가면도 꺼냈다.

다음으로 길드 마스터는, 터무니없는 의뢰를 냈다.

"오랜만에 마왕 토벌의 최전선을 봐두고 싶군. 자네들의 다음 임무는, 나와 파티를 맺는 거라네."

지금 우리가 있는 곳은, 제8던전.

처음에 들어간 게 제9던전이고, 어제 최하층까지 공략한 게 제7던전이기에 이걸로 신규 던전은 일단 모두 들어온 셈이다.

직원들도 숙련된 이들이니, 제9던전의 방어는 너무 과하게 걱정하는 것도 실례가 되겠지. 그보다도.

"음~, 이런 상황도 오랜만이니까 기대가 되는걸."

"불성실한 발언이 걸려서 불타오르는 너도 보고 싶네."

"어이어이, 농담이 심하잖아. 길드 마스터는 인기 장사니까, 아무리 『물의 여신』이라도 그쪽의 불은 끌 수가 없어."

두 여신은 약간 의도를 알기 어려운 발언을 늘어놓으면서도 사이좋게 대화를 나누고 있다.

세인트고다트 모험가 길드의 길드 마스터. 그 정체는 『물의 여신』 엠마.

지금은 내 옆에서 잉여신(시빌라)과 사이좋게 떠들고 있는 마이페이스 기질의 모험가다.

"이크, 제8던전의 첫 손님이 찾아왔군."

얼마 전 던전에서 넘쳐 나온 배트의 그림자가 보인 동시에 엠마가 나이프 두 개를 뽑았다.

“《아이스 니들》.”

직후, 나이프 끝을 양쪽 모두 배트에게 겨누고 마법을 쐈다.

얼음창이 배트를 덮치면서 날개 한쪽을 꿰뚫었다.

움직임이 둔해졌을 때 접근해서 왼손 나이프를 배트의 입에 꽂아넣고, 오른쪽 나이프로 이마의 급소를 깊게 도려냈다.

“응응. 좋은 감촉! 가끔은 몸도 움직여야 한단 말이지.”

절명한 배트를 걷어차면서 이쪽을 돌아보더니 웃었다.

시빌라 이외의 여신은 처음 보지만, 싸움법은 시빌라와 흡사하다.

마법을 공격이나 견제에 쓰면서도 오히려 움직임 자체는 이브 쪽에 가까울지도 모른다.

“그러고 보니 엠마의 직업(잡)을 듣지 않았었지. 함께 싸우게 되었으니까, 자기에 관한 것 정도는 이야기해 둬야 하지 않을까?”

“오, 그렇지. 꼭 봐주게나.”

편하게 대답한 그녀가 태그를 만졌다.

『세인트고다트』— 엠마【마도사】. 레벨 52.

“비교적 얕잡아 보이지 않을 실력이면서, 원래부터 상위직인 건 아니니까 딱 좋을 것 같아서 말이지.”

과연. 모험가 멤버치고는 상당히 강하다.

동시에 마법만이 아니라 나이프를 다루는 모습도 훌륭했다.

……하지만, 그렇더라도 여신이라는 건 이렇게나 인간과 가까운 능력인 건가?

원래 언니 프리실라와 비교하면 능력이 떨어진다고 해서 이해가 갔던 시빌라에 이어 길드 마스터인 엠마마저도 이러면, 마치—.

“마신과 싸웠다고는 생각할 수 없는 레벨이지?”

“—뭐, 그렇지.”

내가 생각하던 걸 미리 들었는데…… 엠마는 내가 마신과 싸운 걸 알고 있으니, 그야 예측할 수도 있겠지.

……그렇다. 마델라에 나타난 마신과 비교하면 여신들은 너무나도 힘이 약하다.

그런 데다 그 마신은 자기가 직접 완전체가 아니라고 했다. 그게 허세를 부렸을 뿐인 거짓말이라고 해도, 지금의 엠마와는 비교도 되지 않는다.

신들과 마신이 싸우고, 인간을 비호하는 신들이 승리하여 마신은 마계로 쫓겨났다. 그 결과, 지상에서 신들이 떠나고 인간이 지상에 살게 되었다.

『여신의 서』가 진실을 적고 있다는 건, 여신들 본인이 이렇게 눈앞에 있는 시점에서 보장되어 있다.

“일찍이 인간에게는 직업(잡) 같은 게 없었거든. 상층 마물에게도 간단히 당해버렸지. 그래서 대신 신들이 마왕과 싸웠던 거라네. 로트는 신들 가운데서도 압도적이었지.”

엠마의 말로는, 예전에는 신들도 마신과 싸울 정도의 힘이 있었다고 한다. 실제로 대등하게 싸웠다고 한다면, 지금은 그 힘을 잃어버렸다는 뜻이 된다.

“잃어버렸다는 것하고는 조금 달라. 음……. 이거, 로트에게 상담하지 않고 말해도 되려나?"

"나는 상관없다고 생각해. 어차피 이 아이들은 언젠가 알게 될 거야."

"그런가."

시빌라가 그렇게 말하자, 엠마는 고개를 끄덕이며 자신의 태그를 만졌다.

"모든 마신을 땅속으로 가라앉힌 무렵에는, 인간이 너무나도 많이 줄어들어 있었어. 늘어나는 던전에 닥치는 대로 대책을 세우기는 너무나도 어렵지. 그래서—."

"여신이 인간들에게 직업(잡)을 부여한 건가."

내가 다음 말을 미리 대답했다. 여기까지 들으면 이야기도 예측할 수 있다.

"신들의 힘을, 인간에게 나눠줬다. 그것이 현재 직업(잡)이라는 거겠지. 엠마도 그걸 나눈 신 중 한 명인 거고."

엠마는 내가 내놓은 해답에 웃으면서 대답했다.

"하하하! 좋은 예측이지만, 조금 달라. 내 역할은 이 태그가 정보를 자동 관리할 수 있게 했을 뿐이라네. 그래도 능력을 꽤 많이 써버리긴 했지만."

모험가 태그는 바꾸더라도 타인의 사칭을 할 수 없도록 그 사람의 정보밖에 내지 못하게 되어있다.

신기한 구조였지만, 그건 눈앞에 있는 엠마가 신의 힘을 사용했기 때문인가.

"혹시."

거기서 직업(잡) 선정 의식을 연구하던 자넷이 입을 열었다.

"지금 저희의 직업(잡)은, 『여신의 서』에 적혀있던 대로 『태양의 여신』이 혼자 전원 분량을 골라서 부여하고 있나요?"

자넷의 질문에 엠마와 시빌라가 동시에 수긍했다.

……그런가. 나의 【성자】는 정말로 『태양의 여신』이 직접 자기 손으로 고른 건가.

"자, 그럼. 즐거운 수다는 던전 공략 후에 계속하기로 할까."

엠마가 말을 끊자, 던전 안에서 다시 배트 무리가 출구를 찾아 나타났다. 일부 날개가 없는 고블린이 끼어있다. ……날개가 없는 고블린인가. 일반적이지만, 최근에는 표준 개체라는 것만으로도 신기하게 느껴지는군.

제8던전, 제5층 플로어 보스로 가는 문을 등진 시빌라가 몸을 돌렸다.

문 좌우에는 왔던 길과는 다른 갈림길이 있다.

자넷은 모자를 깊이 눌러쓰면서 지팡이를 꽉 움켜쥐었다.

"러셀과 에미는 뒤쪽 통로를. 시빌라 씨와 엠마 씨는 오른쪽을. 전원 밀집해서 등을 돌려."

"왜 그래? 자넷."

"마물이 몰려오고 있어. 마물끼리 연락 수단이 있다고밖에 생각할 수 없는 움직임이야."

자넷의 보고에 에미와 순간 눈을 마주쳤고, 나는 뒤쪽 통로로 왼손을 들었다.

고작 몇 초 후, 통로 안쪽에서 날아온 화살이 나의 윈드 배리어에 튕겨나며 소리를 냈다!

"《다크 스피어》! 녀석들, 고블린인가!"

앞을 보자, 활을 든 마물 집단이 있다!

일제히 날아온 화살비가 나의 방어마법에 튕겨났고, 우기의 창문 같은 기세로 벽을 울렸다.

동시에 다가온 고블린의 나이프를 에미가 가볍게 흘려내는 걸 확인하고, 반격으로 어둠마법의 공을 철저하게 꽂아 넣었다.

"《파이어 재블린》! 오~호호호! 그런 화살로는 윈드 배리어를 찢을 수 없다고~! 아아…… 압도적인 힘이야말로 나의 치유……!"

"실로 좋은 표정이네. 시빌라! 이크, 《아이스 재블린》! 그래도 마음은 이해해. 이런 일방적인 살육은 실로 즐겁지! 나도 저스티스 마스크를 장비할까!"

시빌라는 악역으로밖에 생각할 수 없는 미소로 도발하고, 엠마는 그 제정신이 깎일 듯한 꺼림칙한 가면을 쓰고 이상한 포즈를 잡았다.

믿음직한 【마도사】 여신 콤비는 이질적인 텐션으로 넘쳐나는 마물을 쓰러뜨렸다.

이거, 괜찮은 건가. 여신 본인, 지금은 개성이 너무나도 강한 녀석밖에 없는데.

한편, 자넷은 어쩌고 있냐면.

"……."

이미 자넷의 뒤에 있는 통로는 한쪽 면이 불의 길로 변해 있었다. 다수를 상대할 때는 나의 【어스름의 마경】이라는 최상위직조차 약하게 느껴지는 강함이다.

“색적하면서 쓰러뜨렸어. 지금 이걸로 모든 길의 마물이 정리됐어.”

“고맙다. 그나저나 방금 마물의 일제 공격은…….”

“무척이나 의도가 느껴지는 움직임이었지. 보고로는 들었지만, 이렇게나 연계가 된다면 상층이라도 성가시겠어.”

엠마가 마스크 속에서 흐릿한 목소리를 내더니 문 앞에 섰다. 상층 플로어 보스다.

“……몇 번을 봐도, 무척이나 인간의 건축 양식을 학습한 문이야. 나는 마왕(던전 마스터)이 인간을 무척이나 좋아한다고 생각한단 말이지.”

“꺼림칙한 소리는 하지 말라고.”

“하하하, 수다가 너무 심했나. 신경 쓰지 말아줘.”

그렇게 흘려버린 가면의 여신은 우아하게 길을 안내하는 듯한 동작으로 에미를 문으로 유도했다.

상층 플로어 보스. 나타난 마물은 대형 검은 홉고블린.

상대의 반응을 보기도 전에 에미가 접근해서 적을 베어버렸다. 마델라에서 들판에 풀려난 오크 보스를 모두 베어버렸던 에미에게 이 정도는 상대조차 되지 못한다.

【어스름의 기사】로서 가진 힘과 용아검의 압도적 공격력 앞에서, 본래 힘이 강해야 하는 플로어 보스가 곧바로 무릎을

꿇었다.

"좋아, 문제없군. 《엑스트라 힐 링크》. 에미, 괜찮아?"

"고마워~. 한 번 받아냈지만, 저릿하지도 않을 정도야."

피로 회복 마법을 쓰면서 에미를 격려했다.

"이거 안정감이 굉장하군. 우리 직원으로 갖고 싶을 정도야."

"길드 직원이 될 생각은 없어."

엠마의 농담을 받아내면서 몸을 돌렸고…… 그녀의 뒤에 나타난 것에 깜짝 놀랐다.

내 낌새를 알아챈 엠마가 머리를 휘날리며 몸을 돌리자, 그 자리에 나타난 것은—.

"어이어이, 진짜냐고……."

—벽에 마법진이 나타났고, 그곳에서 두 번째 플로어 보스가 상반신을 내밀었다.

"거짓말이지~?! 10분도 안 지났잖아!"

너무나도 이상 사태였기에 엠마가 불평하고, 시빌라가 곧장 지시를 내렸다.

"마력벽, 내려가는 계단에 있어! 저 녀석을 쓰러뜨리는 대로 곧장 아래로 가자!"

이제 막 나타난 주변의 잔챙이 마물에 마법을 꽂아 넣고 플로어 보스의 출현을 기다렸다.

"세이리스 때보다 더더욱 성가시군……."

"엠마. 미안하지만 문이 열리면 너는 혼자 위로 돌아가 줄래?"

"상층이라면 확실히 나 혼자라도 여유롭지만, 이유를 물어도 될까?"

"내가 마왕이라면, **유력 파티가 중층에 들어서는 지금** 지상을 공격할 거야."

시빌라의 발언에 일동이 숨을 삼켰다.

얼마 전, 세인트고다트 상공을 가득 메우던 던전 스칼렛 배트의 대군. 그 악몽 같은 광경이 필연적으로 떠오른다.

"……알았어. 유감이지만 자네들의 용맹한 모습을 보는 건 여기까지! 그러나 짧은 시간이었어도 함께 싸워보고 높은 사기와 안정감, 무엇보다 강한 유대감을 느꼈다네! 기회가 된다면 또 함께하고 싶어!"

엠마는 우리에게서 떨어져서 위로 가는 계단의 문에 섰고, 새로 나타난 플로어 보스의 머리 위에 거대한 얼음을 떨어트려 소멸시켰다.

마지막으로 가면을 벗고는, 눈부신 것을 보았다는 듯이 부드럽게 웃으면서 크게 인사한 뒤 상층으로 달려갔다.

상층 플로어 보스의 이질적인 부활 속도. 나는 공세를 풀지 않는 마왕의 그림자를 또렷하게 봤다.

시빌라는 평소의 느슨함을 조이려는 듯 길게 숨을 내쉬었다.

"지금부터 전원, 최하층까지 단번에 달리자."

"《윈드 배리어》. ……좋아. 이유는 달리면서라도 좋으니 설명해줘."

"응."

아마 시빌라의 『불길한 예감』이겠지. 우리는 일제히 제6층으로 달리기 시작했다.

“이 제8던전은 이상한 부분이 있어. 알아챘어?”

“느닷없이 물어도 모르겠는데. 일반적인 던전이잖아…….
……아니, 잠깐.”

일반적인 던전, 이라고?

우리는 처음에 들어간 제9던전에서 날개가 난 뿔토끼들의 이질적인 습격에 대처했다.

제7던전에서 이미 형용할 수 없을 만큼 섬뜩한 합성 마물 집단과 뭐라 표현해야 좋을지 모를 플로어 보스를 봤다.

그러나…… 이곳 제8던전은 어떤가? 전혀 이상하지 않다.

그렇다— **제8던전만이** 아무런 특색이 없는 거다.

“어째서 이 던전에는 합성된 마물이 한 마리도 없지?”

시빌라는 내 의문이 정답이라는 듯 고개를 끄덕였다.

“길드는 왕도에서 가까운 순서대로 번호를 붙이니까, 이곳이 제8던전이 되는 건 필연적이지만.”

일렬로 늘어선 세 사람을 첫 번째, 세 번째, 두 번째라고 세지는 않는다.

결과적으로 우리는 세 개가 세트거나, 하나하나 독립되어 있거나…… 그중 하나라고만 생각했다.

“그렇게 번호가 붙는 것조차 함정이었던 건가.”

“응. 가능성으로는 제7던전과 제9던전이 세이리스의 마왕처럼 여러 개를 관리하고 있거나, 어쩌면 하몬드처럼 같은 던전의 출구를 공유하고 있거나.”

아무튼, 제8던전만이 『일반적이기에 이질적』이다.

세 개의 던전이 있으니까 세 개 모두 다른 마왕이거나, 세 개 모두 같은 마왕이 만든 던전이라는 사고에 빠지고 말았다. 이런 걸 겪으면 아직도 나의 선입관이 얼마나 위험한지 느껴진다.

"이 던전, 아마 유력 파티가 제8던전의 깊은 곳까지 들어온 시점에서 나머지 던전에 마물을 내보내기 위한 시간 벌기가 목적이야. 그러니까 두 개의 던전에 있는 마물에는 날개가 있지만, 이곳에 날개를 가진 마물은 배트밖에 없는 거지."

과연, 그런 거였나……!

시빌라가 서두르라고 말한 건, 우리가 제8던전을 공략하기 시작한 것이 이미 적의 함정에 빠진 것이기 때문이었다.

"전략적 가치가 바깥쪽이 아니라 안쪽에 있어……. 그래서 날개가 난 마물이 최소한인 거야. 그 가장 큰 예시가―《파이어 재블린》!"

시빌라가 설명하면서 전방에 공격마법을 날렸다. 불 속에서 날뛰는 건, 인골이다.

"스켈레톤! 꽤 단단하지만, 불에 잘 타!"

"응."

그 전제에 가장 먼저 편승한 것은 자넷이었다.

"러셀은, 으~음. 뭐, 어둠마법이네!"

"말할 것도 없지."

지시가 되지 못한 지시를 들으면서 《어비스 새틀라이트》를 출현시켰다.

우선은 공격 수단을 늘려야 한다. 자동 공격에 맡길 수 있는 곳은 맡긴다.

"그런 마법도 있구나. 편리해 보이네."

자넷은 내 마법을 보고 감상을 남기면서 불덩이를 날렸다. 편리하냐로 따진다면 너의 마법도 상당하다고 생각하는데.

"와~아, 상층보다도 할 일이 없어~."

한편, 에미는 방패를 들면서도 근거리 무기 메인인 스켈레톤을 멀리서 바라볼 뿐이다. 이미 연기를 뿜는 시체를 밟아 부수면서 달리는 속도를 늦추지 않는다.

"그러게. 나도 즐기자."

아니, 마도사인 너는 움직일 국면이잖아.

탐색은 순조로웠지만, 8층, 9층으로 나아가면서 명확하게 적의 밀도가 올라가기 시작했다.

"뼈, 뼈, 뼈……. 슬슬 지겨워지는군."

"뼈만이 아닌 걸 보면, 버라이어티가 풍부해서 좋네."

"지금은 그 농담에 답하는 것도 귀찮아……."

던전 마물을 적당히 깔아놨을 뿐이라고 할 만한 숫자에다, 약간 좁게 만든 푸른 벽에 압박감을 느끼면서 중층을 계속해서 공략해 나갔다.

대처하는 건 어렵지 않지만, 적이 많고 빈도가 잦아서 다들 피로가 배어 나오고 있군…….

“《엑스트라 힐 링크》. 괜찮아?”

제10층 종점, 중층 보스 앞문에서 모두에게 말을 걸었다.

“너의 회복마법이 이 정도로 고맙다고 생각한 때가 없네……. 【어스름의 마경】과 【성자】 두 개, 이 던전에서 가져가고 싶은 건 군이 따지면 후자겠어.”

“그렇겠지…….”

적 자체는 정말로 대단치 않다. 그러나 물량만이 장난이 아니다.

“자넷은 어때?”

“이 정신적인 피로는 아마 스켈레톤의 시체를 계속 넘어가야 하는 **달리기 어려움**에서 오는 걸 거야. 그걸 고려하면 플로어 보스는 하나 쓰러뜨리면 끝. 다소 편해지겠지.”

“자넷, 달리면서 분석하고 있었어? 뭐랄까, 무거워 보이는 지팡이와 달리기 어려운 옷인 것치고는 체력이 굉장하네.”

그러고 보니 책의 지식을 실천하고자 근육 트레이닝도 하고 있다는 말을 저번에 했었다.

“우리가 모의전을 할 때, 자넷은 줄곧 그루터기에 앉아있을 뿐이었는데 말이지.”

“종종 일어나서 읽고 있었어. 세 사람은 알아채지 못했겠지만.”

“진짜냐. 전혀 알아채지 못했는데.”

“후에에……. 설마 자넷이 내가 모르는 사이 몸을 단련하고 있었다니…….”

뭐랄까……. 나도 공기 의자 트레이닝 같은 건 배웠지만, 수

수해서 모의전을 더 좋아했으니까. 그런데 자넷은 그걸 줄곧 이어가고 있었던 건가.

"책의 지식이니까 시험해보고 싶었어. 종종 다리를 벌려서 해보거나."

"와이드 스쿼트잖아. 난 그건 꽤 힘들었던 기억이 나는데……. 솔직히 대단하네."

책의 지식이라면 뭐든 하는 자넷은 특기가 더 많아 보이는군…….

"자, 그럼. 자넷의 새로운 매력도 엿보게 된 기념으로 중층 플로어 보스를 빨리 처리해 버리자."

무슨 기념이냐고 태클을 걸면서 방어마법을 다시 걸고 에미에게 신호를 보냈다. 고개를 끄덕인 그녀가 방패를 들고, 문을 열었다.

중층 플로어 보스. 우선 가장 먼저 눈에 들어온 건 거대한 해골과 거구를 가진 거인 둘. 저 콤비가 플로어 보스인가.

다음으로 눈에 들어온 건, 그 주변을 둘러싸듯 늘어선 검은 스켈레톤 집단이다. 정중하게도 검은 고블린 궁수 부대까지 거느리고 있다. 저 녀석들은 어디에나 있군.

커다란 해골 거인이 움직이기 전에 에미가 급속 접근했다. 가까이서 보니, 세이리스의 푸른 기간트 정도는 아니지만 꽤 크다. 에미의 머리가 상대의 허리 정도 위치다.

자넷은 에미의 접근전을 서포트하려는 듯 마법을 날렸다.

"《플레임 스트라이크》. 응. 문제없이 쓰러뜨릴 수 있겠어. 활은 무시해도 되겠네.”

“내 주변에서 벗어나지 않으면 괜찮을 거야. 에미를 노리는 녀석은 부탁해.”

자넷이 검은 스켈레톤을 공격하면서 내 옆에서 마법을 날렸다.

상대의 화살은 윈드 배리어가 모두 튕겨내는 모양이다.

자넷이 화력의 중심이라고 본 검은 스켈레톤은 일제히 자넷을 노렸다.

“놔둘 것 같냐.”

물론, 공격은 자넷에게 닿지 않는다. 내가 앞으로 나와 마법을 꽂아넣고, 검으로 베었다.

몇 번 격돌해봤는데, 검은 스켈레톤은 중층의 잔챙이보다 검의 기술력이 높다. 찌르기를 중심으로 한 공격이고, 파고드는 속도도 나쁘지는 않다. 게다가 연계도 해온다.

그러나, 그건 이쪽도 마찬가지.

“《플레어 스타》. 러셀, 좌우는 신경 쓰지 마.”

“그래!”

자넷이 좌우를 담당해준다면 걱정할 것 없다. 정면의 검은 스켈레톤에게만 의식을 집중하고 싸울 수 있다!

“—으랏차!”

구령을 외친 에미를 보니, 플로어 보스가 돌진 공격을 날려버리고 있었다.

기간트가 넘어진 직후, 거대 스켈레톤이 중전사의 양손검을 한 손으로 들고 용린 대방패를 마구 후려쳤다! 기술도 뭐도 없는, 플로어 보스의 능력에만 의존한 공격이다. 그러나 그걸 저 체격으로 날리면, 일반적인 전사는 조금도 버티지 못하겠지.

—키잉, 까앙. 귀가 뭉개질 정도의 강한 소리를 내며 무기가 비명을 내질렀다. 그러나 에미는 그 공격에도 한 발짝도 물러나지 않았다.

"지지, 않아! 뒤로는! 보내지! 않아!"

그뿐만 아니라 방패를 빛내면서 상대의 검을 날려버렸고, 또 하나의 플로어 보스가 옆에서 거대 망치를 휘두르기 직전, 능숙하게 방패를 비스듬하게 들어 미끄러뜨리면서 올려 쳤다!

대단한 기술이다……! 아드리아에서의 모의전이 성과를 발휘하고 있다!

"《플레임 스트라이크》!"

시빌라가 곧바로 화염창을…… 어중간한 위치에 꽂아 넣었다.

뭘 노린 건가 생각한 직후, 에미의 몸을 사로잡으려던 뼈다귀 손이 마침 시빌라가 쏜 화염에 맞아 날아갔다!

상대의 움직임을 예측하고 미리 쏜 건가. 이런 날카로운 감은 역시 대단하군.

"붙잡히면 은근히 성가셔! 무기보다 맨손을 경계해!"

"아, 알겠습니다!"

에미는 방패를 들고 오른손의 용아검도 떨쳐내는 방어로 사용하면서 맹공을 버텨냈다.

그동안 내 근처의 적은 모두 사라졌다. 남은 건 멀리 있는 궁병뿐. 자넷이 마무리라는 듯 플레어 스타를 좌우 동시에 날려 전부 없애버렸다.

"러셀!"

시빌라의 신호를 들은 나는 앞으로 나왔다. 마무리다.

"《어비스 네일》!"

(……《어비스 네일》!)

시간차로 강력한 마법을 교대로 꽂아넣자, 두 거구는 순간적으로 경직됐다. 아마 분노로 타오르는 눈으로 나를 노릴 그 한순간이 치명적이다.

"이게에에에에!"

에미가 거대 스켈레톤을 노려서 용아검으로 핵을 꿰뚫었다! 가슴 중심에 빛나는 스켈레톤을 움직이는 핵이 새된 소리를 내며 갈라졌다.

그와 동시에, 나는 기간트 정면에서— 사라졌다.

(《섀도 스텝》.)

시야에 비치는 건 무방비한 목덜미. 검은 오라를 두른 검을 크게 들어서 휘두른다!

"끝이다."

벤 감촉도 없이 휘두른 동시에, 목이 몸통과 작별을 고했다. 토벌 완료다.

"《엑스트라 힐 링크》. 다들, 문제없지?"

착지와 동시에 모두의 상황을 확인했다. 아직 용아검이 뼛속에 묻혀있던 에미도 내 모습을 확인하자 겨우 웃음이 돌아왔다.

"좋아. 중층치고는 강했지만, 잽싸게 끝내버렸네!"

"이 숫자인 것치고는 빨리 끝냈다고 생각해. 하층은 검은 뼈 집단인가?"

"어떨까? 뭐, 만나는 걸 기대해야지."

딱히 기대하는 건 아니라고 지적하기 전에, 자넷이 검은 뼈 앞에서 고민에 잠긴 게 보였다.

"왜 그래?"

"처음에는 검은 스켈레톤이 강하니까 쓰러뜨리지 못했다고 생각했어. 하지만, 어쩌면 이게 하층 마물의『마법 내성』인 게 아닌가 싶어서."

그러고 보니, 어둠마법에『마법 방어 관통』이라는 특성이 있다는 건 자넷에게 이야기했었다. 그리고 그 의문이 정답이라는 걸 시빌라가 긍정했다.

"응. 기본적으로 아래쪽 마물일수록 마법 공격에 가까운『마력의 근원』이 되는 걸 체내에 지니고 있어. 마왕 상대라면, 대략 절반 정도의 위력이 되려나?"

"……혹시,【마경】은 마왕 토벌에는 불리한 직업인가요?"

"그래도 리빙 아머처럼, 애초에 마법밖에 통하지 않는 적도 나온단 말이지."

"실로 불합리한 사양이네요……. 다들 하층에 들어가려 하지 않을 만해요."

"그~런~법이야. 마물에 한정하지 않고도, 일정한 공략법이 반드시 존재하는 건 아니야. 세상은 자기 사정에 맞춰주지 않거든."

조금 찌푸린 표정을 지은 우리를 향해, 시빌라는 말을 이었다.

"그걸 감안하고도, 태양의 여신은 직업(잡)을 대항책으로 삼아서 전 인류에게 부여한 거야. 광속성은 그 녀석도 쉽게 사람에게 줄 수 없으니까, 그건 귀여운 시빌라를 봐서 타협해줬으면 좋겠네."

"흠…… 알겠습니다. 일반 속성 마법은 사생활에서의 범용성도 높으니까, 그렇게 나쁘다고 생각하지는 않아요."

"다행이네. 그래도 곧 『태양의 여신』을 만날 테니까, 뭔가 받을 수 없는지 직접 담판을 지어보자."

"아무리 그래도 그건 좀……."

오, 괜찮지 않을까? 자넷은 특히 고생하고 있단 말이지. 샬럿에게 『광속성을 넘겨주세요』라고 말해도 용서받을 수 있을 것 같다.

제8던전 하층, 제11층. 붉은 벽조차 보기 힘들 정도로 많은 마물의 숫자에 역시 좀 질려버렸다.

"연전인데도 숫자가 전혀 줄기는커녕—"

"—빌어먹게 많네!"

내 말을 이은 시빌라가 자포자기한 듯 외치면서 마법을 꽂아 넣었다.

"《플레임 스트라이크》! 상대도 왕도를 공격하기 위해 전력을 쏟는 걸까!"

시빌라도 말하는 것과 마법을 쓰는 게 반반 정도인 느낌으로 외쳤다. 중층이 그 정도였다. 그러니 하층이 더 격렬해지는 건 필연적이었지.

"러셀, 아마 뒤에서도 와."

"진짜냐고. 알았어. 자넷은 중앙에서 움직이지 마."

마물이라기보다는 마왕이 협공을 노렸나. 이 중에서 근접 무기가 없는 자넷을 지키는 건 후위인 나의 역할이다.

파티 뒤쪽에 쌓인 백골의 잔해를 바라보니 돌아가는 길조차 우울해진다. 아드리아의 마왕처럼 죽은 마물은 던전 지면을 통해 회수해줬으면 좋겠다.

"러셀! 상대 중에……. 아아, 정말! 뱀이 있잖아! 역시 어둠 마법으로 대처해줘!"

시빌라도 뭐라 지시를 내려야 할지 판단하기 망설여지는 모양이다. 그렇지만 나는 어둠마법만 있다면 확실하기에 망설일 일이 없다.

문제는, 뜻밖의 방면에서 찾아왔다.

"《플레어 스타》…… 윽?!"

자넷이 얼굴을 지키려는 듯 지팡이를 들었다. 완전히 쓰러뜨리지 못한 적이 있었나 싶었던 직후, 날아오는 푸른 불덩어리. 마물의 마법 공격이라고……!

"《아쿠아 스플래시》……!"

자넷은 그 공격이 날아온 방향을 향해 자신이 사용한 화염 마법을 가르듯 물의 칼날을 꽂아 넣었다.

『—이이이…….』

이 세상의 것으로는 보이지 않는, 비현실적으로 아득한 비명. 붉은 불꽃 속에서 떠오르는 푸른 불꽃이 단말마와 함께 양단되었다.

"블루 위스프를 스켈레톤과 혼성군으로 내보내다니, 성격이 나쁘네! 뼈는 불이 약점이지만, 저건 불을 흡수하는 타입이야. 참고로 어둠 부여라도 하지 않으면 검으로도 벨 수 없어."

"대처할 수 있는【마도사】가 없는 파티가 만나면 어떻게 하지?"

"찌르기용 검만 들고 리빙 아머와 마주했을 때와 똑같아. 전력으로 도망칠 수밖에 없네."

태양의 여신이 상급 모험가라도 하층 탐색은 최대한 삼가하라는 교리를 적은 이유도 이해가 간다. 여기서부터는 주어진 힘을 늘렸더라도 확실하지 않은 세계다.

11층 마지막은 네 명이《윈드 배리어》안에 뭉친 뒤, 자넷의 화염 폭풍이 주변의 잔챙이를 한꺼번에 태워버렸다. 서둘러 앞으로 가자.

"에미, 괜찮아?"

"스켈레톤은 조금 무섭지만, 기분 나쁜 것하고 비교하면 전혀! 에잇!"

"《플레어 스타》. 한동안은 이 마법으로 어떻게든 될 것 같아."

스켈레톤이 중심이라지만, 적의 혼성은 성가시다. 마치 스켈레톤이 인간으로 따지면 동물형 마물을 다루는 조교사(테이머) 집단이라도 된 듯하다.

12, 13, 14…… 아래로 내려갈수록 적의 숫자도, 종류도 늘어났다.

검은 스켈레톤이 든 찌르기용 검이 눈앞까지 다가왔고, 윈드 배리어에 순간적으로 밀려난 틈을 노려 이쪽도 다크 스피어를 꽂아 넣었다. 만약을 위해 윈드 배리어는 다시 쳐둘까.

직후에, 사전에 깔아둔 어비스 트랩이 발동했다. 천장으로 날아간 무언가가 떨어지는 것을 보니, 아무래도 검은 뱀이 빈 틈을 노리고 다가온 모양이다.

"저렇게 발견하기 힘든 마물도 있는 건가……."

"던전 블랙 코브라네. 독액을 날리니까 맞으면 즉시 치료(큐어)."

"알았어. 그런데—."

시선을 전위로 돌리자, 에미는 보라색의 거대한 염소 같은 마물의 뛰어들기 공격을 되받아쳤다. 자넷도 곧바로 에미를 커버하고자 다가오는 마물을 태워버렸다.

오로지 물량. 이게 이 마왕의 방침이겠지.

제15층은 특히 천장이 높고, 통로도 넓어서 공격은 다방면에서, 그리고 마물의 종류에 따라 공격 자체가 다채롭게 이어졌다.

뭉쳐서 방어마법을 쓰고 있는 이상, 위험은 그렇게까지 크지 않았지만 아무튼 숫자가 많다. 왕도 중심가인가 싶을 정도다.

"확실히, 이건 자넷의 말대로…… 바닥이 안 좋아……!"

"굴곡이 심한 바위산이라도 오르는 것 같네……."

염소의 거구 위에 시체가 쌓였고, 우리는 그 위를 넘어갔다.

통로의 형태조차 시인할 수 없을 만큼 높이 올라간 시체의 산에 한숨을 내쉬며 회복마법을 썼다.

"만약 플로어 보스가 **그거**라면, 슬슬 사자 마물도 오려나?"

시빌라가 어째서인지 그렇게 중얼거린 뒤, 안쪽에서 전신이 검은색인 짐승이 나타났다. 늑대와 비교해도 상당히 거대한 대형 육식동물이다.

위협하듯이 이를 드러내며 미간에 주름을 잡고는 목을 감싸듯이 난 갈기를 흔들었다.

틀림없다. 백수의 왕이라 불리는 사자다. ……이건 예측 수준이 아니라 예언이잖아. 완전히 그런 마물이 와버렸다고.

"플로어 보스는 아직 더 가야 하는데, 이 녀석은 잔챙이 취급인 건가?"

"그렇겠지. 던전 블랙 라이온, 말할 것도 없이 강해. 그리고 빨라."

시빌라의 말을 듣자, 에미가 방패를 양손으로 다시 들었다.

"―온다!"

갑자기 검은 사자의 거구가 사라졌다! 왼쪽인가……!

알아챈 동시에 금속을 두드리는 날카로운 소리가 귀를 때렸다. 마물이 중앙에서 보호받는 자넷을 노리고 옆에서 달려든 걸 에미가 막아냈다!

"《어비스 네일》!"

"《플레어 스타》."

나와 자넷의 마법이 마물을 덮쳤다!

『워웅! 크르르르…….』

나의 어둠마법은 직전에 직격을 피했지만, 그래도 몸 근처를 스쳐서 대량의 출혈을 일으켰다. 한편, 자넷의 마법은 완전히 피해버렸다.

"과연, 빠르다고 할 정도는 되는군……!"

애로우나 스피어계 마법으로는 보면서 피할 수도 있을 것 같다.

문득 근처에 있던 시빌라가 작은 목소리로 내게 전했다.

"러셀, 다음에는 뒤쪽에서 올 테니까 **눈치채지 못한 척하고 쓰러뜨려.**"

눈치채지 못한 척…… 과연.

그렇다면, 쓰는 건 물론 이거다.

『—크아아우우우우우우우우우우우!』

직후, 우리 뒤쪽에서 사자의 노성이 지근거리에서 고막을 뒤흔들었고, 돌아보자 방패를 든 에미가 경악한 표정을 짓고 있었다.

"《라이트닝 볼트》…… 좋아."

내 마법으로 떠오른 마물을 향해 자넷이 곧장 강력한 뇌격을 꽂아 넣었다! 아마 저것도 다중 영창 뇌격이겠지. 일반적인 마법 같지는 않다.

회피 동작을 취하지 못하는 공중에서 사자의 몸이 빠직빠직 소리를 내며 경련했다. 거구는 그 자세 그대로 연기를 뿜으며 지면에 낙하했다.

"에미, 만약을 위해 목을 날려줘."

"아, 알겠습니다!"

시빌라의 지시에 에미가 움직여서 검은 사자 마물의 목을 날려버렸다. ……토벌 완료. 성가신 적이었군…….

"에미, 잘해줬어. 고마워."

"조금 놀라긴 했지만! 그래도 그 정도라면 괜찮아! 방패가 좋아서 그런 걸까? 예전보다 편할 정도야."

"자넷도 마지막에 잘 끝내줬어."

"그 기회를 만들어낸 네가 말하는 건 비아냥이야? 이쪽이야말로 고마워."

솔직하게 기뻐하지 않는 자넷다운 모습에 웃으면서 가볍게 손등을 맞댔다.

"아, 나도나도."

에미도 두근두근한 표정으로 손등을 이쪽으로 내민 채 대기했기에, 똑같이 가볍게 맞댔다. 다음으로 에미는 자넷에게도 같은 걸 조르러 갔다.

"……좋~아. 흑사자의 이빨도 무사히 파손 없이 얻어냈네. 이야~, 좋은 임시 수입이로군요~."

또한, 시빌라는 실로 시빌라다운 정상 운행이었다.

"그럼 쉬지 않고 이동 재개야."

"지금 행동에서 용케 그런 말이 나오는군……."

뭐, 말하겠지. 그게 시빌라니까.

"그렇지만, 이제 남은 건 이것뿐인가."

마물의 시체 산. 그 너머에 무척이나 커다란 문이 보인다.

나는 시빌라에게 말을 던졌다.

"그러고 보니, 이곳의 플로어 보스를 이미 알고 있다는 듯 말하던데?"

"응, 그렇지. 여기까지 왔으면 거의 확정."

시빌라는 팔짱을 끼고 강적이 기다릴 문을 응시하며 말했다.

"세 사람에게 지시. 내 예상이라면, 1인 동물원 같은 거대 플로어 보스가 나올 거야. 강하지만, 아까 검은 사자의 상위 호환 같은 거라고 보면 돼. 특징은 독을 쓴다는 것. 그래도 이쪽에는 러셀이 있어. 그러니까 확인하는 대로 속공으로 쓰러뜨릴 거야."

"이해할 수 없는 표현이지만 알았어. 예상이 빗나간 경우에는?"

"방어에 전념……이라고 해도, 내가 대처 방법을 모르는 플로어 보스라면 아무튼 시간을 들이지 말고 속공으로 쓰러뜨리자."

시빌라가 상대를 모를 가능성은 그다지 생각하고 싶지 않지만, 어둠마법이 안 통하는 적은 없겠지.

에미와 자넷에게 시선을 보내면서 서로 고개를 끄덕였을 때, 다시 마법을 걸었다.

미약한 피로도 남김없이 사라진 뒤, 우리는 문을 열었다―.

―보스 플로어 안은 좁고, 텅 비었다.

"이봐, 아무것도 없잖아. 《다크 스피어》. ……천장에도 전혀 없어 보이는데."

기합을 넣은 만큼, 방패를 든 에미는 긴장감이 빠진 표정으로 이쪽을 바라봤다.

"어라……. 그래도 러셀, 뒤쪽 문은 줄곧 막혀있어."

에미의 말을 듣고 돌아보자, 확실히 문은 닫혔다. 보스가 없는 건 아닌 건가.

우리가 의문이 들어서 고개를 갸웃하자…… 자넷과 시빌라의 낌새가 이상하다는 걸 눈치챘다.

"왜 그래? 무슨 일이—."

"—《스톤 월》!"

내 말을 가로막은 시빌라가 그동안 수없이 만들어 왔던 돌벽을 다시 만들었다.

단, 바닥이 아니라 벽에.

"제가 계속할게요."

시빌라의 의도를 알아챘는지, 자넷이 그녀의 마법을 이어받아서 말없이 돌벽을 차례차례 생성했다.

"이봐, 무슨 일인데?"

"이런 방법으로 올 줄이야. ……제법이잖아."

정신이 들자, 자넷이 차례차례 만들어낸 돌벽이 마치 벽에 설치된 나선계단처럼 되어있었다. 과연, 그런 거였나……!

자기가 처음 만든 돌벽 측면에 올라탄 시빌라가 어둠이 이어지는 천장을 올려다봤다.

"마도사가 없다면 암벽 등반이 확정인 빌어먹을 보스네. 아마…… 이 플로어 자체가 미로화되어 있어."

자넷이 스톤 월을 벽에서 계속 만들면서 한 걸음씩 보스 플로어를 올라갔다. 훌륭한 나선계단이지만, 그래도 뛰어가기는 어려울 만큼 완성되는 속도가 좀 느리다.

"모험가를 쓰러뜨리기 위해서는 뭐든지 하는 게 마왕이지만, 이렇게나 자존심이고 뭐고 없는 대책을 세우는 마왕이 있다는 건 놀랍네."

"즉, 이기지 못한다고 보고 이런 던전을 만들었다는 건가?"

"그렇겠지. 그래도 하층 플로어 보스는 일반적인 사람은 쓰러트리지 못하는 괴물이야. 이곳의 마왕, 어지간히도 신중파인지, 그만큼 시간 벌기에 목숨을 건 건지……. 뭐, 결론은 금방 나오겠네."

시빌라가 시선을 돌린 곳, 천장 근처 벽에 커다란 구멍이 대각선상으로 두 개 뚫려있다.

아래를 보니, 다리가 후들거릴 만큼 높은 위치에 난간도 뭐도 없는 돌단 나선계단이 완성되어 있었다. 어느새 이렇게나 올라왔구나…….

자넷은 구멍을 들여다보며 고개를 끄덕였다.

"시빌라 씨도 느꼈겠지만, 보스의 반응은 이 안쪽. 길은 외길이고, 추격하면 뒤쪽 구멍에서 나갈 수 있지 않을까요."

"여기가 미로인 건 아닌가 보네. 그건 살았어."

정말로 이렇게나 멀리까지 도망친 건가. 하층 플로어 보스 정도 되는 녀석이.

“자, 그럼. 도망친 녀석을 잽싸게 쓰러뜨리는 작전을 이야기하자. 우선 자넷이 여기고, 에미가 저쪽. 러셀은 그 반대에서—.”

사람 키 3인분 정도의 굴.

나는 움직이지 않고 귀에서 들려오는 소리와 약간 구불구불한 굴에 의식을 집중했다.

—낮은 소리와 미약한 흔들림이 느껴진다.

흔들림은 점차 커졌고, 소리는 던전 벽이 파괴된 것을 나에게 명확하게 전해줬다.

슬슬 오나.

『캬오오오오오오오오오오오오!』

구부러진 길의 벽 틈새에서 거대한 뱀 머리가 보였다.

그러더니, 지면을 짓밟는 건 동물의 다리.

그에 이어서 갈기를 가진 거대한 육식동물의 머리가 나타났다.

조금 전의 사자도 거구였다. 그러나 눈앞의 플로어 보스는 그보다 세 배는 큰 것 같다.

이 플로어 보스는 나를 시야로 파악하고는— 발을 멈췄다.

“미안하지만, 여기는 막다른 길이라서.”

내 뒤는 현재 시빌라의 제안으로 인해 스톤 월로 막혀있다.

플로어 보스 뒤쪽에서는, 에미가 돌진하고 있을 거다.

“상대는 나다. 《하데스 핸드》, 《다크 스피어》!”

『쿠오오오오오오오오오오오오!』

『샤아아아아아악!』

『까득까득까득까득…….』

첫수로 던진 마법으로 움직임을 둔화시키고, 어둠마법을 꽂아 넣었다.

분노에 불타는 사자의 눈과 뱀의 위협, 염소의 이갈이.

초식동물이라지만, 그 거대한 입과 하얀 이빨은 보기만 해도 공포를 자극한다.

그나저나, 과연. 1인 동물원이란 참 절묘한 말이다.

『—샤아아아아아아아아아아아아아아!』

처음으로 덤벼든 것이 뱀 머리다. 그 기다란 몸을 뻗어서 나를 물어뜯으려 한 순간, 목을 뻗은 상대로 내민 이빨에서 물줄기가 날아왔다!

“《다크 스플래시》!”

그 타이밍을 노려 카운터 마법을 날렸다!

뱀 머리에 직격하고, 나머지 산탄도 플로어 보스 본체에 맞아 대미지를 가했다.

사전에 시빌라에게 들은 게 있다. 사자 몸은 근접전, 염소 머리는 마법, 뱀 머리는 독액. 그것만 안다면 대처하는 움직임은 한정된다.

당연히 독액은 나의 윈드 배리어에 튕겨나서 전혀 맞지 않았다.

……자, 여기까지는 작전대로다.

“《다크 스플래시》!”

『크르아아아아아아아!』

“정말로 도망치려고 할 줄이야. 그러나 뒤쪽은【성기사】다. 내 쪽이 낫다고 생각하는데?”

순간 에미 쪽으로 돌아가는 판단을 내리려던 보스를 의식적으로 내게 유도했다. 지연마법을 맞은 거구가 좁은 길에서 어둠마법을 피하는 건 불가능하다.

플로어 보스는 나를 노려보면서 시빌라가 쓴 마법으로 만든 돌벽을 노려봤다.

자세를 낮춘 근육질의 육식동물이 다리에 힘을 줬다.

돌격한다면, 그냥 넘어갈 수 없는 일격.

다시 나의 모습을 노려보고는— 힘차게 돌격해 왔다!

『—크가아아아아아아아아아아아!』

그 발밑에는, 어비스 트랩. 나의 마법 중에서도 고위력을 자랑하는 하나다.

그러나 역시 하층 플로어 보스. 그 정도로는 발이 멈추지 않는다.

핏발선 사자의 눈과 나의 눈이 교차했다. 이를 드러내면서도 사자의 머리는 입을 벌리지 않고 이마를 내 쪽으로 돌리며 거리를 좁혔다.

나를 물어 죽이는 것보다는 벽에 처박아서 짓뭉갤 작정이겠지. 마법으로 급조한 뒤쪽 돌벽째로 파괴한다면, 뒤에 있는 에미를 피할 수 있으니까.

—물론이지만, 그것도 당연히 파악하고 있다.

“《섀도 스텝》.”

던전의 벽조차 파괴하는 몸통박치기. 드래곤의 공격에도 필적할 맹위가 머리끝을 스친 순간— 나는 천장 근처로 회피했다.

당연히 플로어 보스는 벽을 부수고 구멍 건너편으로 옮기려고 뛰어들었지만—.

“뭐, 시빌라의 예상대로군.”

『캬오오오오오오오오오오오오오!』

파괴된 급조 스톤 월 너머에서는 플로어 보스의 거구를 불꽃이 삼키고 있었다.

맞은편 절벽 위에서 자넷의 뒤에 대기하던 시빌라가 나를 향해 엄지를 들었다.

저 녀석이 세운 작전은 이렇다.

시빌라는 지형을 보자, 이 플로어 보스(패키징 키메라라는 이상한 호칭을 붙였다)가 싸우지 않고 도망쳤다고 예측하고 각자에게 역할을 줬다.

우선 처음으로 에미가 【성기사】의 날려버리기 스킬로 플로어 보스를 공격하면서 안으로 몰아세우듯 움직인다.

다음으로, 구멍 반대쪽— 즉, 내가 있는 곳에 뒤를 막는 돌벽을 만든다.

이때 일부러 빈틈을 만들어서, **그야말로 약해 보이는 돌벽**으로 보이게 했다.

플로어 보스는 내 뒤쪽 벽을 파괴하고 구멍에서 구멍으로 도망치려 하겠지.

—그 순간, 상대는 가장 무방비해진다.

자넷은 상대가 뛰쳐나온 타이밍에 구멍에서 구멍으로 가는 직선상 위치에 마법(플레어 스타)을 설치하면 된다. 그 결과 플로어 보스는 5중 영창한 업화 속에 자동으로 뛰어들게 된 거다.

보스를 불덩이로 만든 자넷은 두 귀를 손가락으로 막으며 태연한 표정을 짓고 있었다. 그 모습에는 긴장감이 느껴지지 않아서, 실로 당당하고 믿음직스러웠다.

시빌라가 세운 플로어 보스 공략 작전.

그 마지막 함정은, 이미 내가 설치해놨다.

"마무리할까."

세로로 긴 보스 플로어의 구멍보다 더 위에 있는 천장. 그곳이 내가 선택한 처형장이다.

그 광경을 본 플로어 보스가 이쪽을 돌아보며 경악해서 눈을 크게 떴다.

공중에 떠 있는 건, 어비스 새틀라이트.

근처에 나타난 마물의 존재를 감지하여 자동적으로 이빨을 드러내는 마법.

—합계 수십 개의, 다크 애로우가 만드는 호우다!

『크아아아아아아아아아아아아아!』

『샤아아아아—!』

『케에에에에에에에엑!』

어둠마법에 얻어맞으면서 절규하며 이쪽을 노려보는 세 쌍의 눈동자. 그러나 곧바로 힘을 잃고는 천장 근처에서 플로어

바닥의 어두운 나락으로 빨려 들어갔다.

하층 플로어 보스의 속공 토벌, 완료다.

성공해서 다행이지만, 그 거구와 속도는 정면에서 싸웠다면 틀림없이 성가신 상대였을 거다.

"그러고 보니 『패키징 키메라』라는 명칭은 어디서 온 거지?"

돌단을 내려가면서 그 이름으로 부르던 시빌라에게 말을 걸었다.

"원래 키메라에는 『합성한 생물』이라는 뜻이 있는데, 그 오리지널이 된 것이 저런 생김새거든. 여기, 도중부터 뱀 같은 마물도 나왔었잖아."

확실히 그 말대로, 하층부터는 이 플로어 보스의 몸에서 본 적이 있는 형태의 마물이 많았다. 거기서부터 시빌라는 제8던전의 플로어 보스를 『마왕이 손을 대지 않은 합성수(키메라)』라고 예측한 거다.

"뭐, 빗나가면 빗나간 대로 작전을 세웠을 거야. 그렇지만, 제7던전의 플로어 보스만큼 상식 밖의 상대가 오지는 않는다고 생각했어. 자, 그럼. 잽싸게 쓰러뜨렸으니까."

이후에는, 이런 성격 나쁜 기질이 드러나는 보스 플로어를 만든 마왕의 얼굴을 보러 갈 뿐이다.

"—못 들었어, 못 들었다고. 이렇게 빨리 온다는 건 못 들었어……."

최하층, 보라색의 꺼림칙한 벽이 시야 한가득 펼쳐진 마왕의 방. 방을 가득 메울 정도로 나타난 스켈레톤 무리 안쪽에서, 검은 그림자를 두른 마왕이 있었다.

"실컷 자기에게 유리한 국면을 만들어 왔잖나. 슬슬 너도 직접 상대해 달라고."

"『메이커』는 움직이는 쪽, 직접 움직일 필요가 없도록 준비하는 게 역할……. 원래 나설 차례가 오지 않는 게 맞아……."

……그런가? 마왕들은 각자 독특한 개성이 있었지만, 싸우는 것 자체를 부정하는 마왕은 처음이군.

"아무리 떠들어봤자, 이번에 싸우는 건 너다. 시간을 벌고 있다는 건 들켰다고."

"아, 그런가. 왕도에는 『여신』이 있지……. 작전이 들켰나……. 역시 방해하는 거냐, 역시 편드는 거냐. 인간을……. 그렇다면……. ―그렇다면, 이 이상은 나에게는 짐이 무거워."

조금 전까지 머리를 감싸 쥐고 중얼중얼 떠들던 마왕은 뭔가에 씌인 것처럼 일어나더니 자신의 던전 코어가 있는 것처럼 보이는 배에 손을 대기 시작했다.

뭔가, 불길한 예감이 든다.

"《다크 재블린》!"

미리 마왕을 향해 마법을 날린 동시에, 주변의 스켈레톤을 자넷의 업화가 집어삼켰다.

마왕은 무릎부터 무너졌다. ―어째서지?

나의 마법이 직격한 모양이지만, 일격으로 쓰러뜨릴 정도라고는 생각하지 않는다.

"……윽! 뭔가 온다!"

갑자기 지면에 붉게 빛나는 마법진이 그려졌다.

이건…… 이 상황이 무엇을 나타내는가. 나는 잘 알고 있다.

"싸우는 건 전문이 아니야. 그렇다면 **또 한 명**과의 시간 벌기 약속은, 이 목숨을 대가로 해서 이뤄내기로 하지."

무릎을 꿇은 마왕은 끌어안은 배에서 갈라진 던전 코어를 보이더니— 그대로 소멸했다.

"저 녀석……. 자기 목숨과 맞바꿔서 플로어 보스를 현현시켰구나?!"

시빌라가 마법진을 노려봤고, 에미가 모두를 지키려는 듯 방패를 들고 앞으로 나왔다.

마왕이 그 목숨과 맞바꿔서 불러낸 플로어 보스가 모습을 드러냈다.

조금 전까지 싸웠던 플로어 보스와 손색이 없는, 올려다볼 정도의 거구.

하얗고 가는 몸은 지면에 굴러다니는 스켈레톤과 매우 가깝다.

동공 안쪽이 어둡게 빛나면서 우리를 노려보고 있다.

그리고 나타난 동시에 돌격해 온 그 거구를 에미가 날려버렸다!

던전 최하층을 눈부시게 비추는 빛이 날아간 거구의 전모를 밝혔다.

"저건…… 스켈레톤의, 키메라인가?"

"그래 보이네."

주변의 잔챙이를 모두 태워버린 자넷이 수긍했다.

"앗.

시빌라는 중얼거렸다.

"왜 그래?"

"마왕이 자멸했으니까…… 혹시, 여기는 스켈레톤밖에 없나?"

"보는 그대로겠지. 뭔가 방책이 있다면 빨리 말해. 에미의 부담이 늘어나잖아."

에미는 눈으로 따라가기도 어려울 정도의 스피드로 덮쳐오는 플로어 보스의 맹공을 필사적으로 방패를 들고 막아내고 있다. 대책이 있다면 빨리 이야기해줬으면 좋겠다.

"러셀. 너는 저 뼈 키메라를 포함해서 이 자리에 있는 모두에게 엑스트라 힐을 써봐."

"웃기려고 하는 소리냐?"

"됐으니까 써봐."

묘하게 단정적으로 말하는군……. 이제 어떻게 되어도 몰라.

"책임은 지라고. 《엑스트라 힐 링크》!"

우리의 대화를 듣자, 에미는 플로어 보스의 공격을 날려버리지 않고 받아내면서 버텼다. 그틈에 나는 완전 회복마법을 적에게 사용했다. 아무리 그래도 적에게 쓰는 건 처음이다.

『……!』

상황이 호전되리라고는 생각하지 않았지만, 효과는 극적이었다.

플로어 보스인 스켈레톤 키메라가 조금 전까지 날뛰던 게 거짓말인 것처럼 얌전해지더니, 다리부터 힘을 잃은 듯 와르르 무너졌고…… 이윽고 움직이지 못하는 백골로 변했다.

"메~롱, 잔챙이!"

"대체 무슨 일이 벌어진 거지?"

"달리면서 해설할게!"

맥이 빠지는 도발 한 방을 플로어 보스의 시체에 던진 시빌라는 곧바로 할 일은 끝났다는 듯 위로 달렸다.

"한 일은, 불사(언데드)의 정화야. 스켈레톤이랑 좀비 같은 거라면 회복마법이 그대로 공격마법이 되거든."

"이봐이봐, 어째서 지금까지 잊고 있었던 건데."

지식은 있었건만, 오랜만에 고물딱지 잉여신 기질이 나온 건가?

"잊어버린 건 아니야. 네 경우에는 어비스 새틀라이트를 꺼내서 달리기만 하는 게 압도적으로 편하고, 무엇보다 스켈레톤 이외의 마물도 있었잖아? 스켈레톤만 쓰러뜨리려고 하나씩 선별하는 거 귀찮지 않아?"

아, 그야 그런가. 당연히 스켈레톤을 제외하면 완전 회복된다.

"그래도 거물 상대라면 더할 나위 없는 선택지야. 언데드는 평균적으로 평범한 마물보다 강한 녀석이 많지만, 당연히 무조건으로 혜택만 있는 속성은 아니야. 그중 하나의 사례가."

"아까의 『정화』라는 건가."

"그런 거야! 네가 새까만 로브로 검 같은 걸 휘두르고 있으니까 설마 그 마왕도 여기에 【성자】가 있다고는 조금도 생각하지 못했겠지! 이야~, 유쾌하네!"

강적을 불러서 시간을 벌려고 했건만, 가장 시간을 단축하기 쉬운 플로어 보스를 불러버렸다는 건가.

이거야 원, 적이지만 동정해야겠군.

제1층에서 지상으로 뛰쳐나오자, 도시벽 바깥은 크게 변해 있었다.

하늘은 명백하게 새는 아닌 마물로 넘쳐났고, 멀리서 날개가 난 그 토끼가 달리는 게 보인다. 시빌라의 불길한 예감이 완전히 들어맞은 형태다……!

"뭔가 꾸미고 있을지도 몰라! 서둘러서—."

나를 돌아본 시빌라가 목소리를 도중에 멈추고 경악해서 눈을 크게 떴다. 나도 그에 이끌려 뒤를 돌아보자, 그곳에는 후드를 뒤집어쓴 사람이 서 있었다.

확실히, 예전에 길드에서 봤다. 시빌라에게 금방 쫓겨난 여자였을 거다.

"너 왜 이런 곳에 있는 거야?!"

시빌라가 무척이나 험악하게 고함을 질렀다. 이 여자에게는 무척이나 태도가 까칠하군…….

"누군가가 이 상황을 노리고 있었으니까."

여자는 시빌라의 목소리를 한마디로 받아치고는, 나를 돌아보더니 필사적인 표정으로 고개를 숙였다.

"그 아이를 구해주세요!"

"그 아이라고 말하면 몰라."

"루나, 에요."

여자가 꺼낸 뜻밖의 이름에 놀랐지만, 이유를 묻기 전에 그녀가 말을 거듭했다.

"저에게는 할 일이 있어서, 그것에 손을 댈 수가 없어서…… 당신밖에 구할 수 없어요."

"애초에 너는 누구야?"

"그랬, 었죠. 인사가 늦어서 죄송합니다."

"잠깐, 이런 곳에서…… 순서라는 게……!"

내 말에 끼어드는 시빌라를 무시한 여자가 후드를 벗었다.

전신을 덮은 회색 로브 안에 있는 것은, 해가 기울어지고 있는데도 여전히 반짝이는 금빛 머리.

그 자리만 낮의 하늘이라고 착각할 만큼, 투명하고 푸른 눈동자.

여자는 가슴에 손을 대고는, 말했다.

"저의 이름은, 샬럿. 당신의 모든 것을 긍정하고, 그것을 뒷받침하겠다고 전하러 왔습니다."

눈앞에 나타난, 저녁인데도 여전히 태양처럼 빛나는 금빛 머리를 가진 여자.

지금, 확실히 말했다.

자신을, 샬럿이라고.

초대면인 나에게, 자기 이름을 밝혔다는 건—.

"내가, 너를 알고 있다는 전제로 그 이름을 말한 건가."

"네. 【성자】 러셀. 당신을 성자로 만든, 태양의 여신입니다."

확정됐다.

눈앞에 있는 여자가 『태양의 여신』이다.

나와 말을 나눈 직후, 순간 당황했던 시빌라가 놀라서 목소리를 높였다.

"왜 이런 타이밍에 나타난 거야! 좀 더 나중이었잖아!"

"나타나야 하는 상황이, 준비를 기다려준다고는 단정할 수 없어. 인생의 분기점이란 그런 거야. ……시빌라도 어느 날 갑자기 그랬잖아."

눈앞의 여자가 대답하자, 시빌라는 말문이 막혔다.

두 여신에게도 뭔가 사정이 있어 보이지만, 지금은 그걸 듣고 있을 때가 아니다. 이야기로 추측건대, 서둘러야겠지.

그러나, 그래도 나는 몇 가지 확인해야만 하는 게 있다.

—괜찮다.

나는 상상한 것보다도 냉정하게 있을 수 있었다.

"어째서 루나를 지명해서 구해달라는 거지?"

"그 아이를 노리는 건 인간이에요. 저는 인간에게는 손댈 수 없으니까요."

뭔가 제약이라도 있는 모양이군.

그렇다면, 마찬가지로 나에게도 손댈 수는 없다는 건가.

“하지만 루나는 암흑용사 같은 걸 믿는 녀석인데.”

“그렇기 때문이에요. 그 아이는 저를 **의심해 주고** 있으니까.”

“이해가 안 가는 이유로군.”

“그렇기에 저는, 저를 **부정해 준** 당신이 그 아이를 구해줬으면 좋겠어요.”

……점점 모르겠다. 이 녀석은 어째서 이렇게나 부정당하고 싶어 하는 거지?

그림자의 영웅을 공언하는 루나를, 내가 어둠마법으로 구한다. 그게 『태양의 여신』의 소망인가?

샬럿은 얼굴을 가리는 가면과 로브를 손에 들고 이리로 걸어왔다.

“나를 잘 아는 모양인데, 내가 원한을 쏟아 내리라고는 생각하지 않은 건가?”

“그래도 괜찮다고 생각했어요.”

그 대답을 듣고, 나는 말없이 검을 뽑았다.

시야 끝에서 시빌라가 숨을 삼켰다. 샬럿은 나를 똑바로 보고 있다.

……불쾌한 감각이다.

소꿉친구들 사이에서 떠날 수밖에 없었던 상황. 그 원인을 만든 장본인, 『태양의 여신』. 나에게 【성자】를 떠맡긴 여신과의 만남이, 그 여신의 뜻대로였다는 것.

그러나, 고민하고 있을 여유는 없다. 이야기로 추측건대, 루나는 지금 위기에 빠졌을 거다. 무엇보다 루나는 세상에서 유일하게, 나만이 그 마음을 이해해 줄 수 있는 아이다.

나다운 선택이라.

시빌라도 내가 진정으로 『성자』라고 말했었지만……. 이런 상황이 되니 그다지 기분 좋은 평가라고는 할 수 없겠군.

—그렇다면.

"너는, 나의 모든 것을 긍정한다고 했지."

"네."

"지금까지 내가 해온 생각도, 앞으로 내가 할 행동도, 모두 긍정하는 건가."

"네."

"그런가."

샬럿이 들고 있는 가면과 로브를 잡았다.

이 두 가지를 건넨 이유를 짐작한 나는 그 모습에 등을 돌렸다.

"그렇다면, 너도 각오를 다져."

이 여신에게 하나의 결론을 내린 나는 에미와 자넷에게 시선을 맞췄다.

"두 사람은 뭔가 할 말 없어?"

"나는 틀림없이 긴 이야기가 될 테니까……. 후일 다시 만날 수 있겠죠?"

"물론이죠. 그날은 모든 예정을 비워놨으니까요."

"그럼, 그때."

자넷은 『직업(잡) 선정』에 관해 많은 걸 조사했다.

그 작업을 진행한 본인에게 지식을 얻을 수 있는 거다. 듣고 싶은 일도 많겠지.

"에미는?"

"어?! 그게…… 샬럿 니, 님?"

"엠마와 마찬가지로, 마음 편히 불러주셔도 괜찮아요."

"네, 네! 그럼, 저기…… 샬럿 씨는 역시 사랑 이야기를 좋아하시나요?!"

진심으로 고꾸라졌다. 아니, 뭐가 어떻게 되어야 그런 이야기가 나오는 건데?

지금 상황에서 내용이 너무나도 예상 밖이었기에, 자넷조차도 입을 반쯤 벌린 채 에미를 멍하니 보고 있었다.

특히, **역시**라는 표현이 의미 불명이다. 초대면이잖아……?

반면, 그 대답은.

"……솔직히 말씀드리자면, 영웅담도 그런 쪽만 읽고 있어서……."

설마 하던 긍정이었다. 역시라고 말할 정도였으니, 에미의 예상 그대로였던 모양이다.

나도, 자넷도 에미만이 가진 수수께끼의 지식에 놀랄 수밖에 없었다.

"그럼, 저기, 다음에 잔뜩 이야기하고 싶어요!"

"그건, 저야말로 이야기를 꼭 듣고 싶네요."

이유는 잘 모르겠지만, 아무래도 에미는 만족한 모양이다. 샬럿도 음색으로 봐서는 기쁨이 새어 나오고 있다.

정신이 들자, 내 몸을 속박하던 안 좋은 긴장감도 빠져나갔다.

에미는 종종 엉뚱한 기질을 발휘하지만, 그게 의외로 좋은 결과로 이어진단 말이지.

덕분에 긴장감이 풀렸다. 지금의 문답은 정말로 수수께끼였지만.

그런 두 사람의 대화로 긴장을 푼 시빌라가 살짝 웃으면서 나를 바라봤다.

"나는 이 녀석과 할 말이 있으니까, 먼저 고아원으로 가봐."

"알았어."

나는 그대로 몸을 돌리지 않고 세인트고다트로 달렸다.

"시빌라, 봐봐."

"너보다는 더 많이 보고 있어."

"응. —나와 프리실라가 고대하던, 영웅이 태어날 거야."

왕도 세인트고다트는 인구도 많고, 그런 데다 모두가 어느 정도 레벨이 높은 숙련된 모험가다.

흘러나오는 상층 마물 하나를 다수가 둘러싸면서 안정적으로 쓰러뜨리고 있다.

보수 쟁탈전 같은 게 일어나지 않는 건, 생활이 안정되어 있기 때문이겠지.

살아가는 사람은 예외 없이 직업(잡)을 가졌다.

대다수가 모험가이고, 한 번은 던전에 들어간 경험이 있다.

다시금 그렇게 생각하면 신기한 세계다.

이런 일에 의문을 품지 않는 게 일반적인 감각이겠지.

……지금 생각하는 건 그만두자.

나는 눈앞에 나타난 날개 달린 니들 래빗을 베어버리고, 자넷이 격추한 배트를 뛰어넘어 도시를 달렸다.

그나저나 얼마 전과는 상황이 많이 다르다. 이번에는 안전했던 왕도의 거리에도 마물이 흘러넘치고 있으니까.

원인은 금방 알 수 있었다. 도시벽에 있는 보주 중 하나에 금이 갔다.

그래서 도시를 뒤덮은 배리어가 발동하지 않았고, 하늘에서 던전 스칼렛 배트가 자유롭게 도시로 들어오고 있다.

물론, 능력을 가진 주민도 잠자코 보고만 있지는 않았다.

"장식품 가게는 무조건 사수야!"

"젠장, 사람이 부족해! 우리 『만복 고기 사전』을 지켜준 녀석에게는 할인을 해주마!"

"진짜냐. 저리로 가자."

"하늘은 화염계로 공격해! 돌이나 얼음은 쓰지 마. 떨어지면 위험하니까! 반대로 건물에 불마법은 절대 쓰지 말도록!"

검이 닿지 않는 하늘로 도망치는 배트를 상대로, 무구를 든 【검사】가 각자 장소를 지키고 있다.

가게를 등지고 지키는 【마도사】는 적극적으로 마법을 하늘로 쏘고 있다.

던전과는 다르게 넓은 곳을 자유롭게 움직이는 상대에게 고생하고 있지만, 그래도 공격 면에서는 【검사】보다 압도적으로 유리하다.

에미는 고전하는 모습을 보고 가게 2층 창문을 덮치려던 배트에게 뛰어난 도약력으로 뛰어올라 베어버리고는 점원에게 어필했다.

참고로 『만복 고기 사전』은 얼마 전 무한 리필로 먹은 고깃집이다.

"자, 그럼……. 광장 지붕이 더 부서지지는 않게 되었지만, 이렇게 말하고 있을 수는 없겠지."

우리 중에서 이 상황이 가장 특기인 건 자넷이겠지.

조금 전부터 정확한 저격으로 배트를 일격으로 없애고 있다.

그 믿음직한 【현자】의 모습을 눈에 새기면서, 나는 한 가지를 생각하고 있었다.

—그림자의 영웅.

루나가 이야기한, 상상 속의 나.

남몰래 사람들을 돕고, 사람들의 생활을 지키는 존재. 그것 자체는 나쁘지 않다.

누구에게도 알려지지 않는, 그림자의 영웅.

그것이 루나가 말하는 암흑용사의 이야기다.

……그럼, 주변의 사람 눈이 있다면 어떻게 되는가?

태양의 여신에게 넘겨받은 무색의 가면을 봤다.
그림자의 영웅. 분명 남들 앞에서는 정체를 숨기겠지.
복장을 바꾸거나, 목소리를 내지 않고 들키지 않게 할 거다.
머리 모양으로 들키지 않게끔 가발을 쓸지도 모른다.
남몰래 누군가를 돕고, 사람들의 소문이 도는 모습을 맨얼굴로 듣는다.
그런 것에 동경하는 마음도 이해한다.

루나가 동경하는 그림자의 영웅은 그런 거겠지.
—그러나, 나는『암흑용사』가 아니다.

왕도에 사는 전사들이 싸우는 것을 재빨리 서포트하면서 목적지에 도착한 우리는 발을 멈췄다. 대체 무슨 일이 벌어진 건지, 세인트고다트 고아원은 처참하게 파괴되어 있었다.
순간 오싹했지만……. 아이들은 뜰로 피난해서 윈드 배리어로 보호받고 있었다.【현자】마델린이 지켜주고 있다. 이 상황에서 최고의 활약이다.
프레데리카도 아이들을 팔로 한가득 안은 채 마델린의 마법 안에 있었다.
"다들 여기서 나오면 안 돼. ……러셀 님!"
"미안, 고맙다! 무슨 일이 있었지? 그리고, 루나는 있나?"

마델린이 내가 꺼낸 이름을 듣고 미간을 찌푸리면서 시선을 돌렸다.

"……그런 거였나."

거기 선 인물을 보고 처음에 말을 꺼낸 건 자넷이었다.

"뭔가 불길한 예감은 들었어. 단순한 지도인 줄 알았는데……. 샬럿 씨의 이야기로 짐작건대, 루나는 지도를 받은 게 아니야."

자넷은 시선 너머에 있는 두 그림자를 손가락으로 가리켰다.

"상대를 조종하는 힘을, 모종의 수단으로 얻었다. 그런 거겠지? —미라벨."

그 말을 듣자, 고아원 수녀 중 한 명이었던 여자는 슬며시 미소를 지으며 루나의 목에 나이프를 들이댔다.

막간 루나 : 믿는 것만으로 소원이 이루어진다고 할 수는 없다. 그렇지만—

무슨 일이 일어난 거지?

무슨 일이 일어난 거지?

대체 나에게 무슨 일이 일어난 거지?

지금까지의 일은 기억난다. 미라벨 선생님의 방에 호출됐다. 무슨 도구를 눈앞에 들이댄 것을 경계하지 않고 바라봤다.

정신이 들었을 때는 어째서인지 몸이 멋대로 움직이고 있었다.

몸만이 아니다. 입도 움직였다. 이미 자신이 아니었다.

인형극(마리오네트)의 실로 움직이는 루나라는 인형을, 인형 안쪽에서 보고 있었다.

고아원에 머물던 두 사람에게, 내가 아닌 내가 정중하게 인사했다. 기분 나빴다.

지하실에서 며칠을 보낸 뒤, 미라벨 선생님은 나를 데리고 고아원의 가장 넓은 방으로 향했다.

그곳에는 마침 이자벨라 원장 선생님도 있었다.

『아이는 비싸게 팔리나 보네요~. 놀랐어요.』

미라벨 선생님은 마치 낮의 쇼핑 상담이라는 듯 태평하게 입을 열었다.

이자벨라 선생님은 갑작스러운 말에 멍해져버렸지만, 곧바로

『해도 되는 농담과 안 되는 농담이 있습니다』라며 일어섰다.

그러나, 할 수 있었던 건 거기까지였다.

미라벨 선생님은, 손에서 보라색 보석 같은 덩어리를 꺼냈고…… 거기서 보라색의, 굉장히 커다란…… 커다란 무언가가 나타나서 건물을 부숴버렸다.

두 마리의 드래곤. 한쪽이 미라벨 선생님을 따르고, 다른 한쪽이 도시의 벽을 파괴하기 시작했다.

『《윈드 배리어》!』

도망치는 다른 아이나 선생님들을 구한 건, 최근에 찾아온 마델린 씨였다.

다들 마델린 씨 근처로 모였다.

나만이 모두와 떨어져서 미라벨 선생님 곁에 있다. 이런 상황에서도 몸이 움직이지 않는다.

공포에 몸을 떨며 주저앉아도 이상하지 않은데, 얼굴 표정조차 전혀 움직이지 않는다.

목에 나이프가 닿고 있는데도 표정이 변하지 않은 나를, 다른 아이들이 믿을 수 없다는 눈으로 보고 있다.

아니야.

이런 건 내가 아닌데…….

어째서…….

어째서, **나만** 이런 일을…….

이럴 때.

그림자의 영웅이라면.

암흑용사라면.

……솔직히 말하면, 나 자신조차도 그 존재를 믿고 있지는 않았다.

그저 소망이었다.

그래도, 다른 아이들과 거리가 벌어지더라도 그렇게 주장하지 않을 수 없었다.

나는, 그 정도는 있어줬으면 했으니까.

마지막 성채였으니까.

—반드시, 있을 거다.

러셀. 신기한 사람.

온몸이 새까맣고, 전혀 웃지 않고, 퉁명스럽다.

그런데도 【성자】라는, 정말로 신기한 사람.

그리고— 나의 주장을 진지하게 긍정해준, 별난 사람.

그 러셀 일행이 지금, 폐허가 된 고아원에 나타났다.

"상대를 조종하는 힘을, 모종의 수단으로 얻었다. 그런 거겠지? —미라벨."

하프를 연습하던 별난 언니의 말에 러셀이 순간 놀라면서도 수긍했다.

"마물을 부르고, 자신이 행동만을 자유롭게 조종할 수 있는 능력이로군?"

……아!

러셀은, 지금의 내가 어떤 상황인지 아는구나!

"무척이나 자세하네요. ……아아, 정말. 보주의 파괴가 약속이었다고는 해도, 이렇게나 비밀이 밝혀질 바였다면 당장 제국으로 루나를 팔러가야 했나 봐요."

판다고?

나를?

미라벨 선생님의 말에 가장 먼저 반응한 건 프레데리카 선생님이었다.

"어째서?! 당신은 왕도의 수녀이고, 그렇게나 아이들을 귀여워했는데—."

"어떤 실패도, 범죄도, 화내지 않기만 해도 이자벨라 선생님이나 마커스 선생님보다 나를 따라주니까 정말로 편했어요~. 아이는 귀엽죠, 다루기 쉬워서. 뭐, 그러다 장래에 어떤 어른이 되든 알 바는 아니지만."

마지막은 퉁명스러운 음색이 되었고, 너무나도 심한 말에 프레데리카 선생님은 입을 벌린 채 답변하지 못했다.

새삼스럽지만, 화를 내서 미움받고 있던 원장 선생님이나 모두가 무서워하던 마커스 선생님이 얼마나 우리의 장래를 고민하고 있었는지 알고 말았다.

"그래도, 모처럼 루나가 **고립되어 줬는데** 【성자】가 끼어드는 건 예상 밖이었어요."

미라벨 선생님이 손가락을 튕긴 직후, 그 무서운 거구가 내려왔다.

이제 막 생겼던 친구들 모두가 프레데리카 선생님의 품 안에서 비명을 질렀다.

도시벽에 있던 동그란 보석을 파괴한, 진짜 드래곤이다……!

"어쩔 수 없죠. 【성자】는, 여기서 사라져줘야겠어요."

그 선언을 듣자, 커다란 방패를 든 언니가 앞에 섰……지만, 어째서인지 러셀이 그 어깨를 두드리며 한 걸음 앞으로 나왔다.

"—루나, 듣고 있겠지?"

듣고 있어! 그렇게 말하고 싶었지만, 몸이 움직이지 않는다.

"대답은 못 하는 모양이니 듣기만 해도 돼. 두 가지, 사과하고 싶은 게 있다."

나에게 목소리가 닿는 걸 아는지, 러셀이 말을 이었다.

"우선, 첫 번째. 그림자의 영웅 중에 『암흑용사』라는 직업(잡)은, 없어."

……아!

어, 째서, 지금 그런 말을……!

러셀이라면, 나를 이해해 준다고 생각했는데…….

모두가 듣는 앞에서, 들으라는 듯이 말할 건…….

눈을 감을 수 없는데, 눈앞이 새까매진다.

—아기 시절은 이미 기억하지 못하지만, 굉장히 작았던 시절의 기억은 어렴풋이 있다.

햇살이 닿는 작은 집과 창밖에서 들리는 고양이 울음소리.

다리가 덜컹거리던 의자. 여름에 마셨던 차가운 카페오레.

나를 안는 어머니와 책을 든 아버지. 교리가 적힌 책을 읽던, 정말 좋아하는 목소리.

『사명…… 여신님께서 우리에게 내린…….』

유년기의 기억은 정말로 어렴풋해서 떠올리기 힘들지만, 그런 말이었던 것 같다.

언제부터인지는 모르겠지만, 나는 고아원에 있었다.

철이 들었을 무렵, 부모님이 나를 두고 갔다는 걸 알았다.

고아원의 생활은 결코 나쁘지는 않았다.

부모님의 사명이라는 건 잘 모르겠지만, 선생님들도 여신님에게 언제나 감사하고 있으니까, 분명 부모님에게는 중요한 일이라고 생각한다.

……생각하지만…….

……아빠와 엄마는, 여신보다도, 나를 봐줬으면 했다.

그래서 나는 『태양의 여신교』에서 배운 것과는 다른 존재를 믿고 싶어졌다.

여러 가지를 알아가는 중, 그런 게 있다면 좋겠다고 생각해서 만들어낸 것이 『암흑용사』였다.

어둠의 힘이라는 본 적도, 들은 적도 없는 게 있다면 좋겠다고 생각했으니까.

지식을 배우면서, 그 존재를 내 안에서 실존하는 것이라고 굳게 믿었다.

지금의 나를…… 고립된 나를, 멋지게 구해줄 거라고.

그렇기에 내 안에서 『암흑용사』는, 내 마음에 있는 마지막 성채였는데.

그런데, 러셀은 그림자의 영웅을—.

"실제로 있는 그림자의 영웅은 【어스름의 마경】이라는 직업(잡)이다."

—부정, 하고……?

"어때? 『암흑용사』보다 멋지지 않나?"

……??

어?

잠깐?

지금, 뭐라고 하는 거야?

"뭐?"

너무나도 뜬금없어서, 미라벨 선생님도 당황하고 있다.

솔직히, 다른 아이도 그런 표정을 짓고 있다.

드래곤을 앞에 두고, 새까만 성자님이 조크를 날렸다.

……아니, 잠깐만.

어째서 러셀은, 이 상황에서 굳이 『암흑용사』를 부정했지?

어째서 러셀은, 그런 특수한 직업(잡)의 이름을 이런 상황에서 말했지?

그건 분명, 이 상황에서 말할 필요가 있었기 때문이다.

그럼, 이 상황에서 말해야만 하는 『사과하고 싶은 **두 가지**』라는 건—.

"또 하나는, 『그림자의 영웅은, **지금도 어딘가에서** 던전을 공략하고 있다』라고 말했었지. 《다크 재블린》!"

그, 순간.

고아원에서, 나만이 했던 말은.

선생님들도 그만두라고 했던 주장은.

나 자신도 완전히 믿지는 않았던, 말도 안 되는 망상은.

왕도의 어슴푸레한 하늘을 뚫고 나가는 검은 빛과 함께, 나만이 간파한 진실로 반전되고 말았다.

……이런 일이, 있을 수 있어?

"다시금 자기소개하지. 【성자】와 【어스름의 마경】의 이중 직업(잡), 『흑연의 성자』 러셀이다. 눈앞에 있었는데 참 뻔뻔스럽기는 했군. —『어스름의 서약』, 가자!"

러셀이 큰소리로 선언하더니 팔에 안고 있던 가면을 던져버렸다.

들어올린 검이 검게 빛나고, 눈에 보일 정도의 마력을 띠었다.

기운찬 언니의 방패도 검게 빛나고, 하프의 언니는 복잡한 마법을 동시에 발동했다.

나의 눈앞에서, 진짜 그림자의 영웅들이 나타났다.

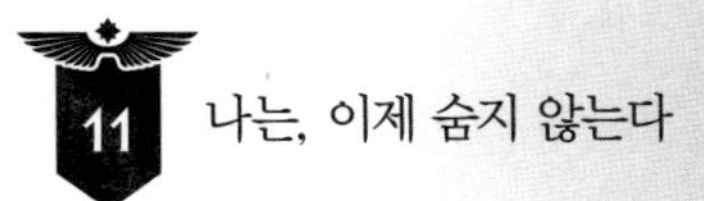

11 나는, 이제 숨지 않는다

왕도 내부에 나타난 드래곤의 안면에, 그때처럼 어둠마법을 꽂아 넣었다.

이번에는 모두가 바라보는 앞에서.

누군가가 보는 앞에서는 어둠마법을 쓸 수 없다.

그럼 검으로 구할까? 아니면 정체를 숨기고 구할까?

나의 해답은―『숨기지 않고 어둠마법으로 구한다』다.

아군이 되어주겠다고 정했다. 그렇다면 남의 일처럼 모두의 선택에 맡기기만 해서는 끝나지 않는다.

그림자의 영웅을 믿는 루나가, 그 주장을 유지하며 친구를 모을 수 있도록 내가 움직이면 되는 거다.

"그렇지만, 에미까지 어울려줄 필요는 없었는데 말이지."

명백하게 나와 같은 속성이라는 걸 알 수 있는 색의 방패를 들었지만, 에미는 여느 때처럼 밝은 미소를 지었다.

"여기까지 왔다면, 이…… 이예이이예이 낙승! 이라는 거야! 이예~이!"

"일련탁생을 말하는 건가."

"맞아, 그거!"

자넷. 그걸로 용케 알아챘군……. 나는 평생 해독할 수 없을 것 같아.

뭐, 그만큼 우리도 오래 알고 지냈다는 거겠지.

"……뭐……뭦……!"

피를 흘리는 드래곤의 모습을 본 미라벨은 얼굴이 새파래진 채 우리를 보며 전전긍긍했다.

"강한 마물을 빌려왔으니, 이후에는 어떻게든 되리라고 생각했나? 유감이군."

"……말도 안 돼. 이런 건 인정할 수 없어!"

미라벨이 나이프를 루나의 목에서 내게 겨눴다.

그 지시를 받은 드래곤이 포효를 내지르며 발을 내디뎌 나를 물어 죽이려는 듯 이빨을 드러냈다.

에미의 검게 빛나는 방패가 【어스름의 기사】의 효과로 드래곤이 뻗은 목을 끌어당겼고, 자넷의 마법이 그 틈을 찔러 작렬하여 왕도에 거구의 노성이 울려 퍼졌다.

『크가아아아아아아아아아아아아아아아—!』

순간, 드래곤의 움직임이 멎었다.

경악해서 눈을 크게 뜬 미라벨은 여전히 나이프를 이쪽에 겨누고 있다.

—지금이다.

(《섀도 스텝》!)

이 자리에 있는 전원이 일련의 화려한 공방에 시선을 빼앗긴 빈틈을 찌른 나는 미라벨의 뒤로 돌아 들어갔다. 이건, 루나가 느꼈던 공포의 몫이다!

"뭣…… 꺄아아아아악!"

나는 나이프를 든 팔을 가차 없이 베어버리고, 루나를 그 품에서 떼어놓으며 미라벨을 걷어찼다!

다시 《섀도 스텝》을 발동하여 이번에는 프레데리카 옆으로 이동했다.

"루나! 괜찮니?!"

"이건 특수한 세뇌야. 바로 치료하겠어. 《큐어》!"

내가 치료마법(큐어)을 걸자, 공허했던 루나의 눈에 빛이 돌아왔다.

"어……. 아, 아……! 나, 목소리도, 몸도……!"

"자신의 의지로 움직이지 못했던 거겠지? 이제 괜찮아."

루나는 몸의 자유를 되찾은 것에 감격했는지, 눈에 눈물을 머금고는 나를 힘차게 끌어안았다.

"러셀! 그림자의 영웅! 나의, 나의……!"

"그래. 너만이 존재를 믿었던 그림자의 영웅이다. 잠깐 기다려. 끝내고 올 테니까."

우리가 대화를 나누는 사이에도 비명을 지르던 미라벨을 돌아봤다.

드래곤은 에미가 나아가지도, 물러서지도 못하도록 고정시켰다.

"내, 내 파아아알……!"

"너의 팔이 어쨌다는 거지?"

"베, 베어놓고, 서…… 어……?"

오른 팔꿈치를 누르며 웅크리고 있던 미라벨은 팔이 무사한 것을 보고 눈을 크게 떴다.

"그런…… 아까, 확실히……."

뭐, 말할 것도 없이 걷어찬 순간 회복시켰을 뿐이다.

나이프는 팔이 떨어졌을 때 걷어찼기에, 녀석은 빈손이다. 솔직히 회복시킬 필요도 없었지만, 그대로 출혈사하면 곤란하다.

"우선, 이 녀석을 처리할까. 《어비스 네일》!"

드래곤의 몸을 검은 손톱이 관통하면서 그 거구를 크게 흔들었다.

쓰러지지 않는다면 또 한 방. 거기에 또 한 방.

나에게는 무한한 마력이 있으니까. 얼마든지 꽂아 넣어주마.

"우쭐대지 말라고……! 그쪽이 그럴 생각이라면……. 하, 하하하……!"

불온한 기색을 보이던 수녀가 인상을 찌푸리면서 옷을 뒤적였다. 불안정한 상태로 품을 마구마구 난잡하게 휘젓다가 팔을 끄집어냈다.

손바닥 안에 있는 건, 뭔가 붉은 것이 내부에 보이는 수정 같은 게 다수.

"그건 뭐냐?"

"이건 말이지…… 이렇게 하는 거다아!"

지금까지의 분위기에서는 상상도 못할 만큼 거친 어조가 된 미라벨이 움켜쥔 보라색 수정을 하늘 높이 던졌다.

무슨 일이 일어나는 건가 생각한 순간―!

"……진짜냐."

하늘에 세 마리의 드래곤이 나타났다.

가뜩이나 성가신 하층 마물이 이 하늘 아래를 자유롭게 날아다니는 광경은 악몽이나 다름없었다.

"하하하, 나의 행복이…… 나의 돈이 되지 않는 도시 같은 건 망해버리면 돼……! 전부, 나를 인정하지 않은 너희들 때문이니까…… 하하하……."

어째서 그런 결론에 이르렀는지조차 알 수 없는, 고아원 수녀의 제정신으로 볼 수 없는 엉망진창의 생트집. 한방 두들겨 패고 싶지만, 도시가 마음에 걸린다.

이미 한 마리는 도시벽을 다시 파괴하려 하고 있다. 저게 쓰러진다면 어지간한 피해로 그치지 않아……!

그러나 무엇보다도 성가신 것은, 도시 중심부로 날아간 두 마리다. 저 인구 밀집 지대, 아이의 놀이터도 많은 환경에서 드래곤이 나타나는 건 매우 위험하다.

그렇다면—!

"도시 쪽은 내가 쫓겠어!"

"어, 러셀?!"

에미의 놀란 목소리를 무시한 나는 달리면서 이 상황에 대처할 방법을 생각했다.

던전이라는 굴레에서 풀려나 도심지의 지붕을 파괴하며 유유히 날아가는 익룡. 그 압도적인 존재 앞에서, 땅을 기는 우리 인간은 어떻게 대처해야 하는가.

던전 공략에 하늘을 나는 마법 같은 건 없다. 그러나 내게는— 루나가 믿어준 그림자의 영웅에게는, 이런 상황을 타파할『어둠마법』이 있으니까.

“《섀도 스텝》!”

이중 영창에 마력을 실어, 기합을 넣어서 외쳤다. 긴급 회피를 위한 마법은 나의 전략 폭을 크게 넓혀주었다. 빈스를 잠시 되돌렸을 때도, 키메라의 공격을 유도할 때도, 루나를 미라벨에게서 구출했을 때도.

그 마법을, 이번에는 용이 지배하는 영역으로 발을 들이기 위해 쓴다!

“《섀도 스텝》,《섀도 스텝》. 한 번 더,《섀도 스텝》!”

『크롸아아아아!』

“여어. 날개 도마뱀. 녹색의 너는 무슨 드래곤일까?《다크 스플래시》!”

나는 드래곤의 정면에서 회피하기 어려운 어둠마법을 날려 의식을 돌렸다.

그렇다. 나는 긴급 회피 마법을 **공중에서** 사용했다.

낙하하기 전에 상공으로. 마력 고갈을 일으키지 않는 나이기에 가능한, 술사의 공중전이다.

“하늘은 이미, 너만의 영역이 아니야.《다크 재블린》!”

『크아아아!』

“—이쪽이다.《다크 스피어》,《다크 애로우》.”

드래곤의 영역으로 올라가 착탄과 동시에 어둠마법을 폭발시켰다. 양쪽에 착탄하자 드래곤의 날개에서 피가 뿜어져 나왔다.

어비스 새틀라이트는 이번에는 안 하는 게 좋겠지. 자동 추적 공격이 빗나가서 지상 사람들을 공격하기라도 하면, 누가 무슨 말을 하더라도 사람들에게는 내가 악이다.

어둠마법을 다루는 성자로서, 한 번의 실패도 용납되지 않는다.

이건 루나가 말했던 『그림자의 영웅』만이 아니다.

나를 순수한 마음으로 『흑연의 성자』로 만들어준 브렌다를 위해서라도.

이후에는…… 뭐, 태양의 여신(샬럿)에 대한 건 알 바 아니지만, 이런 나를 그 녀석과 만나게 해줘도 문제없다고 판단해 준 잉여신(시빌라)의 신뢰는 역시 배신하고 싶지 않다.

어둠마법을 다루는 나이기에, 말이지.

"자, 잠깐만! 위, 위! 굉장한 사람이 있어!"

"어이어이, 진짜냐?! 하늘을 날면서 드래곤과 싸우는 녀석이 있잖아!"

"누가 저 녀석 본 적 있어? 나 길드에서도 얼굴은 꽤 기억하고 있다고 자신하는데, 진짜로 본 적 없다고……!"

물론, 건물을 파괴하면서 나는 드래곤과 싸우면 주목이 쏠린다.

어둠마법은 은닉된 마법. 눈에 띄면 좋은 일보다는 나쁜 일이 더 많을 거다.

그러나 나는 결심했다. 도망치지도 숨지도 않겠다고.

“《다크 재블린》!”

지붕 위에서 모두에게 들으라는 듯 큰소리로 마법을 날렸다. 이미 날개가 찢어져서 피를 흘리는 드래곤은 오히려 받아내겠다는 듯 반격을 가했다!

(……큭! 당했나, 《엑스트라 힐》!)

꼬리와 맞부딪친 나의 몸이 옆 건물의 벽돌에 부딪혔다! 방어마법을 쳐놓기는 했지만, 역시 드래곤의 공격을 근거리에서 받아내는 건 위험하군……!

그렇지만, 같은 용종의 내갑을 입고 있어서 꽤 버티고 있다. 최강종으로부터 나를 지켜주는 것이 동종의 은총이니까, 참 얄궂다.

그러나 주변 사람들에게는 드래곤의 직격을 받는 모습은 상당히 충격적이었던 모양이다. 건물 창문에서 두건을 쓴 중년 여성이 초조한 기색으로 말을 걸었다.

“당신, 괜찮아?!”

“문제없다! 그보다도 위험해. 최대한 창문 밑에서 엎드려 숨어있어!”

“……으! 아, 알았어! 조심해!”

술집을 운영하던 여성은 점원과 함께 손님에게 지시를 내리며 건물 안으로 들어갔다. 어서 떠나지 않으면 건물 쪽에도 피해가 간다.

드래곤에게 곧장 달려갔지만, 그곳에서는 놀라운 광경이 있었다.

“그, 그렇게 놔두겠냐! 뭔가 잘 모르겠지만, 용을 잡을 것 같은 술사가 있다고! 지켜라!”

“《플레임 스트라이크》~! 아니, 이거 통하는 거야~?! 어느 쪽인데~?!”

“모른다고! 끄악……! 아, 아프잖아. 진짜로……!”

중전사와 마도사로 보이는 2인조가 내가 가로막기 전에 시간을 벌어주고 있었다. 양손에 타워 실드를 들고 선 남자는 여성을 감싸며 비명을 질렀다.

왕도의 상급 모험가다. 쓰러뜨릴 수 있는 전투는 아니지만, 버티는 싸움을 하고 있었다.

“《다크 재블린》! 미안하다, 괜찮나?!”

“아직이야! 근데 그보다도, 너는 대체 누구지?”

“길드 소속의 모험가, 마스터인 엠마의 지인이다.”

“잠깐~?! 그 마법 뭔데~?! 본 적이 없는데 위험한 사람 아냐~?!”

“지인의 말로는 『그림자의 영웅』이라고 하나 본데, 과연 어떨까? 《섀도 스텝》!”

어둠의 창을 맞고 마지막 힘을 써서 공중으로 도망친 드래곤을 쫓았다.

과연 어둠마법을 다루는 내가 오늘을 경계로 어떤 대우를 받을지는 알 수 없다.

……말이야 이렇게 했지만, 실은 여기서부터는 내가 할 일이 아니다.

일단 지금은 눈앞의 문제다. 그렇다. 눈앞에 있는 피투성이 드래곤을 처리해야 한다.

"애도 아니고, 슬슬 술래잡기는 졸업할 시간 아닌가?"

상공에서 다시 나를 발견한 드래곤이 분노에 몸을 맡겨 포효와 함께 이를 드러냈다!

『크가아아아아아아아아아아아아아아아아아—!』

공격의 궤도는 단순명쾌. 술사를 상대로 직접 공격이라면 이긴다고 생각하는 거겠지.

"좋아. 받아주마. 《섀도 스텝》."

그 이빨을 회피하고, 내가 나타난 곳은 용의 머리 위.

"《인첸트 다크》!"

어둠마법으로 검게 빛나는 검이, 밤의 도시 상공에서 반짝였다.

나의 전력을 담아 휘두른 공격은 드래곤의 목을 그대로 날려버렸다.

(《윈드 배리어》.)

상공에서 떨어지는 낙하 충격을 흡수하여 지상에 내려서자—.

"우오오오오오오오! 굉장해에에에에에에에에에에에에에!"

"뭐야, 진짜로 드래곤 슬레이어 탄생?! 그보다 이미 경험자 같은데!"

"잠깐~?! 결국 저 사람 누구야~?! 적이야~?! 아군이야~?! 어느 쪽인데~?!"

"어느 쪽이든 상관없잖아! 드래곤을 잡았다고! 우리는 살아

남았어!"

"그리고 그림자의 영웅이라는 게 앞무대에 나와도 되는 거야~?!"

무척이나 떠들썩한 환영을 듣게 되니 역시 좀 놀랐다. 앞무대에 나와도 되느냐는 말을 들었는데, 루나의 말에 따르면 나오면 안 되겠지.

뭐, 오늘 정도는 괜찮을 거다. 그건 그렇다 치고…….

"또 하나, 중앙구에 들어갔지?"

"가는 거냐! 연전이잖아?!"

"문제없어. 나는 이럴 때를 위해 있는 거니까."

나는 다시 《섀도 스텝》으로 인파를 나와 지붕 위로 올라간 뒤, 다음 드래곤을 쫓아갔다.

결론부터 말하면, 중앙구에는 왕도에서 가장 우수한 모험가가 방어를 맡고 있었다.

"좋네, 좋아! 가끔은 이렇게 나오지 않으면 긴장감이 없지!"

『크가아아아아아!』

"아니, 그래도 도시가 파괴되는 건 좋지 않잖아?!"

중앙구에서 드래곤과 싸우던 모험가는 가면을 쓴 엠마였다. 아무래도 드래곤은 처음 단계부터 두 마리 있었던 모양이지만, 한쪽은 이미 절명했다. 역시 전투력은 진짜다.

참고로 가면은 금색 박쥐가 날개를 펼치고 눈가를 가리는 가면이라, 장난 아니게 마니악하다.

"그 가면 벗어. 진짜로 기겁하겠으니까."

"오, 러셀 아닌가! 하하하……. 어라? 예정으로는 자네도 가면을 써서 더블 히어로를 즐길 수 있고, 아이들에게 대인기를 끌 거라고 로트에게 들었는데……?"

—이 순간, 내 안에서 샬럿도 무사히 『괴짜』 리스트 안에 들어갔다.

물론, 이 리스트에 들어간 멤버는 세 명 모두 여신이다.

루나? 이 녀석과 비교하면 상식인이지.

"아니, 농담을 늘어놓을 때냐고. 《다크 스플래시》!"

"농담이라니? 어이, 《아이스 불릿》! 나는 진심이었는데……. 나를 위해서라도 이 신작을 착용해주게. 《윈드 커터》! 안 될까?"

"자작이었냐고……."

그녀는 재주 좋게 드래곤에게 마법을 맞히면서 눈가만 가리는 가면을 내게 건네줬다. 새 날개를 본뜬 형상을 한 독특한 것이다. 설마 이거, 여신(엠마)이 직접 만든 내 전용인 건가…….

"……아아, 정말. 한 번뿐이야. 《다크 스피어》!"

"후하하하! 정의의 히어로, 골든 배트맨과 블랙 카이트맨 등장! 《코퀴토스 아이시클》! 보고 있니? 왕도의 꼬맹이들~!"

엠마가 나의 마법에 맞춰서 크게 외치며 포즈를 잡았다. 이야기에 편승한 걸 진심으로 후회했다. 시빌라도 어지간하지만, 엠마에 이르러서는 진짜로 괴짜 리스트 최상단을 독점할 것 같다.

참고로 지금 마법으로 드래곤은 날개가 뿌리부터 뜯겨나가

낙하했고, 길드 멤버의 집중 포화로 숨이 끊어졌다. ……왕도에 나타난 재해여. 나만은 너를 동정하겠어.

"고맙네, 러셀. 자네를 만난 것을 여신께 감사해야겠어."

"고물딱지 주정뱅이 잉여신을 말하는 거면, 감사하지 않아도 돼."

"여신이라고는 생각할 수 없는 칭호, 웃음이 나오네! 그럼 로트 쪽에."

"아니, 그 녀석에게는 감사하지 않아도 되잖아. 한쪽으로 고를 거라면 시빌라 쪽으로 해."

내 대답에 순간 눈을 동그랗게 뜬 엠마는 가면을 벗고 씨익 웃었다.

"……뭐, 뭔데?"

"이야~, 모든 남자를 포로로 삼을 수 있는 궁극의 미소녀 샬럿을 비교로 들먹였건만, 자네에게는 『어느 쪽인지 고르라면 시빌라』라고 말할 정도로는 시빌라와 사이가 깊군."

그 지적을 듣자, 완전히 잘못된 선택을 했다는 걸 깨달았다.

"진짜로 그만두라고……. 선택지가 너무 안 좋았을 뿐이야……."

"아니아니! 그런 의미가 아니고!"

엠마는 웃으면서 손을 흔들었다.

"【어스름의 마경】이 시빌라를 이렇게나 마음에 들어 한다는 것이 정말로 기뻐."

"마음에 들어 하는 것처럼 보이나?"

"그럼. 왜냐하면— 자네는 시빌라에 대해 알면서도 신격화도, 농락해서 예속화도 하지 않으니까."

농담이 이어지는 줄 알았는데, 엠마가 갑자기 과격한 단어를 꺼낸지라 저도 모르게 숨을 삼켰다.

"자네에게 시빌라는, 언제나 옆자리인 거지. 위도 아래도 아니야. 지금의 시빌라가 선 위치는, 로트가 줄곧 동경해왔던 포지션이야. 친구로서 이렇게 기쁜 일은 없어."

"로트……『태양의 여신』이 말인가?"

"……이크, 말이 너무 많았군. 지금 이야기, 비밀로 해주게. 자, 가봐!"

엠마는 나의 질문에 대답하기 전에 다시 이상한 가면을 쓰고 길드 직원이 있는 곳으로 가버렸다.

어쩔 수 없었기에, 나도 마지막 드래곤을 추격했다. 나머지 하나는 반대 방면으로 날아갔을 거다.

서둘러 고아원 방면으로 돌아오자, 그곳에는 두 명이 이미 상대를 사로잡았다.

에미가 드래곤을 방패 스킬로 벽에 묶어두고, 자넷이 마법을 꽂아넣고 있었다. 흑연을 피워올리는 드래곤은 이미 움직일 기색이 없다.

"지금 돌아왔어."

"앗, 러셀!"

엠마의 대처도 포함해서 이야기하자, 에미가 방패를 놓고 자넷이 뇌격을 꽂아 넣었다. 반응이 없는 걸 확인하자, 흥미를 잃고 나를 돌아봤다.

"러셀은 마법을 훌륭하게 써먹고 있네. 놀랐어."

"태양의 여신이 공중전 마법은 주지 않았으니까. 성공해서 다행이야."

"잘됐네. 이쪽은 에미가 대처했어."

"자넷의 방안으로 가게 지붕에서 뛰었더니, 드래곤의 등까지 닿았거든."

그냥 대놓고 힘으로 밀어붙였잖아. 보고 싶었다.

일단 미라벨이 꺼낸 드래곤은 이걸로 전부 쓰러뜨렸다.

새로운 걸 또 내보내려 한다면, 이번에는 회복시켜 주지 않을 거다.

완전히 제압당한 드래곤을 본 미라벨은 경악한 표정으로 우리의 모습을 바라봤다.

히든카드가 바로 쓰러진 거다. 상당한 충격이겠지.

"아무리 꺼내봤자 소용없어. 포기하시지."

"그런, 말도 안 되는……."

드래곤을 이런 단시간에 대처하는 건 역시 예상 밖이었겠지.

그러나 당연히 신경 쓰이는 건, 이 힘의 출처다.

"그런데……. 너의 그 힘, 케이티에게 받은 게 틀림없겠지?"

"그분의 이름을 가볍게 입에 담지 마라아!"

"긍정이라. 알기 쉽군."

"……윽!"

실언을 알아챈 미라벨이 순간 눈을 크게 떴고, 미간에 주름을 잡으면서 프레데리카를 노려봤다.

"어째서…… 어째서, 어째서……. 나는 이렇게 고아원의 수녀로 지내고 있는데…… 나는 위대해…… 나는『태양의 여신』에게도 인정받고, 칭찬받아야 하는 존재…… 보답이 없으면 이상하다고……."

"보답……? 저희는 보답을 위해 하고 있는 게……."

"닥쳐! 가지고 있는 녀석이 나를 평가하지 마! 젠장! 프레데리카, 너는 좋겠지. 관리 멤버이고, 지위도 높으니까. 네가 평범하게 끝나는 나를…… 이해할 수 있을 리가 없어……!"

"—저는, 이해해요."

미라벨과 프레데리카의 대화에 끼어든 것은, 뜻밖의 인물.

지금까지 줄곧 방어마법을 유지하던 마델린이었다.

"좀 더 할 수 있다. 이럴 리 없다. 나는 이런 수준이 아니다. 그러나 한편으로는 이렇게 생각하죠. 자신은 이 이상 무리다. 이렇게 뒤떨어진다. 실패했다. 실패를 만회할 수 없다."

"그, 그만둬……. 그만둬, 그만둬……!"

"전부, 아무것도 하지 않은 자기 탓인데. 사실은, 아직 죽지 않은 이상 아무것도 끝나지 않았는데. 몇 번이든, 자신이 움직인다면 만회할 수 있는데!"

마델린도 결정적인 실패를 저질렀다. 그러나 자넷은 그 전부를 용서했다.

지금, 마델린은 아이들을 지키기 위해 일어섰다.

—아직 죽지 않은 이상, 아무것도 끝나지 않았다.

나도 그랬다.

아무런 도움도 되지 못하고, 그 누구도 되지 못했다.

최상위직을 손에 넣은 결과, 자신이 지금까지 쌓아온 모든 것을 잃었다는 것에 절망했다.

그러나 끝나지는 않았다. 꿍꿍이는 제쳐놓더라도, 나에게 손을 내밀어 준 여신이 있었다.

"당신은, 과거의 저를 보는 것 같아요. 그러니까."

마델린은 몸을 돌려서, 내 눈을 똑바로 꿰뚫었다.

"부탁드려요."

"알았다."

내가 한 발짝 내디디자, 미라벨은 최후의 발악이라는 듯 도주하려 했기에 《섀도 스텝》을 써서 옆으로 이동해 팔을 붙잡고, 저항하기 전에 그 마법을 사용했다.

"《큐어》."

(《큐어》.)

그녀가 원래 어떤 인간이었는지는 모른다.

그러나 만약 케이티의 생각대로 움직이고 있었다면, 역시 모종의 조작을 당했을 가능성이 있다.

"……아……."

미라벨이 무릎을 꿇자, 고아원 인근에 엠마와 그 부하들이 나타났다.

아마 날아오른 드래곤을 보고 달려온 거겠지.

"주모자다. 붙잡아줘."

"음. 받아들이지!"

엠마의 부하가 미라벨의 손목에 수갑을 채우고, 후드를 씌워서 연행했다. 미라벨은 저항하지 않고 고개를 수그린 채 묵묵히 길드로 걸어갔다.

자, 그럼……. 우선은 내가 할 일을 해야겠지.

"……."

나를 주목하는 아이들에게 팔짱을 끼며 당당해 답했다.

"정의의 어둠마법이다. 멋있지?"

"멋있어!"

조금 장난스레 말하자, 루나가 가장 먼저 목소리를 높였다.

"멋있을지도……."

"나 저거 하고 싶어."

이자벨라나 마커스 같은 어른들이 여전히 아연실색하는 가운데, 루나와 이야기를 나누던 친구들도 목소리를 높이기 시작했다.

아이들은 유연하군.

약간 아니꼽지만, 아이들을 무척이나 좋아하는 시빌라의 마음도 이해는 가는 것 같다.

상당한 숫자의 도시 사람들은 나의 어둠마법을 봤을 거다.

그것에 우호적인 반응이 나올지는 여전히 애매하다.

느닷없이 전원이 받아들여 주리라고는 생각하지 않는다.

그러나, 그 녀석은 확실히 말했다.

나의 모든 것을 긍정하겠다고.

—그렇다면, 어둠마법을 숨기지 않는 선택을 한 나도 물론 긍정해주겠지?

12 두 명의 여신

"거…… 거짓말이지?"

금발의 여신이 그 아름다운 외모를 경악한 표정으로 채우면서 왕도의 하늘을 손가락질했다. 왕도의 하늘을 지배하려는 용을 상대로, 흑연색의 남자가 얼굴을 감추지도 않은 채 어둠마법을 쓰고 있다.

한편, 그 옆에 있는 은발의 여신은 허둥대는 그 모습을 보고 실로 즐겁다는 듯 웃었다.

"아~하하하! 저질렀네!"

"저질렀네! 가 아니잖아?! 어? 그거, 그거 말이야! 복면을 쓴 그림자의 영웅! 이라든가, 무영창으로 어둠마법 같은 흐름이었잖아?! 저렇게 당당하게 해?!"

"이렇게나 당황하는 샬럿을 보게 될 줄이야, 역시 저 녀석은 최고라니까!"

"으~아앙. 시빌라의 이상한 부분이 옮았어~!"

샬럿은 두르고 있던 여신의 조용함을 모조리 버리고 머리를 감싸쥐며 비명을 질렀다.

시빌라는 그 모습을 보며 한바탕 웃은 뒤, 눈을 가늘게 뜨며 옆에 있던 샬럿을 봤다.

"그래도— 기대 이상이지 않아?"

"아!"

『어스름의 여신』이 여전히 즐거워하며 지적하자, 『태양의 여신』은 눈을 크게 떴다.

"영웅담에 남는 【용사】의 명제, 이름이 남지 않더라도 은닉해야 할 속성으로 사람들을 구하는 【어스름의 마경】의 부정 명제. 저 녀석은 자력으로 제3의 해답에 도달한 거야."

한 명의 소녀가 도달한, 그림자의 영웅을 향한 기대.

한 명의 청년이 도달한, 그림자의 영웅이라는 존재에 대한 해답.

"나도, 어딘가에서 『가장 좋은 전개』라는 걸 여신 시점에서 정하고 있던 부분이 있었어. 반성해야겠네……. 사전에 『러셀을 얕보지 마라』라는 지적을 들었는데 말이지."

은빛 머리를 휘날리면서 여신인 자신의 오만한 인도를 자조했다.

"파트너(버디)인 내가, 이미 러셀이 루나 한 명을 위해 각오를 다지고 있었다는 걸 간파하지 못했어. 언니가 줄곧 꿈꿔오고, 고대하던 이 광경이 온다는 걸."

시빌라가 자아내는 말을 듣자, 샬럿은 소중한 추억을 재확인하려는 듯 가슴에 손을 댔다.

"나도, 안일하게 그에게 해답을 맡기고 말았어. 그래도, 저게 인간의…… 신들의 상상을 넘어서는 『영웅』이 선택한, 본래의 광채구나. ……눈부시네."

무엇보다도 눈부신 존재의 화신은, 무엇보다도 어두운 색으로 방출되는 흑연색 마력을 눈부신 듯이 눈을 가늘게 뜨며 바라봤다. 지금의 모습을 눈에, 마음에 새기려는 듯이.

"줄곧, 소망해왔으니까. 신앙이 기름때처럼 단단하게 굳어버린 사람들 가운데서, 그에 영합하지 않고 긍정적으로 앞을 바라보는 인간이 대두하는 날을. 언니도, 그랬지만."

그 말에 수긍하면서, 다시 어둠마법이 내달리는 어스름의 하늘을 바라봤다.

"……응. 『태양의 여신교』. ……내가 바란 결과였지만, 내가 상상했던 것보다 훨씬 과해져 버려서. 다른 모두와 나는, 원래 그 정도로 커다란 차이는 없었을 텐데."

"사치스러운 소리네."

금빛 머리를 바람에 나부낀 여신이 하늘을 올려다봤다.

"그 결과, 프리실라도 시빌라도, 답답하게 해버리고 말았어."

"그러니까, 그건 이제 말하지 말라고 했잖아? 이 대화, 대체 몇 번째야? 언니조차도 슬슬 지겨워할걸. 그러니까—."

시빌라는 다시 한번 확인하려는 듯 샬럿에게 한 발짝 내디뎠다.

"—러셀(저 녀석)의 행동, 확실히 긍정하고, 도와줄 거지?"

샬럿은 자신이 했던 말을 떠올리고는, 그걸 자신 안에서 음미하듯 눈을 감으며 몇 번 끄덕이더니 만족스러운 듯 입꼬리를 들었다.

"응. 저 정도의 각오를 보여줬잖아. 나도 전력을 다해 앞으로 나올게.”

『태양의 여신』은 청년에게 배턴을 받은 것처럼 손을 움켜쥐었다.

그 의지를 소중히 여기며, 놓지 않으려는 듯.

자신이 【성자】로 선택한 인간. 그녀에게는 청년은커녕 소년이라고 불러도 될 만큼 어린 인간.

자신이, 절망으로 떨어뜨렸다고 해도 좋을 인간.

그 절망과 재기, 동료들조차 일으켜 세운 그의 앞길을 제시하는 힘이 될 수 있다면.

—그것은 정말, 자신에게도 구원이 될 거다.

푸른 하늘을 새긴 듯한 눈동자 속에서, 태양의 여신은 왕도의 싸움을 눈에 새겼다.

“자~, 그럼. 그건 그렇다 치고.”

샬럿의 내면을 아는지 모르는지, 시빌라는 아직 이야기가 남았다는 듯이 말을 이었다. 그것은, 이 자리에 남은 이유였다.

“네가 이 타이밍에 나온 이유, 있지? 다른 녀석에게 맡길 수 없고, 남들에게는 보여줄 수 없는 것.”

“……응, 있어. 시빌라에게 보고를 들었을 때는, 진심으로 기회라고 생각했으니까.”

“예상하고는 있었지만, 정말 그게 이유였구나. 제8던전의 출구에 있던 건 우리를 기다리고 있었다는 게 이유 중 절반. 다른 절반은, 이곳이 제7던전과 제9던전의 사이니까, 맞지?”

샬럿은 말로 대답하지 않고, 대신 손에서 빛나는 활을 출현시켰다.

"왔어."

그리고 작게 중얼거리며 목적지로 달려가는 금발의 자취를 은빛이 추적했다.

"어째서…… 어째서냐아아아아아아아아!"

샬럿의 발아래에서 이형의 괴물이 비명을 질렀다.

그것은, 왕도에 몇 번이고 마물을 보냈던 합성수(키메라) 마왕이었다.

마왕 본인도 인간보다 두 배 이상 커다란 체구여서, 베테랑 모험가조차도 상대가 되지 못할 거다.

그러나 지금, 마왕은 여신의 화살에 맞아 손발이 지면에 꿰여서 전혀 움직이지 못하고 있다. 그걸 이뤄낸 존재는, 금발 틈새에서 차가운 두 눈으로 덤덤히 그 거구를 내려다보고 있었다.

누가 보더라도 양자의 힘 차이는 확연했다.

"태양, 태양만 저물면『태양의 여신』은 그 힘을 발휘하지 못할 터……!"

"맞아요. 확실히 태양의 빛이 닿지 않는 던전에는 저의 힘이 미치지 못하죠. 그건 맞아요. 태양의 힘을 쓰지 못한다면, 저는 약해요."

"해가 완전히 저물지 않았기 때문인가……! 그럼, 그렇다면 밤에 나왔다면……!"

마왕이 이를 갈면서 말하자, 옆에서 그 대화를 듣던 시빌라가 코웃음 쳤다.

"밤이 되면 태양의 힘이 없다? 이야~, 그 정도의 지식이라니. 웃기네."

"뭐…… 뭐, 라고……!"

은발의 여신은 그 머리를 자신의 색으로 물들이는 어스름의 하늘을 올려다보며 양손을 펼쳤다.

밤의 시작. 달빛을 누구나 인식할 수 있는 시각이 되었다.

"달의 여신도 있기는 하지만……. 너, 달이 어떻게 빛나는지 알아?"

"—아!"

"어라라, 알면서도 나왔구나. 거기까지 지식이 있는데도 생각이 미치지 못한 건, 공적에 몸이 달아버렸던 걸까? 신경 쓰이네~?"

몸을 떠는 마왕에게, 인류의 수호신이 잔혹하게 말했다.

압도적인, 힘의 차이를.

"달빛은 태양의 빛을 반사하는 것. 즉— 딱히 태양이 나오지 않더라도 저는 태양의 힘을 쓸 수 있습니다. 사실, 삭월이라도 완전히 힘을 못 쓰게 되지는 않아요."

태양의 존재는, 지상의 모든 것과 비교해도 압도적으로 크다.

그것은 밤이라도 결코 다르지 않다.

사람들에게 절대적인 신앙을 얻고 있는 샬럿에게 있어서, 그 빛은 아무리 작은 것이라도 자신의 힘을 충분히 발휘하기에는 차고 넘치는 수준이다.

“당신들이 저를 이길 수 있는 곳은 던전 안뿐. 던전 내부가 빛나고 있는 건 태양빛— 즉, 저의 힘을 가로막는 것도 목적이에요. 그래서 다른 던전 메이커는 나오지 않는 것이건만.”

일단 말을 멈춘 샬럿과 시빌라가 아이 콘택트를 취했다.

무슨 일인가 궁금해하는 마왕을 제쳐놓은 채, 샬럿은 자신의 얼굴을 마왕의 얼굴에 들이밀었다.

“세이리스의 보고는 정말로 기뻤어요. 마왕이 **일부러** 제 손이 닿는 곳까지 나와줬으니까. 자, 세인트고다트의 마왕 씨. 지금의 마계 이야기, 마신 현현의 이야기. 전부 들려주셔야겠어요.”

13 태양의 여신, 그 진의를 쫓다

소동으로부터 하룻밤이 지났다.

『왕도의 백성들, 평안히 지내고 있는가. 여왕 샬럿이다.』

이른 아침, 왕도 전체에 울려 퍼지는 하프의 짧은 음악에 이어서 세인트고다트 여왕의 공지가 음성으로 울려 퍼졌다.

이름을 듣고 놀랐지만, 『태양이 여신』이 직접 세인트고다트의 여왕 자리에 앉아있었다. 음성 연락을 왕도 전체에 알리는 마도구의 기술 레벨도 놀랍다.

연락 사항을 요약하면, 이렇다.

사망자 없이 사건을 해결했다는 것.

부상자 치료는 중앙가의 치료원이나 왕성에서 진행한다는 것. 비용은 왕도에서 부담한다.

강력한 마물로 인해 『수호의 마주』가 파손됐다는 것— 그 드래곤을 말하는 거겠지.

어제 일을 떠올리고 있는데…… 다음 말에 놀랐다.

『그 마물을 토벌해준 것은, 『어스름의 서약』이라는 파티. 얼마 전, 검은 마법을 본 사람도 많겠지. 그것은 『어둠마법』이라는 특수한 속성의 마법이다.』

여왕이 그 이름을 제시하면서 어둠마법의 존재를 확언했다.

『그 파티에는 나의 지인인 시빌라가 있다. 그녀에게는 모두가 모르는 사이 마왕 토벌을 담당해달라고 부탁했다. 모두의 평화를 지키는, 그림자의 공로자다.』

"나를 말하는 거지요~! 이예~이!"

참고로 지금 우리는 고아원도 파괴되었기에, 고아원 터에 테이블을 옮겨서 아침을 먹는 중이다. 시빌라는 모두의 앞에서 주장하고 있다.

이 녀석은 뭐랄까, 어떤 상황에서도 변함없이 시빌라로군.

아니나 다를까, 여기서 많이 친해진 주변 아이들은 건방진 의문의 시선을 보내고 있다.

"저기, 저기!"

나에게 즐겁게 말을 걸어오는 오드아이 소녀. 완전히 모두에게 받아들여진 루나가 반짝반짝 빛나는 눈으로 내게 말을 걸어왔다.

"러셀은 여왕님하고도 아는 사이였어?!"

"아~, 뭐. 그렇게 되겠지."

바로 얼마 전 들었던 목소리이긴 하지만, 애매하게 수긍했다.

"후하하하하! 그림자의 영웅은 정체불명! 그러나 여왕 폐하는 사람들을 구하는 활동을 하고 있다는 걸 알고 있던 거다! 왕국에서 가장 높은 사람조차 【어스름의 마경】에게는 고개를 들 수 없지!"

"굉장해~! 멋있어~!"

"러, 러셀 씨가 그렇게 굉장한 사람이었다니……!"

그림자의 영웅으로서 모두 앞에서 싸워서 그런지, 루나의 지지 기반은 확고하게 완성되었다.

이제 아무도 이 엉뚱한 언동을 하는 소녀를 막지 않는다. 필요가 없어졌으니까.

"진정한 영웅은 모든 지배자의 정점에 서는 거다! 나의 오른눈 『궁극 심안(얼티밋 이블 아이)』도 모든 신과 대등한 자는 그림자의 영웅뿐이라고 간파하고 있어!"

"굉장해~! 완전 굉장해~!"

한쪽 눈을 가리는 포즈로 터무니없는 소리를 하는 루나에게 모두가 흥미를 보이는 중이다.

"끝내주네!"

……역시 누군가 막는 게 좋지 않을까? 정작 여신(시빌라)은 루나에게 편승해서 똑같은 포즈를 취하고 있으니까, 지적하는 건 그만두겠지만…….

그렇게 화기애애하다고 해야 좋을지 알 수 없는 아침 식사 중에도, 여왕은 딱딱한 목소리로 방송을 이어갔다.

『—밤 또한, 사람의 생활에는 필요한 존재. 왕도에 사는 사람들이라면, 어둠마법의 마도사를 인정해주리라 믿는다. 『태양의 여신』도, 해가 저문 밤을 소중히 여기고 있다.』

그야 네가 『태양의 여신』이니까.

그렇게 생각한 동시에, 시빌라와 눈이 마주쳤다.

이 녀석도 이 녀석대로 샬럿의 말을 들으면서 실로 즐겁다는 듯 웃고 있었다.

성실한 줄 알았는데, 이 뻔뻔스러운 방송을 보니 의외로 비슷한 성격일지도 모르겠다. 이거야 원.

『방송은 오후와 저녁에도 반복해서 진행한다. 약간 번거롭겠지만, 철저하게 알리기 위해—.』

◇

"—이번에는 정말로, 정말로 감사했습니다!"

겨우 목적이었던 『태양의 여신』을 만난다고 약속한 날이 되었다. 되기는 했는데, 그냥 여왕 알현 그 자체였다. 그야 대기 시간이 길어질 만했다.

그런 여왕 겸 여신은 사람을 물리더니, 우리 앞에서 힘차게 고개를 숙였다.

참고로 알현이라고는 해도, 넓은 방에서 테이블을 사이에 두고 마주하고 있을 뿐이다.

내 왼쪽에는 에미와 자넷, 오른쪽에는 시빌라와 마델린이 와 있다. 처음에 마델린은 뒤에 서서 대기하려고 했지만, 시빌라와 샬럿이 붙잡아서 앉혔다.

"방송과는 태도가 무척 다른데?"

"그, 그건, 사실은 좀 더 정중하게 말하려고 했는데요, 시빌라가……."

"아니 너, 평소처럼 했다가는 당연히 얕잡아 보일 거 아냐. 좀 더 거만하게 있어. 지상에서는 올라타기만 해도 어떤 남자도 당해내지 못하잖아.”

“그거, 마치 내가 엄청 무겁다는 것 같잖아.”

“……사실이잖아?”

“잠깐, 그렇게 진지하게 답하지 마. 우울해지니까.”

여신 두 명의 편안한 대화를 들으면서, 나는 눈앞에 나타난 여자의 모습을 살폈다.

왕도 세인트고다트의 여왕이자 『태양의 여신』이기도 한 샬럿은, 얼마 전과 마찬가지로 그다지 화려하지 않은 드레스를 입고 있다.

시빌라와 이야기를 나눌 때의 샬럿은 외모와 비교해도 조금 앳된 느낌이 든다. 그러나 이건 시빌라의 평소 성격을 고려하면 이렇게 되리라는 상상도 하게 된다.

“아아, 정말……. 아, 저기, 우선은 무엇보다도 여러분의 활약에 감사하고 있어요. 이럴 때를 위해 모든 인간에게 『여신의 직업(잡)』을 부여했지만……. 역시 중층보다 아래를 도전할 정도의 사람은 거의 없으니까요.”

“그야 그렇지. 목숨이 오가는 일이잖아. 애초에 위험한 탐색을 추천하지 않는다고 정한 건 너 아니었나?”

“네. 『모험에는 위험이 따라다니는 법』이라든가, 『아무리 위험해도 탐구심을 억누를 수 없다』라는 생각과 함께 스스로 위험한 곳에 뛰어드는 사람도 있기는 하지만요.”

“그런 녀석이 있는 건가?”

“있어요. 위험한 산에 혼자 오르다가 산길에서 떨어지는 사람. 바다의 깊이를 알고 싶어서 그대로 빠져버린 사람. 자유의지니까, 막을 권리는 없죠."

흐응……. 미지의 세계를 보고 싶다고 생각하는 마음은 이해가 안 가는 것도 아니지만, 목숨을 던질 정도인가?

"……그래도."

샬럿은 그 긴 금빛 속눈썹을 내렸다.

"그래도, 던전에 목숨을 걸기를 바라지는 않아요. 그렇게 생각하고 있어요."

"그런가. 그럼 【용사】의 존재는?"

"인간들의 상징이죠. 마왕보다 인간이 더 강하다. 그렇게 생각할 수 있는 존재가 있는 건 중요하고, 그게 과거의 존재가 아니라는 것이 매일의 안심감으로 이어진다고 생각하고 있어요."

매일의 안심감이라. 확실히 마왕을 토벌할 정도의 녀석이 어딘가에 있으면 안심되기는 하겠지만, 하필이면 그게 빈스라니…….

"……한 가지, 본론으로 들어가기 전에 질문하고 싶은 게 있어. 샬럿은 어째서 그렇게나 루나에게 의심받는 걸 바라고 있었지?"

어제는 긴급 사태여서 묻지 못했지만, 지금 생각해도 그건 묘한 발언이었다.

내 질문에 샬럿은 조금 쓸쓸한 표정으로 미소 짓고는, 깍지를 꼈다.

"그 이야기를 하려면, 저에 대해 다시금 설명할 필요가 있겠네요. 『태양의 여신교』는, 본래 인류를 수호하는 것을 목적으로 만든 종교였어요."

그것은, 교리 이야기를 훑어봤을 때도 짐작이 갔다.

"제가 말하는 건 좀 그렇지만, 『태양의 여신』이란 본래 그렇게까지 특별한 존재가 아니에요. 빨간색과 파란색의 우열을 가릴 수 없듯이, 낮과 밤에 우열은 없어요. 하지만……."

"—인간은, 어둠을 『악』으로 보고 말았지."

금발의 여신은 내 말을 긍정하듯이 미간에 주름을 잡으며 끄덕였다.

"시빌라는 지금 같은 상황에서도 저를 책망하거나 하지 않지만……."

매번 있는 일인지, 정말로 신경 쓰지 않는 것처럼 보이는 시빌라가 어이없다는 듯 어깨를 으쓱했다.

"그런 여신교의 영향력이 강한 세인트고다트에, 루나가 나타났어요."

여기까지 들으면 아무리 그래도 예상이 간다.

"여신교의 고아원에서 『그림자의 영웅』을 생각해낸 루나를 긍정해주고 싶었던 거군."

샬럿은 고개를 끄덕이면서 나와 정면에서 눈을 마주쳤다.

"태양의 여신은, 틀리는 일도 많아요. 저를 절대적이라고 생각하지 않고, 그걸 긍정적으로 생각하면서 모두가 바라는 존재가 되어줬으면 했죠. 당신들 두 명의 관계는, 저의 이상이었어요."

이상이라. ……그럼, 본론으로 들어가서 이 질문도 해야만 하겠군.

“내가 【용사】가 아니라 【성자】가 된 것은, 네가 정한 일인가?”

줄곧 묻고 싶었던 일이다.

시빌라는 【성자】다운 성격이라고 말했지만, 결국은 잘되지는 않았다. 솔직히 【어스름의 마경】이 되느냐 마느냐도 그때가 오기까지는 운에 불과했으니까. 지금이 되어서는 현재 상황에 불만이 있는 건 아니지만, 묻지 않을 수는 없었다.

내 질문에 대한 샬럿의 대답은.

“네. 틀림없어요. 저는 당신에게는 【성자】가 가장 어울린다고 생각했어요.”

“내가, 그렇게 된다는 걸 알면서도?”

“맞아요.”

알고는 있었지만…… 명확하게, 긍정하는군.

눈앞의 여신은 커다란 눈을 한껏 뜬 채로 감정을 읽을 수 없는 시선으로 나를 바라봤다.

“결국 내가 어떤 상황이 되든, 너에게는 알 바가 아니었다는 건가?”

“아뇨, 그건 아니에요. 저는…… 다른 뜻 없이, 여러분 인간을 좋아해요. 미움받는 건 견딜 수 없어요.”

말하는 것치고는 그에 따른 결과가 나오지 않았다. 뒷일을 생각하지 않는 건가? 아니면……?

“무리를 해서라도…… 당신은 【성자】여야만 했어요. 그러지 않으면, 그러지 않으면—.”

한 호흡을 둔 금빛 눈동자가 나를 꿰뚫었다.

"—당신들은, 완전히 끝장나버리니까요."

완전히, 끝장난다?

대체 이 『태양의 여신』은 무엇을 알고 있는 거지?

"뜬금없는 이야기지만— 저에게는 평행 세계라는 가정 세계의 이야기를 볼 수 있는 능력이 있어요. 자세하게 볼 수는 없고, 보이지 않는 것도 많지만요."

"평행……?"

"다세계 해석. 즉, 『만약 그때 이렇게 했다면, 결과는 달랐다』라는 세계의 이야기야. 나비 효과……. 약간의 선택이 최종적으로 터무니없이 커다란 차이가 되어 나타날지도 모른다는 이야기로도 이어지지."

자넷이 에미에게 이 갑자기 나온 말을 해설해 줬다.

만약의 세계……. 그건, 즉—.

"—내가 【용사】였던 세계의 일인가."

"네."

"그 내용을, 내게도 말해줄 수 있을까? 듣지 않는다면, 도저히 납득할 수 없어."

샬럿은 조금 고민하듯이 시선을 내렸지만, 이윽고 결심한 듯 고개를 들었다.

"이걸 보여줄 생각은 없었지만……. 여기까지 왔다면 저도 뒤로는 물러날 수 없어요. 당신을 위해서라도, 제가 본 것을 공유해 드리죠."

공유라니—?

내가 의문으로 생각한 동시에, 급격하게 졸음이 덮쳐왔다.

이건, 샬럿의 능력인가…….

"한순간의 일이라 금방 눈을 뜰 테니, 안심해 주세—."

그 목소리를 다 듣기도 전에, 우리는 전원 깊은 잠에 빠져버렸다.

14 if

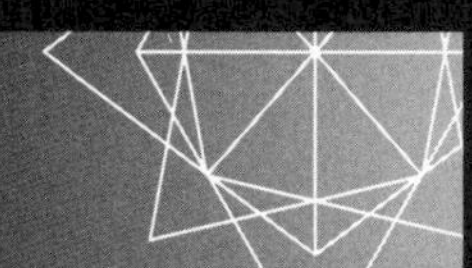

여신의 선정식.

우리 네 사람은 도회지인 하몬드까지 나와서 신관 앞에 함께 나란히 섰다.

개인의 비밀을 지키기 위해 보통은 한 명씩 받지만, 희망한다면 우리처럼 단체로 받을 수도 있다.

고아원에서 언제나 함께였던 4인조다.

언제나 함께였으니까, 무덤에 들어갈 때까지 함께일지도.

신기한 판을 든 신관이 우리를 보더니 눈을 크게 뜨며 우리와 판을 교대로 바라봤다. ……뭐가 적혀있는 거지?

신관은 한 호흡을 두고, 그 연령이 느껴지는 목소리를 성당에 울렸다.

【마법검사】 빈스.

【성기사】 에미.

【성녀】 자넷.

그리고…… 【용사】 러셀.

내가…… 그, 【용사】?

"괴, 굉장해……! 굉장해, 러셀!"

"진짜냐고?! 어이, 이 녀석 저질러 버렸어!"

에미와 빈스가 말을 걸어줬지만, 실감이 나지 않는다.

그래도…… 그런가. 내가 당대의 용사인가……! 열심히 해야겠어!

"성공, 했어……. 성공할 줄은 몰랐는데……."

자넷도 웬일로 기쁨의 표정을 드러내며 자신의 손을 응시하고 있었다.

그로부터 우리는 고아원 사람들에게 보고하는 편지를 쓰고, 각자 무기를 샀다.

던전 탐색의 나날이 시작된다!

◆

푸른 던전. 초심자용 상층이 있는, 어린애 싸움인가 싶을 만큼 미적지근한 마물의 공격에서 크게 변화한 중층.

마물들의 명확한『살의』가 실감을 가지고 우리를 덮쳐왔다.

"허억…… 허억……. 못 이길 정도는 아니지만, 힘든데."

"어이, 괜찮냐? 뭣하면 내가【용사】대신할까?"

"아니, 그럴 수는 없잖아? 뭐, 레벨이 올라가면 어떻게든 되지 않을까?"

빈스와 농담을 나누면서 마물의 뿔을 잘랐다.

조금이라도 돈을 벌어서 젬마 씨나 프레데리카 누나의 도움이 되면 좋겠네.

"괜찮아! 러셀이 당할 것 같으면 내가 지켜줄게! 나는【성기사]니까!”

“으~음. 에미한테 보호받는 것도 말이지~.”

“그렇지?”

“뭐~! 너무해! 지금의 나, 굉장히 튼튼하거든!”

확실히 에미는 예전과 비교하면 비교도 되지 않을 만큼 강해졌다.

단순한 힘만이라면, 어쩌면 나는 물론이고 빈스도 당해내지 못하지 않을까?

뭐, 다치더라도 지금은 자넷의 굉장한 회복마법도 있으니까 괜찮겠지?

자넷은 회복마법을 익힌다고 하면서 지팡이를 쓰는 마물 토벌도 애쓰고 있으니까!

목검을 휘두르는 모의전은 한 번도 하지 않았으니까, 지팡이로 저렇게까지 싸울 수 있을 줄은 몰라서 놀랐다.

좋은 파티라고 솔직하게 생각한다. 이 파티라면 분명, 마왕도 쓰러뜨릴 수 있을 거다.

불안감은 없다. 용사 파티의 미래는 언제나 빛나고 있다.

나의 마음을 떠밀듯이, 에미가 밝은 목소리가 기분을 끌어올렸다.

“러셀은 절대 다치게 하지 않을 테니까!”

◆

실패. 했다.

"왜…… 어째서……?!"

던전 탐색을 시작한 지 몇 년이 되었을까.

준비는 확실하게 했다. 레벨도 충분히 올렸다.

빛의 마법도 몇 개나 능숙하게 쓸 수 있게 되었다.

오늘은 처음으로 하층 플로어 보스에게 도전했다.

상대는 강했고, 빨랐다. 그러나 우리의 적은 아니라고 생각했다.

나도, 빈스도 철가면을 쓴 거인에 집중했다.

에미도 적극적으로 공격을 받아냈다.

빈스의 검이 플로어 보스의 팔을 태우고, 나의 검이 그 가슴을 꿰뚫으려고 다가간 순간— 소 가면이 씨익 웃는 듯한 착각을 느꼈다.

『위험해!』

적을 쓰러뜨렸다는 안도와 방심. 후위인 자넷의 외침이 들렸다.

우리의 적수는 아니라고 생각했다.

아니었다.

이 하층 플로어 보스는, 다른 마물을 소환하는 능력이 가장 강한 힘이었던 거다.

옆에서 플로어 보스에게 도발을 걸었던 에미가 나를 가장 잘 보고 있었던 거겠지.

나의 뒤로 가장 먼저 움직였다.

돌아본 순간— 에미가 눈앞에서 날아가고 있었다.

하층에서 본 소머리 마물 네 마리가, 벽에 머리를 부딪친 에미에게 추가타를 날리려고 움직였다.

『너희 대체 뭐 하는 짓이야아아아아아아아아아아아아!』

나는 하층 플로어 보스의 시체를 걷어차고 눈앞이 새빨개진 채 마물을 베어버렸다.

빈스에게 팔을 잡힐 때까지, 내가 마물의 시체를 무의미하게 썰어버리고 있다는 것도 깨닫지 못했다.

분노의 열기가 식은 지금, 내 눈앞에서 언제나 냉정 침착하던 자넷이 에미에게 지팡이를 댄 채 무릎을 꿇고 있었다.

"《엑스트라 힐》! 왜…… 어째서……?!"

어째서 눈을 뜨지 않는가. 그런 이유는 하나밖에 없다.

에미가 죽었으니까.

회복마법은, 죽은 인간에게는 효과가 없다.

"어째서…… 어째서……. 『애모의 성녀』에게는 기적이 있었잖아……. 나로는 안 되는 건가……!"

영웅담에 나오는 클라이맥스. 소생마법.

그 기적은, 아무래도 자넷에게는 주어지지 않은 모양이다.

"……."

"젠장……. 으, 으으……."

"……미안, 에미. ……나에게, 힘이 있었다면……."

무력감.

아무도 잘못한 게 아니라, 그저 실패했다.

공적에 몸이 달았다.

영웅담에 나오는, 갖은 역경을 넘어선 가슴 뛰는 싸움의 반짝이는 면만을 보고 있었다.

그렇지 않은 영웅도, 당연히 있는 거다.

어딘가에서 자신들이 영웅이라고 얕보고 있었다.

사람은 허망하게 죽는다.

아무런 대비도 하지 않은 채, 유언조차 없이.

생명은 그저 헛되이, 물건으로 변해버린다.

—이윽고, 어찌할 수 없는 시간만이 흘렀다.

아무도 뭐라 말하지 못하게 된 상황에서, 나는 조용히 일어섰다.

"이대로 물러날 수는 없어. 마왕만큼은, 반드시 쓰러뜨려야 해."

빈스와 자넷도 말없이 일어났다.

◆

"러셀. 너는 이제, 나와는 무리야."

그건 갑작스러운 말이었지만, 들은 말의 의미도 이유도 금방 알았다.

……그로부터 얼마나 지났을까?

나의 유일무이한 절친, 빈스.

최강의 【마법검사】이자, 최전선에서 싸워온 남자.

예전보다 머리가 많이 길어진 남자가, 나이에 맞지 않게 고생해온 것을 반영하는 얼굴을 어둡게 수그렸다.

내 옆에는 빈스 이상으로 머리가 길어진 자넷이 있다. 이 말을 예상하고 있었는지, 놀라지는 않았다.

"이유는, 말할 것도 없……겠지?"

"이제 탐색에 따라올 수는 없는 건가."

"그래."

일찍이, 누구보다도 지는 걸 싫어하고 누구보다도 힘을 추구해온 모험심 덩어리였던 남자는, 그 여행의 종착점을 스스로 선택했다.

이 녀석도 어른이 되었다는 거다.

"나도 아직 할 수 있다고 생각해. 하지만—."

빈스는 테이블에 올린 자신의 손에서 내 눈으로 시선을 들었다.

그 눈에는 짜증일까, 아니면 체념일까.

한마디로 형용할 수 없을 만큼 복잡한 감정이 담겨있었다.

"—지금의 너와는 무리야."

줄곧 가족이라고 생각해 온 절친의, 명확한 거절의 말.

"솔직히, 너의 싸움에는 따라갈 수 없어. 솔직히 말할게. 지금의 러셀은, 마왕을 쓰러뜨린다는 목적이 두 번째야."

"나의 마왕 토벌이 두 번째라고? 그럼 첫 번째는 뭐라는 거냐."

"자기가 죽을 곳을 찾아다니는 거지."

빈스의 말에 반론하려다가…… 부정할 말이 나오지 않았다.

—죽을 장소.

결국 그로부터 우리 안에서는 마음을 치유할 곳이 없었고, 싸우면 싸울수록 『그때도 어떻게든 할 수 있지 않았을까?』라는 후회의 마음만이 강하게 남았다.

언제나 함께 있었으니까, 갑자기 가족이 사라진 마음의 구멍을 메울 수 없었다.

결국, 시간이 상처를 치유해주는 일은 없었다.

"나는 이제 와서 그런 너를 책망하지는 않아. 그래도, 지옥 밑바닥까지 따라갈 생각은 없다고. 자넷도 그렇잖아?"

그렇다. 이 문제는 자넷도 공통으로 가지고 있다.

빈스가 묻자, 자넷은 긴 머리를 옆으로 넘기면서 부정했다.

"나는, 러셀과 마지막까지 함께할 생각이야."

"……그게 파멸의 길이라도?"

"응."

그 이후, 표정이 전혀 움직이지 않게 된 자넷은 평소와 마찬가지도 덤덤히 대답했다.

자신의 생사에 관한 상황도, 자넷은 그다지 흥미가 없는 모양이다.

"그러냐……."

빈스는 그 한마디를 말하고는 일어났다.

"이제 가는 거냐."

"그래. 나는 아드리아로 돌아가겠어. 살아있다면 만날 일도 있겠지. ……살아있다면, 말이야."

빈스는 마지막으로 그런 말을 남긴 채 방에서 조용히 나갔다.

줄곧 네 명이었던 가족은, 둘만이 남고 말았다.

◆

"이건…… 저질러 버렸, 나……."

던전의, 밑바닥 중 밑바닥.

이제 몇 번을 봤는지 알 수 없는, 재가 되어버린 마왕의 시체 옆에서, 나는 지면에 쓰러져 있었다.

호흡이 괴롭다. 마왕이, 영속적으로 이어지는 독을 실내에 퍼뜨리면서 죽었다.

몸이 전혀 움직이지 않는다.

가까스로 목과 입을 움직일 수 있는 정도다.

나와 마찬가지로 쓰러진 자넷을 보니, 나를 보고 있었다.

여느 때처럼 감정이 보이지 않는 얼굴이다.

치료마법이 오지 않는다는 건…… 강행군에 의한 마력 고갈이겠지.

매번, 몸을 버려가면서 덤벼드는 셈이었다.

이런 날이 오리라는 건 알고 있었다.

그날 봤던 빈스의 얼굴이 떠오른다.

역시, 나는 이렇게 되고 싶어서 나아가던 게 아니었을까.

"……여러모로 끌어들여서, 미안했어."

"아니…… 나도……. 그래, 나도……."

자넷은 나의 말에 조용히 눈을 감으면서 고개를 내저었다.

"나도, 똑같아……. 죽을 장소, 찾고 있었어……. 후회, 했으니까……. ……사실은, 말이지. 나는, 【성녀】에, 걸맞지, 않았어……."

"그렇지는……."

"러셀에게는, 아직 마력, 있잖아……? 나는, 이제, 없어……. 큐어, 가, 안 나와……. 이래서는, 『성녀 전설』, 에는…… 도저히, 미치지 못해……."

"……."

책을 즐겨 읽었고, 그중에서도 『성녀 전설』을 열렬하게 탐독하던 자넷.

그런 그녀이기에 알 수 있는, 전설 속 영웅과 왜소한 자신과의 괴리.

"……걸맞지 않았던 건…… 나도, 똑같아."

"……."

자넷은, 나의 말을 부정하지 않았다.

무책임한 위로가 가장 잔혹하다는 걸 알고 있으니까.

대신해서, 그녀는 마지막 힘을 쥐어짜서 내 손가락을 만졌다.

"지금도, 떠올라……. 나무 그늘에서, 작은 내가, 무거운 책을 무릎에 올리고……. 시선을 돌리면…… 눈부신, 녹색

뜰…… 새가 지저귀는 소리…….”

“그래…….”

“프레데리카, 씨가……. 점심, 부르러 와서…… 양지로 나올 때, 태양의 따스함…… 흙의, 냄새…… 세 사람을, 불러서…….”

“그때가, 가장 행복, 했을지도…….”

“……너무, 욕심을 부린, 벌……. 【성녀】가, 될 수 있다, 고……. 사실은…… 욕심, 많은…… 나의…….”

자넷에게서 나오던 모든 소리가 끊어졌다.

전부, 잃어버렸다.

빛나야 했던 미래는, 조용히 밤을 맞이했다.

믿는다고 해서 소원은 이루어지지 않고, 노력한다고 해서 닿는다고는 단정할 수 없다.

그저, 당연한 시간이 찾아왔을 뿐이다.

“아아, 정말로―.”

흐릿해지는 의식 속.

나는 아무도 듣지 않는 공간에서, 자신에게 들려주려는 듯 마지막 말을 중얼거렸다.

“―나는 【용사】에, 걸맞지 않았어…….”

15 여신의 선택, 모두의 선택, 그리고 나의 선택

깊은 호수에서 떠오르듯이 눈이 뜨였다.

지금 잠든 게 한순간이었을까, 아니면 기나긴 꿈을 몇 년이나 꾸고 있었던 걸까.

신기한 감각이 들었지만, 그래도 자신이 겨우 현실로 돌아왔다는 건 인식했다.

"지금, 이건……."

"저와 여러분이 본 내용은, 정확하게 일치하는 건 아닐지도 몰라요. 하지만 비슷한 걸 봤다는 것만큼은 전해드릴게요. ……이 선택지는, 너무나도 아까웠어요. 그렇게 생각해서, 저는 이 선택지를 의도적으로 피했죠."

내가 질문을 던지자, 여신이 대답했다. 아까까지 본 내용과 가까운 것……이라.

자다 깬 꿈을 기억하는 일은 적지만, 지금 꿈은 정확하게 기억하고 있다.

【용사】가 된 나. 나를 감싼 에미. 마지막까지 함께한 자넷.

그날과 같지만— 그러나 결정적으로 다른, 빈스의 말.

자신들의 생애를 조감하듯이 내려다봤다.

확실히 우리라는 건 틀리지 않은데, 너무나도 다른 인생.

"그게, 나의 말로인가."

옆에 있던 자넷이 모자를 벗고 크게 숨을 내쉬었다.

"하고 싶은 일과 특기인 건 달라. 알고는 있었지만, 현실을 직면하게 되었네……."

아드리아 고아원에서 들었던 자넷의 독백.

그건 나밖에 듣지 못했던, 자넷의 소망.

【성녀】가 되고 싶었던 자넷의 소망과 나의 존재.

마치 【용사】가 되고 싶었던 나와 빈스의 관계 그 자체였다.

자신이 바라던 여신의 직업을 얻는다고 해서, 그 결과가 이상대로 이루어진다고는 단정할 수 없다.

『태양의 여신』은 그걸 내다보고 인류 전원의 직업을 정하는 거겠지.

거기까지 생각하다가, 문득 신경이 쓰였다.

"이봐, 샬럿. 너는 이런 걸, 지금을 살아가는 인간 전원 분량으로 보고 있는 건가?"

"네. 한 명 한 명의 내용이 정확하다고 단정할 수는 없고, 시빌라가 간섭한 이후부터의 러셀 씨의 내용도 보지 못했어요. 하지만, 대략적인 지식으로는 제가 혼자 전원을 파악하고 있어요."

그런가. 이걸, 인류 전원 분량을…….

내가 그날의 절망과 타협하는 건 어렵다.

그만큼, 소꿉친구들의 도움이 되지 못한 건 크나큰 일이었으니까.

그러나, 내가 이렇게 된다는 걸 알고…… 나를 살리는 것을 우선해서 【성자】로 삼은 건가.

그 결과, 나에게 원망을 사게 되더라도.

그러나.

"에미는 어떻게 된 거지?"

그것만이 마음에 걸렸다.

에미는 지금의 현실에서도, 꿈의 세계에서도, 정말로 목숨을 던졌다. 나의 소생마법(리저렉션) 때문에 결과적으로 살아있지만, 어느 세계에서도 목숨을 잃었다.

그 질문에 대답한 건, 에미 본인이었다.

"후회하지는 않았을 거야."

가장 당황할 줄 알았던 에미는, 신기하게도 냉정했다.

"원래부터 지키고 싶었으니까 【성기사】가 되었을 거고, 처음에 죽은 것 자체는 누군가가 먼저 희생되는 것보다는 훨씬 나아. 그 세계의 나도 분명 납득했을 거야. 아마 난, 몇 번이라도 그런 선택을 하지 않았을까."

그러면서도 말을 이었다.

"그 결과 두 사람이 죽어버린다면, 의미가 없네. 러셀이나 자넷을 위해서라도, 죽지 않게 노력해야겠어."

"최대한 다치지도 말았으면 좋겠는데……."

"아하하. 그건 무리."

에미는 전혀 무리하는 기색 없이 당연하다는 듯 대답했다. 다시금, 밝은 에미의 강한 심지와 그 소원의 본질을 본 것 같다.

이 녀석은, 자신을 소중히 여기는 것조차 우리를 위해서니까.

“【성자】가 아닌 나인가. 상상해본 적은 없었지만…….”

여전히 던전 최심부에서 쓰러진 감각이 남아있다. 그 정도로 지금의 꿈은 리얼하고 어마어마하게 길었다. 무영창을 모르고, 치료(큐어)마법을 익히지 못했던 나의 말로.

“그래도.”

고민에 잠긴 와중, 샬럿이 입을 열었다.

“그래도, 정말로 이 선택이 올바른지는 알 수 없었어요. 당신의 부담이 너무나도 컸죠. 그런 저에게, 태양의 여신이라는 자격 같은 건…….”

“그래도 선택했잖아?”

“네. 원망을 사는 건 제일 싫었지만…… 원망하더라도 어쩔 수 없다고…….”

……이 녀석은, 줄곧 그런 생각을 해왔던 건가.

나는 다시 샬럿을 돌아봤다.

한 번은 포기하려고 했던 나의 모험.

한 번은 잃어버릴 뻔했던 나의 모험.

새로이 얻은 나만의 직업.

새로이 얻은 나만의 이름.

—『흑연의 성자』.

나를 그렇게 불러준 브렌다에게.

나를 믿고, 『태양의 여신』과 만나게 해준다는 판단을 내린 시빌라에게 가슴을 펼 수 있는 선택.

그러면서도, 나 자신이 나를 인정할 수 있는 선택.

“한 가지, 내 부탁을 들어주겠어?”

“러, 러셀 씨가 저에게요? 네! 가능한 일이라면 뭐든지!”

“너 자신을 그렇게 책망하지 마.”

내가 부탁하자, 샬럿은 그야말로 『어리둥절』이라는 표정으로 눈을 깜빡였다.

“……네? 저기, 부탁은 그것뿐인가요?”

“그것뿐이야. 이건 결국 내 인생이니까.”

그대로 누구와도 화해하지 못하고 끝났다면 원망했을지도 모르지만, 나는 재미있는 여신(시빌라)에게 선택받았다.

샬럿이 선택하고, 브렌다가 선택하고, 시빌라가 선택했다.

여러 선택의 결과, 나는 지금의 나를 선택했다. 그것은 무엇보다 나의 의지에 의한 것이다.

나 자신이 납득하고 【성자】를 남겼는데, 그 【성자】를 부여한 본인이 자신을 책망하는 건 정말로 납득이 안 간다. ……이것도, 어디까지나 나의 기분을 위해서지만.

또 하나. 나는 얼마 전 어둠마법을 마음껏 쓰겠다는 선택을 했다.

시빌라가 그때 샬럿이 어땠는지 재미있게 이야기해줬으니까, 무척이나 좋은 반응이었겠지. 나도 꼭 보고 싶었다.

뭐, 앙갚음은 이 정도면 되겠지.

“네가 책임을 느끼고 있는 그 자체가, 오히려 쓸데없는 참견인 거야.”

“저기, 미운 제가 괴로워하다니 꼴좋다! 같은 생각은 하지 않는 건가요?”

“너는 나를 대체 뭐라고 생각하는 거냐? 때린다?”

“앗, 한번 맞아보고 싶어요.”

아니, 어째서냐고……. 지금 발언, 완전히 이상한 녀석이잖아.

역시 이 녀석도 상당히 괴짜인데? 시빌라와 엠마의 친구인 만큼.

정말, 어째서 여신들은 이렇게 이상한 걸 원하는 걸까.

아니꼬웠기에, 희망을 받아주기 위해 때리는 건 그만뒀다. ……이건 이것대로 상대를 배려하는 것 같아서 묘한 느낌이기는 하지만…….

어째서인지 무척이나 기쁜 표정을 짓는 샬럿에게 어이없어 하면서, 지금까지 묵묵히 있던 시빌라에게 이야기의 본론을 꺼냈다.

“이제 됐지?”

“납득할 수 있느냐고 묻는다면 단정할 수는 없지만, 적어도 해답은 얻었어.”

“좋아. 그럼 내 이야기를 해야겠네.”

세인트고다트에 온 최초의 목적.

그것은, 케이티의 동료로 세뇌당했던 마델린의 말이 시작이었다.

『시빌라의 언니 프리실라를 만난다.』

꽤 멀리 돌아가게 되었지만, 결과적으로 루나의 문제도 해결되었으니 잘된 일이겠지.

"모두 함께 『천계』로 갈 건데, 괜찮지?"

"이 멤버라면…… 응. 천계로 데려가고 싶다고 생각하던 사람들이니까. 겨우 이쪽의 소원도 이루어지겠어……. 그래도 서두르고 있네? 뭔가 용건이 있어?"

"언니를 만나서, 이야기를 들을 거야."

시빌라가 꺼낸 대답을 듣자, 샬럿은 놀라움을 감추지 못한 표정으로 숨을 삼켰다.

"그렇, 구나. 시빌라도 변했네."

"애초에 내려온 시점에서 많이 변했잖아."

"그랬었지."

샬럿은 마지막으로 대답하고는 일어나서 눈을 감았다. 직후, 커튼이 일제히 열리면서 문에 찰칵 소리가 났다.

다음으로 샬럿은, 문 안쪽에 있는 벽을 만졌다. 그러자 벽 한 면이 사라지고, 다른 곳으로 이어지는 통로가 나타났다.

"이쪽으로."

샬럿이 걸어간 곳에 있는 건, 내 지식으로는 전혀 존재하지 않는 곳이었다.

그곳에 있던 건, 하늘 끝까지 이어지는 거대한 마력벽의 원기둥.

너무나도 비현실적인 광경에 놀라는 우리에게 샬럿이 이곳의 해답을 말했다.

"여기가 『천계』로 이동할 수 있는 곳이에요."

오늘은 놀랄 일들밖에 없군. 신들의 세계로 이어지는 길이 왕성 안에 있었을 줄이야…….

마법진이 그려진 곳에 발을 들였다.

이곳에서 신들이 사는 『천계』로 향하는 건가.

"그러고 보니 결국 나의 용건만 끝내버렸군. 에미와 자넷도 개인적으로 샬럿에게 할 말이 있지 않았었나?"

조금 전 『만약의 세계』로 의식이 날아간다는 충격적인 체험이 나의 용건에서 나왔기에, 그 놀라움이 너무 커서 사전에 뭘 이야기하겠다는 부분이 날아가고 말았다.

두 사람도 할 말이 있었을 텐데 말이지.

"앗. 아~. 그랬지. 그래도 샬럿 씨, 시간 있나요?"

"마법진은 언제든 기동할 수 있으니까, 에미 씨가 서서 이야기해도 괜찮으시다면."

"네! 그럼 저기, 좋아하는 이야기는 뭔가요? 흥미가 있어요! 참고로 저는 『애모』에요!"

여기까지 왔는데 역시 그거냐고. 어느 의미로는 흔들림이 없어서 굉장하다.

"『애모』는 역시 정석이죠! 개인적으로는 『기도』도 격렬한 사랑이어서 동경해요."

"어? 『여신을 향한 기도의 장』인가요? 본인은 미혼……이었던 것 같은데요?"

"그분은 【용사】를 선택하지 않고 여신에게 순결을 바친 청렴한 여성이라는 묘사만 있지만, 정말로 좋아한 건 『검성』 쪽이었어요.”

“에…… 에에에에에에에에엑—?!”

여신에게 받은 정보의 충격에 에미가 놀라는 반면, 자넷은 순간 눈을 크게 뜨면서도 납득한 듯 몇 번이고 고개를 끄덕였다.

“그런가, 그렇게 된 거였구나. 확실히 기도의 성녀는, 성녀에 대응하는 『용사 전설』에서 사생활 장면이 적은 게 반대로 부자연스러울 정도였어요. 그건 즉…….”

“네. 용사 주관과 제삼자 시점으로 편찬된 『용사 전설』에서는, 필연적으로 사생활에서 성녀와 만날 기회가 적었기에 묘사도 적었던 거예요. 굳이 태양의 여신에게서 숨으려는 듯이 밤에만 만나는 비밀 연애를 해왔었죠. 열정적이네요.”

용사는 그걸 『순결을 여신에게 바쳤다』라고 생각하고 있었지만, 성녀 시점에서는 그저 검성과 관계를 가지고 있었으니까 굳이 용사를 만나러 가지 않았다는 건가.

과연, 역시 큐어 링크를 숨기고 있던 성녀님답다. ……어쩌면 이 정보에 전혀 놀라지 않은 건 나뿐일지도 모르겠다.

“귀중한 이야기였어요……! 책에 적히지 않은 곳에도 러브로맨스는 있었네요!”

“즐겨주신 것 같아서 다행이네요.”

에미의 이야기는 끝났고, 자넷이 손을 들었다.

“제 쪽에서는 두 가지. 시빌라 씨는 【마도사】인데, 샬럿 씨도 그런 능력이 있는 건가요?”

“저 말인가요? 그럼, 보여드리는 게 빠르겠네요. 몇 가지의 복합이지만—.”

그렇게 말하고는, 태그를 손으로 꺼내서 자신의 정보를 보여줬다.

『세인트고다트』— 샬럿 【궁술사】 레벨 100.

갑자기 나타난 정보의 압도적인 숫자를 보고 나와 에미가 놀라는 가운데, 자넷은 다른 걸 보고 놀랐다.

“……활의 직업(잡)인가요? 과연, 이건 특별하네요.”

“이 직업(잡)이 말인가?”

내가 의문을 보이자, 자넷은 하나의 질문으로 해답까지의 길을 제시했다.

“러셀. 우리는 무엇을 위해 여신의 직업(잡)을 얻었어?”

“……그런 건가.”

우리는 보통 던전 공략을 위해 이 힘을 사용한다.

활은, 사냥할 때 말고 쓰는 경우는…… 과거에 먼 나라의 전장에서 사용되었던 기록이 있다. 방패를 든 중전사의 뒤에서 전위에게 맞지 않도록 적진을 향해 하늘로 일제 사격한다. 그게 활의 기본적인 사용법이다.

공격마법과 활의 차이. 그건 중력에 이끌려서 원거리 공격이 지면에 떨어진다는 거다. 벽이나 얇은 종유석 등의 장해물에 맞더라도, 마법이라면 어느 정도 문제없이 도달한다.

던전에서 【궁술사】라는 직업(잡)은, 아마 상당히 적합하지 않을 거다.

그러나, 그것이 태양 아래라면.

"즉, 레벨 100이라는 것보다도 던전에서는 쓸 수 없는 활을 전문으로 삼은 직업(잡)을 가지고 있는 것이, 샬럿이 『던전 탐색을 전문으로 하지 않는 존재』라는 걸 증명하고 있다는 건가."

"응."

자넷이 빠르게 결론을 내리자, 샬럿은 정말 기쁜 듯 웃었다.

"이해가 빠르시네요! 역시 미래의 정무를 담당할 존재!"

"저에게 그런 능력은 없어요."

"또또 겸손하시네요. —자, 그럼 슬슬 마법진을 기동할 시간이에요. 여러분은 한가운데에 붙어주세요."

샬럿이 재촉하자, 우리 다섯 명은 마법진 중심에 섰다.

"그런데 마델린."

"네, 넷?! 왜, 왜 그러시나요? 샬럿 님……!"

이름을 불릴 줄은 몰랐는지, 지금까지 묵묵히 따라오던 전 천계의 상급 천사가 무척이나 놀란 목소리를 냈다.

"정말이지……. 시빌라에게 님을 붙이지 않으니까, 나도 편하게 불러줬으면 좋겠는데~?"

"처처처처천만의 말씀을요……! 시빌라 씨 시점에서 이미 기절할 것 같다고요……!"

"무지~ 즐겁네."

그 명령을 내린 장본인인 시빌라는 활짝 웃고 있다.

이 괴짜 집단을 상대하고 있다니, 천계의 천사들은 힘들겠군…….

"역시 너무 장난을 치면 미움받을 것 같네요. 그럼 본론으로 들어갈게요."

"그, 그게. 네……. 무엇인가요……."

"—『선택』을 해주셔서, 감사합니다."

샬럿은 자세를 바로잡고 마델린에게 고개를 숙였다.

여신이자 여왕인 상대의 그런 모습을 본 마델린이 황급히 바닥에 무릎을 꿇었다.

"부, 부탁이니 고개를 들어주세요! 저는, 저는 그런 말을 들을 만한 사람이 아니에요! 원래 저는……."

마델린은 말을 더듬으면서 고개를 수그렸다. 반성의 색이 짙은 모습을 보자, 피해자인 자넷이 어이없다는 듯 한숨을 내쉬었다.

"몇 번이나 말하지만, 나는 신경 쓰지 않아. 그보다도…… 내 쪽에서 다시금 전하고 싶어."

자넷도 마델린과 시선을 맞추려는 듯 무릎을 꿇고는 그 어깨를 만졌다.

"프레데리카 씨를 지켜줘서 고마워. 나는 정말로, 진심으로 당신이 동료가 되어줘서 다행이라고 생각하고 있어."

"자넷 씨……."

"그 사람에게는 평생을 들여도 갚을 수 없을 만큼의 은혜가 있어. 당신이 없었을 때를 상상하기만 해도 무서워. 이 여행에서 마델린 씨는, 나에게 가장 필요했던 존재야."

자넷에 이어서 샬럿도 시선을 맞추려는 듯 쪼그려 앉아 금발을 흔들며 다정한 시선으로 마델린을 바라봤다.

"본래, 천사는 천계의 운영을 원활하게 진행하기 위한 존재. 지시에 따르는 건 간단하지만, 스스로 생각해서 움직이는 건 서툴 거예요. 하지만."

태양의 여신은, 그 손으로 녹색 머리카락 안쪽에 있는 뺨을 어루만졌다.

"마델린. 당신은 지상으로 내려와 스스로 생각하고, 스스로 선택하여 인간의 도움이 되었어요. 그건 제가 가장 바라던, 자립의 증표에요."

"—으."

태양의 여신이 직접 칭찬하는 말을 남기자, 마델린이 울먹였다.

"저는…… 저는 자신의 의지를 빼앗겨서……. 이제 모든 것이, 돌이킬 수 없는 실패로 끝났다고 생각했어요."

"네."

"그래도…… 아무것도 하지 않고, 끝낼 수는 없어서……!"

얼마 전에 본 마델린의 모습이 떠오른다.

미라벨에게 외치던 마델린은, 마치 자신에게도 그 말을 들려주는 것 같았다.

분명 그녀는 자신이 품고 있던 것을 그곳에서 해소한 거겠지.

"마델린. 당신만 좋다면 천계에서의 역할을 마친 뒤에 다시 지상으로 돌아와, 그들을 도와주세요."

"네…… 반드시!"

명료하게 대답하고 가슴을 펴며 일어선 녹색 머리의 【현자】

마델린.

그곳에는 이미, 케이티에게 조종당한 이후 고개를 수그리고 있던 심약한 천사는 없었다.

문득 자넷이 떠오른 듯 목소리를 꺼냈다.

"그러고 보니, 묻는 걸 깜빡한 게 있어요."

"네? 뭔가요? 슬슬 움직일 테니까, 가벼운 거라면."

"알겠습니다. 역대 【용사】는 주로 귀족 계급인 사람이 선정되었었죠. 어째서 이번에는 여기에 없는 저희의 친구였죠?"

자넷의 의문은 나도 느끼던 거였다. 그 녀석, 시골 마을 아드리아 출신이니까.

샬롯의 해답은…… 의문의 해답이자, 더한 수수께끼를 부르는 것이었다.

"어째서냐고 물으셔도, 빈스 씨가 귀족이거나 가까운 자의 핏줄이기 때문인데요……. 게다가 모험가 파티도 대부분 가까운 이들이 모이잖아요. 그래서 용사의 주변인은 그에 걸맞은 혈연자나 관계자, 혹은 상위직이 돼요."

"잠깐 기다려. 빈스는 귀족인 건가? 그보다, 샬럿은 고아원에서 자란 우리의 부모가 누구인지 알고 있는 건가?"

"시빌라에게 이야기를 들었을 때는 정말로 놀랐어요. 이번 용사 파티는 고아원에서 나온 거네요. ……대답해 드리고 싶은 마음은 굴뚝같지만, 어느 가문인지까지는 알 수 없어요. 이건 제 성격을 고려해서, 선정에서 가문을 보는 건 의도적으로 봉인하고 있거든요."

그 말을 마지막으로, 발밑이 빛나면서 몸이 떠올랐다. ……시간 초과인가.

지금, 우리는 어마어마한 속도로 상공을 나아가고 있다. 발밑에는 보스 플로어에서 매번 보는 마력벽이 있고, 그 반투명한 마력벽 아래는 유리처럼 모든 걸 내다볼 수 있다.

어마어마한 광경이다. 그러나 에미조차도 지금 상황에서 들뜨지는 않았다.

"이봐, 시빌라. 샬럿은 확실히 『귀족의 핏줄』이라고 했지?"

"으~음……."

시빌라는 긍정하면서도 팔짱을 끼며 신음했다.

"단언이 있었던 이상, 어딘가의 귀족이거나 그 관계자인 거겠지~."

빈스가 귀족. 약간 납득이 안 가는 기분도 들지만, 그것에 의식을 할애하지는 않았다.

왜냐하면…… 나도 그럴 가능성이 높으니까.

그 꿈속에서 확실히 나는【용사】였다. 나의 주변인들도 변함없이 상위직이었다.

시빌라는 샬롯의 대답이 오히려 납득이 간다는 듯 고개를 끄덕였다.

"새삼 생각해 보면 납득이 가네. 너와 자넷이 묘하게 교양이 높은 거. 아마 철이 들기 전에 책을 읽던 부모님의 모습을 본 거겠지. 그런 건 닮는 법이거든."

그런 건가? 부모라고 말해도 그 말에서 상상되는 건 젬마 할머니와 프레데리카뿐인데 말이지. 오히려 책은 자넷의 영향으로 읽던 부분이 있다.

검은, 뭔가 부모님의 모습을 기억 한구석에서 기억하고 있었을지도 모르지.

용사가 되느냐 마느냐와는 상관없이, 귀족 남자는 검을 배운다. 내가 버려지기 전에 검을 들지는 않았더라도, 검을 휘두르는 아버지의 등을 봤을 가능성은 있다.

"그나저나 샬롯의 배려하는 버릇이 안 좋은 방향으로 가버렸네~."

"배려? 어느 가문인지 알 수 없도록 자신의 힘을 의도적으로 봉인한 것 말인가?"

"응. 힘 있는 귀족에 편중되는 거야 물론 그렇지만, 아마 **적합하지 않은 귀족에게도 빠짐없이 기회가 가는 걸** 피한 거야. 그 녀석은 약자나 패배자를 동정적인 구석이 있고, 그 사람의 성격을 보고 능력을 주면서도 지나친 간섭이 되지 않도록 선정을 완벽한 무작위로 하고 싶었겠지."

아……. 그 여신, 억지로 평등하게 하려다가 실패할 법한 성격이기는 했지…….

"우리의 출신, 이라."

문득 에미가 누구에게랄 것도 없이 혼잣말을 꺼냈다.

"러셀은 정말로 왕자님이거나, 뭐더라…… 양식일지도 모르겠네.”

“귀족의 후계자인 남자라면, 양식이 아니라 영식이야.”

“그거그거.”

고맙다. 에미 전문 번역가 자넷. 하마터면 내가 일용할 양식이 되어버릴 뻔했어.

“그럼, 그럼—.”

어째서인지 에미가 여기서 눈을 반짝이며 몸을 쭉 내밀었다.

“—내가 정말로 공주님일 가능성도, 있는 게 아닐까?!”

이크, 그런 방향으로 생각할 수도 있나.

사실 나는 태양의 여신이 나의 출신을 모르는 이상, 내 출신을 해명하는 건 꽤 곤란하다는 것에 골치가 아팠다.

에미는 오히려 이 화제에서 호의적인 부분을 따서 긍정적으로 생각하고 있는 거다.

밝게 생각하는 그녀를 보니, 아드리아에서 자넷이 했던 말이 떠오른다.

“과연. 확실히 에미는 『햇님』이군.”

“응? 으응? 태양은 샬럿 씨잖아?”

그런 의미가 아니지만, 왠지 이런 반응도 긴장이 풀려서 좋군.

정작 에미는 어리둥절한 가운데, 밝은 기운을 받은 시빌라와 자넷도 뺨의 힘을 풀었다.

결국 아무리 고민하더라도, 나의 부모님이 누구인지는 알 수 없다.

게다가 프레데리카나 젬마 할머니가 줄곧 가족이었고, 부모님이 없어서 쓸쓸하다며 고민했던 적은 없다. 그걸로 충분하다.

나는 왕자일지도 모른다. 말로 하면 중대한 이야기지만, 그것조차도 지금은 사소한 일이다.

—신과 천사가 사는『천계』. 그 땅에 인류 중 처음으로 도달한다.

어떤 왕후 귀족도, 하늘에서 세계를 바라보는 권리나 능력은 가지고 있지 않다. 이 광경은 여기에 있는 세 사람의 특권이다.

그렇다면 지금, 우리만이 허락된 이 시간을 사치스럽게 만끽하기로 하자.

16 신들이 사는 곳, 천계로

점점 하늘로 올라가는 마법진과 우리. 신기하게도 마차에 탔을 때처럼 몸에 위화감은 없다. 경치만이 변하고 있다고 착각할 정도다.

에미 덕분에 마음에 조금 여유가 생겨서 주변 경치를 의식하기 시작했다.

발밑에서 작아지는 우리의 세계. 세계 최대로 불리는 세인트고다트의 도심지조차도 지금은 내 손바닥 안에 들어갈 크기가 되었다.

지상에서 먼 곳의 건물을 바라보는 것과는 전혀 다른, 원근감이 사라지는 신기한 감각에 빠진다.

"이게, 세계인가……."

문득 자넷이 먼 곳을 보며 중얼거렸다.

세인트고다트 남쪽, 하몬드 방면. 아드리아보다 남쪽은 세이리스겠지.

아무리 그래도 세이리스까지는 자세하게 볼 수 없지만, 대략적인 위치는 알 수 있다.

왜냐하면, 대륙 너머에 바다가 보이니까.

"넓어……. 세계는 이렇게나 넓구나……."

"나도 바다의 크기에는 놀랐지. 그렇지만, 정말로 육지보다 크다는 건 지금까지 믿을 수 없었어."

"이렇게나 높은 위치로 왔으니, 아무리 그래도 믿을 수밖에 없네."

우리 인간이 사는 세계는 정말로 작다. 아무리 개척해도 아직 육지는 평지나 산뿐. 그것조차도 바다에 비하면 굉장히 작은 곳이다.

문득 세인트고다트 동쪽에 위치한 대규모 도시가 보였다.

"아, 『바트』네."

"이야기에 나왔던 제국인가."

"맞아."

시빌라도 시선을 그쪽으로 옮겨서 모두 함께 제국령을 바라봤다.

세인트고다트와는 달리, 전체적으로 건물이 검다고 해야 할까, 딱딱한 느낌이 든다.

"뭔가 무서워 보여……."

에미의 별것 아닌 중얼거림에 시빌라가 수긍하며 설명했다.

"하몬드에서 마델라까지 세인트고다트 왕국령이지만, 바트에서 동쪽은 제국의 영토. 교류가 없지는 않지만, 특별히 사이가 좋지도 않아."

"언젠가 가볼 기회가 있을까."

"세인트고다트와 비교하면 그다지 즐거운 곳은 아닌데?"

"그렇더라도."

아직 보지 못한 세계의 여러 장소. 이렇게 하늘을 날면, 시빌라의 말대로 바다와 비교하면 작은 육지. 게다가 그중에서도 저 왕도조차도 작게 느껴지는 대륙의 넓이를 느낄 수 있다.

찾아간 도시도, 만난 사람들도, 그 장소다운 특색이 있었다.

—게다가 이 녀석. 즐거운 곳이 아니라고 말하면서도 카지노에는 꽤 갔다고 했단 말이지…….

지적하기 전에, 우리를 태운 마법진이 구름 속으로 들어갔다.

그에 따라 발밑에 있던 왕국도, 제국도 시야에서 사라졌다.

낮은 구름과 높은 구름 사이의 공간이나, 그것들도 모두 아래로 물러난 상공까지 왔다.

이미 상공에는 구름 한 점 없다.

그뿐만 아니라, 평소에 보던 하늘보다도 푸른색이 무척 진하게 느껴진다.

"……저건?"

아무것도 없는 상공에 어렴풋이 무언가가 존재하는 게 보였다.

내 질문에 시빌라가 태연하게 답했다.

"천계야."

그 대답을 듣는 사이, 잘 보이지 않던 것이 명확하게 드러났다.

뭔가 거대한 천장 같은 게 하늘 전체에 나타나 있다.

신기하게도 다가가면 다가갈수록 하늘의 푸른색이 희박해졌고, 우리의 모습조차 햇살에서 가로막혀 보이지 않게 되었다. 멀리 있으면 보이지 않는 물체인 건가?

드넓은, 커다란 한 장의 판이 다가오고 있는 것 같았다. 주변은 완전히 밤처럼 어둡다.

“이건, 다가갈수록 나타나는 건가?”

“그런 거지. 지상에서는 절대로 보이지 않아.”

완전히 한 장의 검은 판이 되어버린 상공에 작은 빛이 드문드문 나타났다.

빛은 점차 커졌고, 그것이 유일하게 뚫린 곳이라는 걸 알아챈 동시에 우리를 태운 마법진이 감속하면서 구멍 안으로 다가갔다.

마침내 마법진이 구멍을 통과한 순간, 시야 너머에 광대한 대지가 나타났다.

“이곳이, 천계인가……!”

눈앞에 펼쳐진 것은 어마어마하게 넓고 평탄한 대지와, 먼 곳에 투명한 유리만으로 이루어진 건물.

여기에 와서 처음으로, 그 넓은 판이 『천계의 지면』이라는 걸 깨달았다.

지면은 제조된 철처럼 매끄럽고, 그것이 타일 모양으로 한없이 이어져 있다.

바라보니, 길이 되는 지면 측이 멋대로 움직이고 있다.

구조는 모르겠지만, 이러면 마차를 준비할 필요도 없이 기다리기만 해도 자동으로 도착하는 건가.

“굉장히 아름다워! 왠지 도심지와는 다른 느낌!”

"왕도 정도로 밀집된 열기는 없지만, 세련된 디자인이 느껴지네. 굉장한 곳이야."

에미와 자넷도 천계의 광경을 보며 감탄하는 목소리를 냈다.

"오랜만에 돌아왔네~. 그야말로 낭비를 줄이는 것 말고는 생각하지 않는 느낌! 조금은 이상한 걸 지어도 된다고 생각하는데."

"시빌라가 손대면, 상당히 이상한 게 지어질 테니까 그만둬."

"나를 엠마와 똑같이 취급하지 말아줄래?"

엠마는 엠마대로 어지간하지만, 너는 너대로 전력으로 재미있는 걸 고를 테니까.

그런 대화를 나누는 사이, 멀리서 움직이는 지면에 올라탄 한 명의 여성이 다가왔다.

"시빌라 님! 오랜만이네요!"

"여어, 피. 우주 제일 귀여운 내가 돌아왔어~."

"후훗. 완전히 활기차지셨네요. 그런데 그쪽 분들은…… 어? 린?"

옅은 갈색 머리를 세미롱으로 늘린 여성으로, 일반적인 메이드복을 입은 모습이다.

피라고 불린 여자가 우리에게 시선을 돌렸다. 린이란 마델린을 말하는 모양이다.

"마델린 이외의 세 명은, 인간이야. 샬럿의 안내로 여기에 탔어."

시빌라가 신발을 울리면서 발밑의 마법진으로 된 투명한 지면을 두드렸다.

"마침내 샬럿 님이……?! 저기, 지상에서 태어난 분이시죠? 와어…… 정말로 인간님인가요? 이거, 나오거나 하지 않는 분이죠?"

피는 그렇게 말하더니 갑자기 등에서 하얀 날개를 꺼내서 두둥실 날았다.

"아니, 없어. 어떻게 하는 거야?"

"굉장해……. 정말로 인간님! 처음 봤어요! 앗, 참고로 어깨랑 같은 요령으로 움직여요! 꽤 힘이 필요한 데다 마력도 싣지 않으면 떨어지니까 은근히 힘들어요!"

내가 보기에는 인간의 뭐가 굉장한지 전혀 모르겠지만, 아무래도 피에게 우리는 상당히 재미있는 존재인 모양이다. 아무리 생각해도 날개가 난 인간이 더 드물지 않나……?

"이건 꼭 안내해드려야겠네요! 그보다 린은 어디 있었어?"

"왕도에서 고아원의 인간들과 놀다 왔어. 굉장히 귀여웠어."

"잠깐, 거짓말이지?! 어째서~! 치사해! 나도 아이의 바닷속에서 익사하고 싶어!"

"부럽지~?"

실로 신선한 반응이라, 저도 모르게 에미나 자넷과 얼굴을 마주했다.

"나도 조금 느긋하게 놀고 싶기는 하지만, 오늘은 용건이 있어."

"용건, 이라뇨?"

시빌라가 일단 말을 끊고, 심호흡을 한 번 하고는 피에게 이야기했다.

"언니를 만나러 왔어."

피도 그걸로 뭔가 짐작했는지, 진지한 표정으로 끄덕였다.

"……알겠습니다. 구획이 조금 변경되었으니까 제가 안내할게요."

아무래도 그저 언니를 만나는 것만이 아니라, 깊은 사정이 있어 보인다.

피의 선도로 움직이는 길로 발을 올렸다. 천천히 나아가는 지면은 기묘한 감각이라서, 아무런 진동도 없이 우리를 앞으로 보내주고 있다.

길을 둘러싼 난간에 기대자, 난간까지 이동하고 있다는 걸 알 수 있었다.

"이거 굉장하네."

에미나 자넷도 놀라서 목소리를 높였다. 속도는 없지만, 이거라면 짐을 포함한 이동에 마차조차 필요 없을 거다.

천계 사람이라고 해도, 솔직히 내가 보기에 눈앞의 여성은 그저 인간으로밖에 보이지 않는다.

"이봐, 시빌라. 조금 전 이야기로 짐작해 보면, 이곳에 인간이 오는 건 우리가 처음인 것 같은데."

"그렇지~. 세 명이 처음으로 천계에 온 인간이 맞아."

역대 용사들도 체험한 적이 없는 세계에 발을 들였다면, 이 광경도 눈에 또렷하게 새겨놔야겠다.

"와~."

에미는 감탄하면서 난간에 몸을 맡겼고, 자넷은 진지하게 주변 건물의 형상을 지켜보고 있다. 분석일까 기억일까, 아무튼 틀림없이 지상에서는 얻을 수 없는 지식이니까.

"이런 도시라도 즐겨주시는 것 같아서 다행이에요."

"뭐야, 피는 그렇게 좋아하지 않는 건가?"

"음~, 그런 건 아니지만…… 기본적으로는요. 천계에는 메인터넌스…… 청소나 관리가 필요한 식물이나 곤충이 없는 데다, 열화라는 게 없는 소재로 이루어져 있어요. 보기에는 좋지만, 아무리 그래도 한 번 완성된 도시는 너무 익숙하죠."

그『완성』이라는 단어를 듣자, 얼마 전 시빌라가 말해준 내용이 머리를 스쳤다.

세인트고다트의, 그야말로 참신하고 새로워보이는 가게나, 고풍스러우면서도 전통이 느껴지는 가게.

즐거운 느낌을 알 수 있는 간판이나, 난해해서 처음에는 읽을 수 없는 간판.

큰길에 인접한 가게나, 좁은 골목이 어울리는 가게 등등. 그 모든 것이 도시를 채색하는 것이며, 어딘가에서 자신의 취향과 일치하는 가게가 있으리라고 생각할 수 있었다.

"천계는 좋은 곳이에요. 단지, 일단 이렇게 되어버리면, 이곳을 지상처럼『즐거운 도시』로 만들려면 지금 있는 편리성 중 어느 것을 제거할 필요가 생기죠."

그야 그렇겠지. 이 똑바로 뻗은 길에 개성을 준다면, 당연하게도 멀리서 모습을 지켜볼 수 없어질 거고, 길의 이동도 여기만 복잡해진다.

그러니 천계는 이제 변화할 수 없는 거다.

『완성』되어버렸으니까.

편리해지는 걸로 잃어버리는 게 있다. 시빌라를 비롯한 천계의 사람들이 미완성인 지상을 동경하는 이유를 조금 알게 되었다.

이윽고 커다란 건조물이 나타났을 때 움직이는 길이 끊어졌다.

"중앙 관리국에서 수속을 진행할 테니 여기서 기다려 주세요."

피는 그렇게 말하고는 건물 안으로 들어갔다.

우리가 그 앞에서 기다리고 있는데, 시빌라가 날개를 꺼내더니 두둥실 떠올랐다.

그리고 거리를 보고 한숨을 내쉬더니 그대로 조용히 내려섰다.

"입 다물고 뭐야? 안 좋은 거라도 먹은 거냐?"

"네가 나를 어떻게 생각하는지는 넘어가고, 오랜만에 옛날 일이 떠올랐어."

"오랜만인 건, 역시 지상에서 나 같은 회복술사를 찾고 있었던 건가."

"응. 정말 정신이 아득해질 정도의 기간이었지."

시빌라의 옛날이라.

뭔가 말을 계속하려고 했지만, 마침 피가 용건을 끝낸 모양이었다.

"오래 기다리셨습니다. 이쪽이에요."

그 말과 함께 건물을 그대로 지나가듯 안내받아서 다시 움직이는 길에 올라탔다.

중앙 관리국 너머도 비슷한 건물이 이어졌다.

대체 얼마나 이렇게 움직이는 지면 위에 있었던 걸까. 에미는 약간 지루한 듯 난간에 기댔고, 자넷은 기다리는 시간에 마델린 쪽에 붙었다.

"무척이나 사이가 좋아 보이네요. 『린』 씨."

"아우……. 그, 그야, 오래 알고 지낸 사이니까요……."

"저도 저 정도는 희망하고 싶은데요."

"저, 저기, 그게……."

그 대화를 듣던 에미가 피 쪽에 붙었다.

"피 씨가 보기에 마델린 씨는 어떤 분인가요?"

"그게 말이지~. 린은 꽤 실패가 굉장해. 설탕과 소금을 실수해서 드링크를 만들었다 캐슬린 님이 성대하게 뿜어버린 이야기라든가."

"잠깐, 피……. 해도 되는 이야기와 안 되는 이야기가 있다고 생각하는데에……?"

뭐랄까, 이렇게 보면 마델린도 우리와 다르지 않은 존재 같단 말이지.

에미가 다시 실패담을 졸랐고, 이번에는 마델린이 피의 실패를 까발렸다. 세인트고다트의 고아들을 지켜준 천사, 마델린과의 거리감도 덕분에 꽤 줄어든 것 같다.

잡담을 나누다 보니 시간은 의외로 금방 지나갔다.

"여기에 살고 있다고? 진짜로?"

시빌라가 어이없다는 듯이 도착한 건물을 바라봤다.

그곳은, 천계에서도 오지 중 오지 같은 곳이라, 주변에는 다른 건물조차 없었다.

조금 전까지의 건조물과 비교해도 명백하게 창문이 작고, 그러면서도 건물 자체도 작다.

"솔직히, 『어스름의 여신』님이 지내시는 건물이라기에는 너무나도 작은 곳이라고 생각해요. 제 집보다도 작을 정도니까요."

"음……. 이런 곳에 틀어박히다니, 생각보다 더 중증이었네. 알았어. 잠깐 이야기 좀 나누고 올게."

"네. 잘 부탁드립니다. 그럼……."

인사한 피를 보내줬다.

"들어갈게~!"

시빌라가 거침없이 문을 열며 외쳤다.

이어서 우리도 발을 들였다.

집 안은 가구도 별로 없고, 방도 작았다.

"그 목소리, 혹시……."

열린 안쪽 문에서 목소리가 들리더니, 느릿한 발걸음으로 한 여성이 나타났다.

은빛 머리. 푸른 눈동자. 무엇보다…… 시빌라와 많이 닮은 얼굴.

"여어, 놀러왔어."

긴 시간 자리를 비웠다고는 생각할 수 없는 시빌라의 가볍기 그지없는 인사를 아연실색한 표정으로 바라보며 눈을 크게 뜬 여성.

시빌라의 언니, 프리실라가 틀림없어 보인다.

17 시빌라의 언니, 『어스름의 여신』 프리실라

"정말로, 시빌라? 시빌라야?"

"다른 걸로 보여?"

시빌라의 태연자약한 태도를 보자, 여성은 어째서인지 뜻밖의 상황을 본 것처럼 놀라고 있었다.

"……그다지 똑같이는, 보이지 않을지도."

"어, 너무하네?! 귀여운 여동생 정도는 몇 년이 지나더라도 까먹을 리 없잖아?!"

"그런 부분이 익숙하지 않은 건데……. 그런데."

여성은 당혹스러워하면서도 당연히 이쪽으로 시선을 돌렸다.

그야 그렇겠지. 전혀 모르는 얼굴이니까.

"어~이쿠. 그랬지. 언니, 이 세 사람은 샬럿의 소개로 온 인간이야."

"인, 간……?"

시빌라의 소개를 듣자마자 눈을 크게 뜨고 입을 크게 벌리며 경악한 표정을 감추지 못하는 여성을 보니 조금 웃음이 나왔다.

아까 천사도 그랬지만, 천계의 존재에게 인간이라는 건 어지간히도 희귀한 존재 같다.

"당연히 이쪽도 소개해야겠네. 이 사람이 내 언니, 프리실라."

그렇게 소개하자, 프리실라는 이쪽으로 걸어와서 고개를 숙였다.

"정말로, 인간……. 앗, 저기…… 처음 뵙겠습니다. 잘 오셨어요. 시빌라가 신세 지고 있습니다. 『어스름의 여신』 프리실라라고 합니다."

정중한 인사와 함께, 긴 은빛 머리가 바닥까지 스르륵 내려왔다.

키는 시빌라와 비슷할 정도이고, 두꺼운 검은 로브를 입고 있어서 체형은 알 수 없다.

청초하다기보다는, 전신으로 밤을 연출하는 것처럼 조용한 분위기를 두르고 있다.

얼굴만 보면 자매라는 걸 알 수 있지만, 그것 말고는 정반대라고 해야겠지.

"러셀이다. 우선 고개를 들어줘. 시빌라와는 무척이나 편한 사이로 지내고 있으니까."

"어…… 정말이야? 시빌라."

"딱히 상관없잖아~?"

오히려 상상하던 『여신』이라는 존재와 비교하면 다들 너무나도 겸허해서 내가 더 놀라운데 말이지. 엠마는 존댓말조차도 거부할 정도였으니까.

그런 의미로 따지면 인간을 엄청나게 친근하게 대하는 시빌라만이 예외라는 신기한 결과가 나온다.

에미와 자넷도 자기소개하고, 그때마다 프리실라는 정중하게 고개를 숙였다.

"그리고, 이 아이 기억해? 마델린이라고 하는데."

"오랜만입니다. 프리실라 님."

"혹시…… 가게의 아이?"

"네. 기억해주셔서 대단히 영광이에요."

갑작스러운 방문에 놀랐을 프리실라도 말을 나누는 사이 진정되어서 방 안으로 안내해 주었다.

길고 아름다운 머리를 흔들면서 조용히 걷는 여성……. 어쩌면 프리실라는 진짜로 여신답게 청초한 여신 제1호일지도 모른다.

프리실라의 집은 왕도보다 한 단계 더 선진적이면서도 철저하게 낭비를 줄인 환경이라고 해야 할까?

건물 안은 따스하지도 춥지도 않고, 벽이나 바닥, 가구 모든 것에 이르기까지 하얀색으로 통일된 방이었다.

무슨 가죽인지 알 수 없는 새하얀 소파에 앉자, 유리와 금속으로 구성된 테이블에 프리실라가 음료수를 내려놓았다.

입에 대자, 왕도에서 마신 것과 같은 홍차였다.

"그래서, 시빌라. 나에게 용건이 있다는 건……."

"내가 아니라, 마델린이야."

시빌라가 재촉하자, 마델린이 이야기를 시작했다.

"케이티라고 말해도 모르시겠지만— 그 약칭의 근원이라면."

마델린의 한마디를 듣자마자 프리실라는 순간 고민에 잠긴 듯 유리 테이블로 시선을 내렸고, 곧바로 깜짝 놀라 경악한 표정으로 마델린을 바라봤다.

"……설마!"

"네. 저는 천계에 한 번 찾아왔던 금발의 캐슬린 님에게 세뇌당해서, 얼마 전까지 파티 멤버로 지상에 있었어요."

프리실라는 눈을 휘둥그레 뜨면서 숨을 삼켰고, 놀란 표정으로 시빌라를 바라봤다.

"세뇌당했는데도 여기에 있는 이유는 설마……."

"그 설마야. 캐시의 파티에 한 번 들어갔다가, 인간의 손으로 세뇌가 풀렸어."

시빌라가 그 말과 함께 나를 바라봤고, 모두의 시선이 모였다.

"큐어 말인가? 확실히 마델린은 그걸로 세뇌라고 해야 할지, 인격의 덮어쓰기 같은 것에서 풀리긴 했다만."

내가 그렇게 말하자.

프리실라는 갑자기 눈에 눈물을 머금고는, 내면에서 넘쳐나는 무언가를 참으려는 듯 고개를 숙이고 오열했다.

급격한 반응에 우리가 놀라고 있는데, 시빌라가 이쪽 자리에서 일어나 맞은편에 있는 프리실라를 위로하듯 어깨를 안고 얼굴을 당겼다.

에미나 자넷은 무슨 일인지 몰라 얼굴을 마주하면서도 그녀가 진정할 때까지 기다리기로 했다.

프리실라를 다정한 표정으로 바라보는 시빌라는 언제나 보이는 분위기와는 많이 다른 모습이다. 이렇게 보면 누가 언니인지 모르겠다.

내 말로 이렇게까지 과격한 변화를 보인다는 건, 지금의 발언이 프리실라에게는 커다란 의미를 가진다는 거겠지.

시빌라도 그걸 알고 나에게 화제를 던졌다고 생각하는 게 자연스럽다.

프리실라는 다행히 금방 진정됐다.

"……모처럼 찾아온 손님인데 죄송합니다."

"아니, 상관없어. 아마 내 큐어의 효과가 그만큼 예상 밖이었던 거겠지. 아, 말하는 걸 잊었는데 나는 【성자】다. 거기 있는 너와는 달리 어스름 느낌이 조금도 없는 녀석의 힘으로 【어스름의 마경】이 되었지."

"어? 지금은 【성자】가 아닌 건가요?"

"아니, 양쪽 다 있어. 직업 수여(잡 그랜트), 였던가? 그걸 받은 후에도 【성자】가 남았지."

"설마, 인간의 몸으로 다수 보유가 가능하다니……!"

프리실라의 말을 듣자, 나는 가장 먼저 에미를 바라봤다.

"놀라는 모양인데?"

"이야~, 쑥스러워지네요~."

에미가 머리를 벅벅 긁으면서 웃자, 프리실라는 더더욱 놀랐다.

"설마 당신도……?"

"네. 【어스름의 기사】에요. 그리고 【성기사】도 있고요~."

"……어떻게 성립되는 거죠? 스킬은 호환되지 않을 텐데요."

"그게~, 뭔가 당기자~ 라고 생각하거나 밀자~ 라고 생각하면서……."

"천재인가요?"

에미는 감각으로 움직이는 부분이 있고, 자잘한 이론을 배우는 것보다는 힌트를 하나 받은 뒤에는 감각으로 붙잡는 편이 몸에 잘 붙는 타입이다. 최근 들어 생각한 건데, 이런 설명할 수 없는 부분에 대한 이해력은 실제로 천재적이지 않을까?

정작 에미는 자넷에게 기쁜 듯 자랑했고, 자넷은 놀라지도 않고 긍정적으로 끄덕였다. 설마 하던 에미 천재설이라니.

프리실라는 다음으로 자넷을 바라봤다.

"……기대하시는 것 같아서 죄송하지만, 저는 【현자】 한 종류뿐이에요. 평범하죠."

"어머, 다중 무영창을 하면서?"

"아마 저 말고도 할 수 있을 테니까……."

시빌라가 지적하자, 이번에는 최근 이 녀석은 겸허와 비굴을 잘못 파악하고 있지 않나 싶을 정도의 대답을 했다.

예전부터 생각한 거지만, 자넷은 자신에 대한 기준이 너무 엄격하다. 자넷 말고는 기준 라인을 아무도 넘지 못하고 있다고.

시빌라가 어이없다는 듯이 능력을 설명했고, 자넷이 실제로 보여주자 프리실라가 놀랐다.

이게 가능한 녀석이 주변에 널렸을 리가 있나.

"시빌라. 좋은 인연을 얻었네."

"이것도 내 평소 행실이 좋았기 때문이지!"

"……그렇, 지. 시빌라가 노력한 덕분이야."

우수를 띤 눈으로 끄덕이고 있지만, 그건 부정해도 된다고 생각하는데. 행실이 좋은 녀석은 낮부터 술을 마시거나 하지 않고, 뭐라고 말해도 이 녀석은 금방 우쭐댄다.

분명 옛날부터 시빌라는 이런 식으로 언니를 휘둘러 왔던 거겠지…….

"자, 그럼. 마델린, 약속대로 프리실라를 만났는데 이야기를 들어도 될까?"

"무례한 말씀을 드리게 되어 죄송하지만, 프리실라 님은 제가 이 파티 분들을 데려온 이유를 짐작하고 계시죠?"

도시 하몬드에서, 케이티의 지배로부터 마델린을 구한 그날.

그때부터 이곳을 목적지로 정했다.

마델린의 질문을 들은 프리실라는—.

"네."

—명확하게 단언했다. 프리실라는, 짐작하고 있다.

"제가 천계로 돌아온 이유는, 물론 프리실라 님께 말씀드리기 위해서예요. 사정도 전부, 세뇌당한 캐슬린 님의 입으로 들었어요. 하지만…… 그걸 프리실라 님의 허가 없이 말할 수는 없었고, 또한 내용에 틀린 게 있을 가능성도 고려해서—."

"네. 물론 알고 있어요. 걱정해줘서 고마워요……. 당신에게는 무척이나 폐를 끼치고 말았네요."

"아뇨, 신경 쓰지 마세요. 확실히 아무리 후회해도 부족할 정도이기는 하지만, 그걸 감안하더라도 좋은 일 역시 있었으니까요. 『선택』을 할 수 있었거든요."

마델린과 자연스럽게 눈을 마주친 자넷은 살짝 미소 지으며 끄덕였다.

"그래요……. 천사인 당신이 스스로 선택한 건가요. 축하해요. 나도 기쁘네요."

녹색 머리의 상급 천사는 마지막으로 웃으면서 나를 보고 고개를 끄덕였다.

아무래도 이걸로 마델린의 사정은 이야기가 끝난 모양이다.

"그럼 바로, 우리가 직접 만나러 온 이유라는 걸 들어봐도 될까?"

"네. 그건 러셀 씨의 능력에 관해서예요."

나의 능력이라면, 역시 지금의 큐어 이야기겠지.

"캐시……. 지금은 케이티라고 불러야겠지만, 굳이 캐시라고 부르도록 하죠. 『사랑의 여신』 캐슬린과 나 『어스름의 여신』 프리실라는 마음이 맞는 친구 관계였어요."

프리실라는 당시의 좋은 추억을 상기하듯 웃으면서 깍지 끼고 있던 손가락으로 시선을 내린 채 말을 시작했다.

"캐시는, 나에게는 마음 편한 상대이자 동경이기도 했죠. 지상에는 여신밖에 없죠? 그건 태양의 여신과 다른 여신들이 인간을 뒷받침하고 싶다고 정했기 때문이에요. 남신은 인간에게 흥미가 없어서 천계에 머물고 있어요."

확실히 듣고 보면, 지금까지 만난 신은 모두 여성이었다.

천계에는 남신도 있구나.

"나는 그들과의 교우는 거북했지만, 캐시는 누구보다도 특기였어요. 사이로 들어가서 트러블을 미연에 방지해준 적도 몇 번이나……. 그래서 그녀는 내 안에서는 은인이자 동경이었고…… 누구보다 소중한 친구였어요."

이렇게 들어보면, 케이티의 인상과는 너무나도 달라서 놀랄 밖에 없다.

직접 대치했을 때의 그 녀석은 마치 타인의 존엄을 짓밟는 듯한 언동과 심상치 않은 악의의 세뇌.

—무엇보다, 세뇌가 풀린 빈스가 거부 반응을 보였는데도 그 녀석은 태연하게 덮어씌웠다.

녀석의 사전에 『배려』라는 단어는 있지 않겠지.

"……그래요. 지금 러셀 씨의 표정을 보고 알았어요. 역시 지금도 내가 아는 캐시는 아닌 모양이네요."

프리실라는 내 표정으로 대략적인 일을 읽어냈다.

즉, 케이티의 악의에 관해서도 짐작 가는 바가 있다는 거겠지.

"러셀 씨. 이 세계를 구할 수 있는 당신이 나타났다면, 나도 도망칠 수는 없겠네요. 모든 것을, 모든 것을…… 각오하고, 말씀드리죠."

신들의 싸움.

마왕의 출현.

그리고— 우리 용사 파티와 악연을 맺은 『사랑의 여신』 케이티라는 수수께끼.

그 수수께끼가, 마침내 밝혀진다.

"나와 캐시에게 무슨 일이 있었는지를—."

18 시작되는 인간의 영웅담과 그 뒤에 있던 신들의 사건

마신이 지하로 떠나고, 그 후에 신들이 지상을 떠난 뒤.

대지가 인간의 세계가 되고, 그 후에 마왕이 지상을 침공하기 시작한 여명기의 이야기.

우선 처음으로, 『태양의 여신』 샬럿은 이 마왕 침공 문제를 신들이 해결해야 하는 책임이라고 생각했다.

수많은 신들이 그에 찬성했고, 그들은 가진 힘을 구사하여 던전을 공략하기 시작했다.

『어스름의 여신』 프리실라와 『사랑의 여신』 캐슬린 콤비도 그중 하나.

모든 방어 요소를 무시하는 어둠마법을 구사하는 프리실라와 모든 병마를 단숨에 물리치는 캐슬린은 상성 발군의 콤비였고, 던전 공략자 중에서도 희귀한 존재였다.

하루 만에 던전 두 곳에 들어간 적도 있고, 압도적인 전력차로 마왕을 지상에서 퇴거시켰다.

『불의 남신』과 『물의 여신』, 『바람의 여신』과 『대지의 여신』이라는 유력 페어도 있었다. 그러나 그들과 비교하더라도 『어스름의 여신』과 『사랑의 여신』 페어는 압도적이었다.

초기에 나타난 마왕과 던전은 두 사람의 힘으로 대다수가 파묻혔다. 지상 침공의 제1탄은 신들의 완전 승리였다.

"캐시. 우리 최다 기록이래."

"로트는 토벌 후를 기록하고 있는 거야? 후훗, 엠마가 들으면 분통해하겠네. 자랑하러 갈까?"

"캐시도 참. 그래도 우리, 저기…… 좋은 콤비, 네."

"당연하지. 프리실라는 천계에서 제일가는 파트너야~!"

은발의 조용한 미녀와 분홍색 머리를 한 밝은 미녀.

두 사람이 어깨를 서로 당기자, 길게 뻗은 스트레이트 헤어가 아름답게 섞였다.

사생활부터 모험까지 일심동체.

그것이 『어스름』과 『사랑』의 페어였다.

—그런 나날에 끝이 찾아오리라고는 아무도 생각지 못했다.

제2차 마왕 지상 침공. 그 빈도는 제1차와는 비교도 되지 않았다.

사태가 좋지 않은 방향으로 가고 있다는 걸 알아챈 샬럿은 방침 변경을 결의했다. 그것은 크나큰 결단이자 고육지책.

인류에게, 마물 토벌을 맡긴다는 것이었다.

최초에 마신과의 싸움에 말려들었던 인류는 안 그래도 수가 많이 줄어들었다. 이 이상 아무것도 주지 않고 신들만이 대처하는 건 인류를 위해서도 좋지 않았다.

마지막까지, 인간은 신족과 마족의 싸움에 말려들기를 바라지는 않았다.

이건 천계 측의 책임이니까.

그러나 지금 이대로 가면, 반대로 인간의 피해가 늘어나기만 할 것이다.

"—저는 여러분, 모든 인간의 모든 인생을 저의 힘으로 계속해서 돕겠습니다. 깨어있을 때도, 자고 있을 때도……. 모든 것을, 여러분을 위해……."

살럿은, 마치 자신에게 벌을 주려는 듯이 한계를 넘어선 처리 능력을 발휘해 모든 인류에게 『직업(잡)』을 부여했다.

귀족의 책무(노블레스 오블리주)를 가진 푸른 피(블루 블러드)에게는 상위직을. 그렇지 않은 이들에게는 던전 상층 공략의 보수만을 보장하고, 마왕 토벌의 책무는 전혀 없는 일반직을.

그 능력 전부를 일차 관리할 수 있도록, 『물의 여신』 엠마에게 태그를 표시할 수 있는 영혼의 데이터 연계와 모험가 길드의 관리를 맡겼다.

이것이 인류의 시대.

『인간의 영웅담』의 시작이었다—.

인류가 마왕 토벌에 적극적으로 나서게 되자, 신들은 천계로 돌아갔다.

지상의 운영을 최대한 인간의 자유 의지에 맡기도록.

그래도 한정된 인간들에게만 마왕을 맡기는 건 무리가 있다. 신족을 대표하여 프리실라와 캐시가 계속해서 던전을 공략했다.

인류를 지키는 그림자의 영웅으로서, 남몰래 산속에 나타난 던전을.

아무도 들르지 않는 절벽에 나타난 던전을.

두 사람은 사람의 눈이 닿지 않는 모든 던전을 닥치는 대로 공략했다.

어느 날, 샬럿은 휴가로 돌아온 프리실라의 집으로 찾아갔다.

"한 번은 사과하고 싶어서."

친한 지인의 말을 듣자, 프리실라가 처음에 생각한 건 『뭘?』이었다.

"내가, 지상을 『태양의 여신』을 신앙하는 대지로 만들어 버려서."

"그건 상관없는데요. 어째서 갑자기?"

"설마……. 밤에 얽힌 것이나 어둠에 관련된 것에 조금씩 죄악감을 가지게 되어버리다니……."

샬럿의 오산. 그것은 자신의 신격을 올리는 단계에서, 대비효과로 인해 태양만이 지나치게 편애받고, 그에 반발하는 것이 멸시당하게 된 것이었다.

"어둠 속성의 힘은 겉으로 내보낼 수 없게 되었어. 나는 그럴 생각이……."

후회에 물들어 고개를 숙인 샬럿의 얼굴. 그것은 인류의 수호신과는 거리가 먼, 친구를 염려하는 어린 소녀의 모습이었다.

반면, 프리실라는 평온했다.

"신경 쓰지 않아요. 우리가 인간을 위해 존재하겠다고 결심했을 때부터 각오하고 있어요."

태양의 여신은 그 말이 되기는커녕 한층 상처받은 듯 미간을 찡그렸다.

"그래도."

문득, 거기서 뭔가 생각이 났는지 어스름의 여신이 상상했다.

"이 세계에서 어둠을 두르면서도 사람들을 구하는 인간이 나타난다면, 분명 그건 『영웅』이겠네요."

—이윽고, 운명의 날이 찾아왔다.

그날 만난 마왕은 눈이 핏발서 있었다.

대량으로 불러낸 던전 스칼렛 배트의 뒤에 숨어서 자신의 모습을 보이지 않게 했다.

"숨어도 소용없어."

프리실라는 무영창으로 《다크 스플래시》를 끝없이 흩뿌리며 주변을 메운 마물을 청소하듯이 빙 둘러서 처리해 나갔다.

마지막에 마왕이 있던 부근의 마물을 일소하고, 마왕의 숨통을 끊으려 했지만.

"……없어? 어디?"

방심도 있었다.

압도적인 공격력과 방어력을 가진 2인조이기에, 일반적인 마법직에게 있는 서치 플로어 같은 걸 쓰려고 하지 않았다.

그렇기에— 천장에서 날아오는 공격을 알아채지 못했다.

"—위험해!"

캐시가 프리실라를 밀쳐냈고, 마왕의 손이 캐시의 등에 닿은 순간, 마왕의 던전 코어가 깨졌다.

"가르바이저 님에게 받은 마계 유일의 마법이…… 마지막의 마지막에……!"

그렇게 분하다는 듯이 중얼거린 마왕은, **무언가**를 하고 재가 되었다.

"캐시, 괜찮아?!"

프리실라가 손을 뻗자— 캐시는 강한 힘으로 프리실라를 벽으로 내리꽂았다.

"크……! 어째서……."

"아핫.

프리실라의 눈앞에서, 캐시는 스스로도 이해할 수 없다는 듯 고개를 갸웃한 뒤, 살짝 웃었다.

"사랑, 사랑…… 이게, 사랑?"

"무슨, 소리를……."

"사랑…… 열애…… 정열의 붉은색을 찾아야……."

캐시가 그렇게 중얼거린 순간, 프리실라는 눈앞의 파트너에게 가슴을 꿰뚫렸다.

반응할 새도 없이, 프리실라는 빛의 입자로 변했다.

프리실라는 천계에 있는 자신의 방에서 눈을 떴다.

틀림없다…… 캐시에게 살해당한 거다.

무슨 일이 일어났는지는 당연히 알고 있다.

프리실라가 마왕의 표적이 되었고, 그걸 캐시가 직전에 막아낸 거다.

—하얀 마신 가르바이저.

확실히 그 마왕은 그 이름을 꺼냈다. 신마대전에서 샬럿과 싸웠던, 마신 중에서도 최강의 한 명이었다.

말투로 봐서는 가르바이저가 남긴 힘 중에서도 유일무이하고 특별한 것이었으리라.

마왕의 던전 코어를 모두 소비한, 몸을 버린 공격. 캐시는 프리실라가 마계 측에 빼앗기는 걸 막았다. ……그 결과, 캐시를 빼앗겼다.

천계 최초의 명확한 손실.

천계 최대의 실수.

파트너를 희생시키고 뻔뻔스럽게 돌아온 자신.

"내가…… 내가 되찾아야 해……!"

프리실라는 초조해졌다.

"어라? 언제 이쪽으로 돌아오셨나요? 캐시 님은요?"

"잠깐 급한 볼일이 있었을 뿐이고, 금방 돌아갈 거야."

"그러신가요. 다시 두 분이서 찾아와 주세요."

프리실라는 감사를 표하는 천사— 좋아하던 찻집에서 일하던 마델린이라는 점원—에게서 도망치듯이 지상계로 향했다.

알려질 수는 없다. 힘은 다소 줄어들었지만, 아직 어스름의 힘은 남아있다. 던전 공략은 여유가 있었다.

그러나.

"어머! 또 와줬네! 사랑이야!"

"캐시……."

그것은, 천계에서도 『태양의 여신』밖에 갖고 있지 않은 금발.

그 머리를 거침없이 흔드는 사랑의 여신은, 자랑스레 머리를 매만졌다.

"당신을― 끅?!"

캐시에게 발을 내디딘 순간, 가슴에서 검이 튀어나왔다.

자신을 찌른 존재에게 즉시 반격하려고 손을 뻗은 곳에 있던 건― 신계 전원이 지키기로 결심했던, 인간이었다.

(그럴, 수가…….)

음색밖에 일치하지 않는 절친의 들어본 적이 없는 조소를 마지막으로, 프리실라는 또다시 패했다.

―거기서부터는 초조함만 쌓여서 패배가 이어졌다.

자신이 가진 어둠의 힘을 인간에게 부여한다. 그런 수를 썼는데도 캐시에게는 전혀 이기지 못했다.

인간을 일회용으로 써버리는 방식이나 거침없는 수단에 대적하지 못한 거다.

애초에, 근본적으로 『인간을 다루는 법』이라는 분야에서 『사랑의 여신』과 『어스름의 여신』은 능력차가 너무 심했다.

악조건과 악조건이 겹쳤다.

무엇보다…… 자신들이 지켜온, 자신들이 공격할 수 없는 인류에게 몇 번이고 살해당하는 건, 프리실라에게는 무엇보다 괴로운 일이었다.

인간의 소망으로 태어난 신.

선의로 무한한 힘을 얻지만, 악의에 대한 내성은 가지고 있지 않았다.

프리실라는, 완전히 꺾여버렸다.

눈앞에서 절친에게 가차 없이 살해당한다.

옛날과 같은 웃음으로.

협력자도 처참하게 살해당한다.

무력한 자신 탓에.

일회용으로 소모된다.

일회용으로 소모된다.

본래 죽을 일이 없었을, 지켜야 할 대상을 자신이 일회용으로 소모해 버린다.

이제 누구에게 도움을 요청할 수가 없다.

이런 자신은, 여신으로 군림할 자격이 없다—.

—그녀는, 완전히 틀어박히고 말았다.

샬럿은 지상에서 태양의 여신으로서 힘을 가졌다.

모두가 경외심과 함께 태양의 여신을 최상위로 숭배했다.

—단 한 명, 샬럿 본인을 제외하고는.

그녀는 소망했다. 일찍이 무거운 짐을 지게 만든 친구를 생각하며.

인류를 지키기 위해 만들어낸, 상정했던 것보다 일그러져버린 여신에 의한 수호의 껍질.

그녀는 소망했다. 그 껍질을 깨는 자를.

여신의 손이 아니라, 자신의 자유 의지로 행하는 자를.

그녀는, 샬럿은 소망했다. 영웅의 탄생을.

아무도 없는 왕성 최심부에서, 프리실라와 나눈 말을 떠올리면서—.

19 많은 이들을 끌어들인 실수를, 뒤집을 정도의 감사를

"하아~, 그랬던 거네."

시빌라가 거기서 끼어들었다.

"기나~긴 이야기를 요약하면, 언니가 실수를 저지르는 바람에 캐시를 빼앗겼고, 들키지 않게 해결하려다가 오히려 격퇴당해서, 보고, 연락, 상담은 아~무것도 안 하는 사이 사태가 돌이킬 수 없을 정도가 되어버린 거네."

"너무 가차 없잖아."

친언니라고는 하지만, 이 녀석은 지금 이야기에서 참 용케도 이렇게 막말을 내뱉는군.

"으윽……. 오랜만에 만난 시빌라가 엄격해……."

"그야 엄격해지지! 그거, 그냥 말을 꺼낼 수 없었을 뿐이잖아!"

"그렇, 지……."

"정말…… 정말, 나는 말이지……!"

시빌라는 눈을 감고, 꾹 참으면서 쥐어 짜내듯이 말을 꺼냈다.

"걱정, 했었으니까……."

그것은, 평소의 시빌라에게서는 생각할 수 없을 만큼 연약한 목소리였다.

……그렇지. 애초에 시빌라는 줄곧 케이티를 추적했었다.

몇 번이고 【신관】을 【어스름의 마경】으로 바꿔서, 언니의 힘을 인류에게 맡기고 함께 싸웠다.

던전 공략이 메인이었다지만, 언니의 은퇴 이유를 찾고 있었던 거다.

이야기로 추측건대, 거의 알지 못했을 거다.

그러나, 이 녀석은 나에게 『캐슬린은 언니를 은퇴시킨 여신』이라고 명확하게 단언했다.

프리실라의 곁에서 캐시가 사라진 이후부터 모든 걸 짐작하고 프리실라를 대신해서 지상에 내려왔다.

거기서부터, 몇 번이고 몇 번이고.

정신이 아득해질 정도의 시간을 싸워왔겠지.

몇 번이고 패했다는 건 알고 있었지만……. 프리실라는 자신을 지키는 바람에 캐슬린을 빼앗기고, 자신의 실수가 원인이 되어 인류가 그에 말려든 것에 죄책감을 느꼈다.

—파트너 여신과 인류. 모두 끌어안기에는, 말려든 상대가 너무 크다.

그 책임을, 이 성실해보이는 여신이 끌어안고 버틸 수 있을 것처럼 보이지는 않는다.

"우리가 좀 더 노력했다면……. 게다가, 지금도…… 지금도 캐시와 토벌대에 참가하고 있었다면, 『용사 파티』가 목숨을 거는 책무를 지는 일도, 시빌라와 『그림자의 영웅』에게 폐를 끼칠 일도 없었을 텐데……."

참회하듯이 쥐어짜낸 지금의 말에…… 문득 위화감을 느꼈다.

책임감이 있는 건 잘 알겠지만, 아무래도 납득할 수 없는 부분이 있다.

“이봐, 프리실라.”

“네, 네.”

“혹시, 너의 일이 이유가 되어서 나 같은, 성자가 나타나게 되었던 건가?”

“……그렇게, 되네요……. 말려드는 형태로…….”

진짜냐. 이 녀석은, 하필이면 그걸 『최대의 실수』라고 보고 있던 건가.

이거야 원. 자신만만 고물딱지 잉여신에게도 어이가 없지만— 진흙탕 비굴 잉여신은 좀 더 어이가 없군.

“고맙다.”

나는 한마디, 그렇게 말했다.

“……네?”

“들어봐. 나는, 우리는 고아였어. 이야기를 동경하면서도 아무런 미래가 없는, 그저 동경하기만 했던 고아였다고.”

해야 할 말이라고 판단해서, 옆을 봤다.

에미와 자넷은 동의하듯이 끄덕였다.

“샬럿의 착오였는지는 모르겠지만, 어째서인지 우리는 용사 파티가 됐지. 그러나…… 몇 번이고, 몇 번이고…… 위험한 일을 겪었고, 목숨도 잃을 뻔했고…… 실제로, 에미는 한 번 죽었어.”

“……아! 설마, 그런.”

“소생마법(리저렉션). 그게 없었다면, 나는 에미에게 구원받아 생존하게 되었겠지. 그 밖에도, 마신이라는 녀석과 부딪쳤을 때도 회복술사(힐러)라는 것에 크나큰 도움을 받았어."

그러나.

"이것들은 모두 던전 관련이야. 나의 시작은 말이지…… 어느 모녀를 구한 거다."

지금도 떠오르는, 울고 있던 아이.

분명 그건, 내가 【성자】가 아니었다면 치료하지 못했을 거다.

—그때, 나는 절망하고 있었다.

남의 아이였다. 치료하지 않아도, 상관은 없었다.

그러나, 분명 그때 치료하지 않았다면, 나는……. 나는, 그렇지…… 후회하지는 않았겠지만, 『후회하지 않는 인간』이 되어버렸겠지.

결정적으로, 무언가가 끝나버린 인간. 아마…… 나는 자신의 【성자】를 남기지 않고, 누구보다도 자신을 혹사하면서…….

—자신이 【용사】가 되었던 세계선의 꿈을 떠올렸다.

그래, 그랬겠지.

그것과 똑같은 꼴이 되었을 거다.

만약 아드리아의 마왕을 쓰러뜨렸더라도, 에미는 확실하게 나를 지키고자 목숨을 잃었을 거다.

그녀를 구할 수 있었던 건, 나에게 이 힘이 있었으니까.

생각해 보면 마델라에서도 그랬다.

신들을 대신해서 마신이라는 녀석에게 도전했던 건, 영웅담을 동경해서였을까? 아니면 시빌라와 신들의 몫까지 활약하려고 생각했던 걸까?

전부 아니다.

"우르드리즈를 멸한 건, 마신 토벌을 이뤄내고 싶었기 때문이 아니야. 잠깐 미아가 되었던 아이를 어머니에게 보내주기 위해서. 그것뿐이었어."

"……잠깐만요. 붉은 마신 우르드리즈가, 사멸했나요? 봉인이 아니라?"

"자폭도 막았고, 코어도 깨졌으니까. 그건 사멸했겠지."

"나도 보장할게. 그야말로 분한 듯이 사멸했었지, 꼴좋다니까!"

시빌라가 선언하자, 프리실라는 아연실색한 표정으로 우리를 바라봤다.

역시 그 싸움은 특별한 것이었겠지.

"그러니까."

내가 이 녀석을 구할 수 있다면, 이렇게 해야겠지.

"이 떠들썩한 잉여신이 파트너라서, 나는 그런대로 충실한 나날을 보내고 있어. 너의 파트너가 없다면, 네가 다시 일어서지 못하더라도 어쩔 수 없겠지. 그 미아를 보내주겠어."

"어머나~, 오늘은 러셀이 나를 마구 띄워주고 있네! 역시 이미 서로 사랑하는 사이인가!"

"그래그래. 지금 중요한 말을 하고 있으니까 입 좀 다물라고? 이후는, 캐슬린을 구하기 위해…… 가르바이저, 였던가? 그 녀석을 쓰러뜨릴 필요가 있다면 쓰러뜨리려고 해."

나의 선언에 프리실라가 숨을 삼켰다.

하나는 쓰러뜨렸다. 인간이 멸하지 못할 상대는 아니겠지.

험난한 싸움이 되겠지만, 피할 수는 없다.

그러나, 내가 말하고 싶은 건 그런 게 아니다.

"……분명. 나는, 줄곧 누군가를 돕고 싶었던 거야. 지금이야 이런 상황이라, 예전에는 어떤 자신이었는지는 이제 떠올리지 못하게 되었을 정도지만."

내 말에 에미와 자넷과 이 조금 고개를 수그렸다.

나라는 존재가 크게 변질되었다는 건 알겠다. 지금에 와서는 원래부터 이랬을지도 모른다는 생각조차 들 정도다.

그러나, 시빌라는 나의 본질을 『성스러운 자』라고 명확하게 인식하고 있었다.

분명 지금도, 그 핵심적인 부분이 내 안에 남아있는 거겠지.

"아마 나는 【성자】가 되었기에 가장 구원받았을 거다. 그리고 프리실라. 네가 써온 어둠마법이 누군가를 좀 더 구하기 위한 힘이 되어줬다는 것도."

"당신은……. 저의 『어둠마법』을 긍정하는 건가요? 이 『태양의 여신교』의 세계에서 태어나, 그 여신의 힘을 얻은 【성자】인 당신이?"

"아니, 아까부터 그렇게 말하고 있잖아. 솔직히 말해서 나는 『태양의 여신』보다는 당신 쪽이 원래부터 호감도가 높았을 정도야."

내 대답을 듣자, 지금까지 장난스럽던 시빌라가 차분하게 말을 거듭했다.

"샬럿과 언니가 원했던, 인간의 영웅. 『흑연의 성자』, 그게 러셀이야."

다시금 『태양의 여신』과 『어스름의 여신』이 원하던 영웅이라는 소개를 들으니 너무 호들갑스러운 것 같지만…… 그게 프리실라의 버팀목이 되어준다면 기꺼이 감수하기로 할까.

"스스로 너무 끌어안지 말라는 거다. 인간의 평생으로는 닿지도 못할 만큼 던전 토벌을 해왔잖아? 그 답례로, 인간을 좀 더 의지해봐."

"의지하는 것도 중요한 일이야. 누군가가 의지한다는 것이 그 사람의 원동력이 되는 일도 적지 않으니까. 잔뜩 써먹어야지."

자기 말을 만족스럽게 끄덕이는 시빌라……. 잠깐, 그 말에는 한마디 하지 않을 수가 없는데.

"그렇더라도 여기 있는 물귀신형 장난꾸러기 잉여신처럼 되더라도 곤란하지만 말이지."

"싫다~아, 기쁘면서! 참고로 나는 최고로 즐거워!"

휘둘리는 것 자체는 결단코 즐겁지 않아!

"또 사줘도 된다고, 소년!"

"아니, 진짜로 이제 두 번 다시 돈은 안 낼 거야!"

"다음 행선지도 비싼 가게를 노려볼까!"

"말 좀 들어?!"

뺨을 찌르는 시빌라의 머리를 손가락으로 튕기자 기쁜 듯이 비명을 질렀다. 아니, 기뻐하지 마.

우리의 모습을 보자, 프리실라는.

"후후…… 후후후……."

입에 손을 대면서 기품 있게 웃었다.

그것은, 지금까지 봤던 어떤 여신보다도 기품이 있고 신비로운 아름다움을 가지고 있었다. 여신의 미소—라는 게 있다면 이런 걸 말한다는 생각이 자연스럽게 들 정도로.

"……아!"

그런 언니의 모습을 본 시빌라는 잠시 숨을 삼킨 뒤, 내 옆으로 몸을 기댔다.

"……고마워."

그리고 눈앞의 상대에게 들리지 않을 만큼 작은 목소리로, 내 귓가에 속삭이며 손을 잡았다.

뭐, 너의 고민거리였던 곤란한 언니이니 말이지.

이걸로 파트너의 상태가 향상된다면 얼마든지 대응해주겠어.

내 이야기가 끝나자, 마델린이 다시금 손을 들었다.

"확인하고 싶은 게 있어요. 캐슬린 님은 스스로 몸을 던지셨던 거죠?"

"네……."

"……이제야 이해가 되네요. 캐슬린 님의 이해할 수 없는 언동의 이유를."

"이해할 수 없……다고요?"

마델린은 줄곧 케이티와 행동을 함께하던 사람이다. 당연히 우리가 모르는 사이 어떤 일을 하고 있었는지도 전부 파악하고 있다.

“에미 씨. 당신이 보기에, 케이티에게 『악의』는 있었나요?”

“엥? 저기…… 실은, 그다지 없었어요. 성기사 스킬 같은 건, 완전히 선의로 가르쳐줬다고 생각해요. 저의 실패, 자업자득이라서…….”

“그럼, 자넷 씨는요?”

“나도 솔직히 전혀. 뭐, 선의라서 대책을 세우지 못했다고도 할 수 있겠지만…….”

두 사람의 대답을 듣자, 마델린은 조용히 끄덕였다.

“역시……. 프리실라 님, 캐슬린 님은 아마…… 여전히 저항하고 있어요.”

마델린의 입에서 뜻밖의 단어가 나왔다. 그 케이티가, 저항하고 있다고……?

“저와 아리아는 발언도 언동도, 전혀 자유가 없었어요. 자기 몸의 형태를 한 인형 안쪽에서 지켜보는 듯한…… 그런 감각이었죠.”

듣기만 해도 무시무시한 능력이군…….

“하지만 캐슬린 님은…… 케이티는, 언제나 『사랑』을 이야기하면서, 자신의 행동에 의문을 가지고 있는 것처럼 보였어요. 한밤중에 혼잣말을 중얼거리며, 예정을 바꾸려는 듯이.”

마델린의 말에, 나도 빈스와 싸웠을 때 케이티의 혼잣말을 떠올렸다.

—나의 사랑이 질 리가 없어…… 사랑이, 사랑, 이…… 사랑?

그때, 케이티는 확실히 불안정했었다.

"지금까지 마신의 손아귀에 있었는데도 인간을 멸하는 한 수도, 여신을 멸하는 한 수도 두지 않고 있어요. 캐슬린 님은 마신에게 지배당하고도 여전히 『사람을 사랑하는 것』의 범주에서 벗어난 행동을 보이지 않는 거예요. 그분은…… 여전히 『사랑의 여신』인 거죠."

그런, 가. 듣고 보니, 케이티와의 싸움은 고전하기는 했지만, 그 행동 기반은 자신의 사랑을 밀어붙이는 언동이었다.

"그러니, 저는 큰 은혜가 있는 캐슬린 님을…… 그분만이 가진 역할의 선택을, 긍정하고 싶어요."

"캐시……."

옛 파트너였던 친구의 이름을 중얼거린 프리실라가 눈을 크게 떴다.

상상한다. 나를 몇 번이나 죽이려 하는 시빌라의 모습. 그걸 저지하려는 나. 그것은 정말 무섭고, 절망적인 광경이다. 나라면 분명 버티지 못했겠지…….

프리실라는 줄곧 그런 싸움을 혼자서 해왔다. 마음은 짐작이 가고도 남는다.

그러나, 그녀는 다시 앞을 바라봤다.

"……앞을 바라보지 않으면 안 되겠네요. 그 보고는, 좋은 보고니까요. 러셀 씨의 일도 포함해서, 아직 나에게 희망이 있다. 그런 뜻인 거죠?"

그 과거를 떠올리고도 보고를 긍정적으로 받아들이는 것.

그것이 이 사람의 강함이겠지.

웃음을 되찾은 프리실라에게 이번에는 에미가 손을 들었다.

"네네! 저기~, 괜찮으실까요!"

"어머, 무슨 일인가요?"

기운차게 주장한 에미가 깜짝 놀랄 말을 했다.

"아까 이야기에도 나왔는데요. 뭐, 한 번 죽었던 건 저거든요. 그리고 샬럿 씨…… 태양의 여신님이 보여주셨을 때도, 뭐, 정말 훌륭하게 죽어버려서요."

"그, 그렇게나 말인가요……?!"

에미가 화제로 꺼낸 건, 자신이 【성기사】의 방패가 되었던 때의 일이다.

갑자기 꺼낸 화제로는 너무나도 강렬해서, 프리실라도 눈을 크게 뜨며 놀랐다. 어째서 지금 그 화제가 나온 건지 의문이었지만, 에미는 타고난 밝은 모습으로 태연하게 말했다.

"아~, 그것 말인데요. 저, 두 번 모두 전혀 후회하지 않아요. 뭐, 죽어버리면 그 후에는 지켜줄 수 없으니까, 그것만큼은 실패려나~, 라는 생각은 하지만요."

"에미 씨……. 당신은, 대체……."

"아아, 아뇨. 자기소개를 하고 싶은 게 아니라요! 그게그게, 다시 말해서."

더듬거리면서 말을 고르는 그녀를 모두가 지켜봤다. 한결같은 모습에는 전해지는 것이 있었다.

"케이……가 아니라 캐슬린 씨는, 분명 프리실라 씨를 지킨 것을, 해냈다~라고 생각할 거예요. 『사랑의 여신』이잖아요? 그럼 분명—.”

에미는 몸을 쭉 내밀면서 프리실라의 양손을 잡았다.

“—가장 소중한 『파트너』라면 반드시, 반드시, 반~드시, 가장 『사랑』하고 있을 테니까요!”

에미가 꽃이 피는 듯한 미소로 이야기하자— 프리실라의 눈동자가 흔들렸다.

“……감사합니다. 당신은…… 당신은, 정말, 그 정도로 깊은 사랑을 가지고 이해하고 있나 보네요…….”

“아, 아뇨아뇨! 평범해요, 평범!”

“그게 평범하다면, 평소에도 당신은 올곧은 거겠죠.”

“아하하……. 그게, 그게……. 저기, 어, 어쩌지이~?”

“거기서 나에게 묻는 거냐?”

에미는 프리실라와 손을 잡은 채 이쪽에 도움을 요청하려는 듯 시선을 돌렸다.

그런 말을 듣고 곤란하다면 말하지 않는 게 좋았을 것을, 프리실라의 고민하는 모습을 보고 가만히 있을 수 없어서 말해버린 거겠지. 이런 부분이 에미의 좋은 점이다.

에미는 나 대신 자넷에게 도움을 요청하는 시선을 보냈지만.

“저는 두 사람처럼 위로하는 건 어울리지 않지만……. 그래도 이야기를 들어보면, 아무래도 이 상황은 캐슬린의 승리네요.”

“……무슨, 뜻인가요?”

일단 에미에게서 몸을 떼어놓은 프리실라가 자넷에게 몸을 기울였다.

“지금 이야기, 상대의 말투로 봐서는 마신의 유일무이한 특수 스킬이 『세뇌』였을 거예요. 그리고, 실패했다는 인식이었죠.”

그렇지. 이야기를 들어보면 아마 마신 측의 목적은.

“하얀 마신 가르바이저의 목적은, 프리실라의 탈취. 이유는 확실하게, 어둠마법이군.”

자넷은 그 생각이 일치했다는 걸 나타내듯이 고개를 끄덕였다.

“세뇌한 『어스름의 여신』에게 시킬 일. 그건 틀림없이 『태양의 여신』을 기습하는 거겠지. 시빌라 씨, 만약 샬럿 씨가 사라진다면.”

“아……. 그야, 지상의 인간에게 직업(잡)이 일제히 사라지겠네.”

직업(잡)의 소멸.

그건 마물과 싸우는 인간에게는 치명적이고, 무엇보다 던전 공략 중에 그런 일이 일어난다면 문답무용으로 죽음을 의미한다.

“그러니, 당신들 프리실라와 캐슬린 콤비는, 어느 의미로는 첫 단계에서 이미 이겼다고도 할 수 있어요.”

그 보고를 듣자, 프리실라는 키득 웃었다.

“위로하는 건 어울리지 않는다고 하면서, 이론적으로 나를 배려해주고 있네요.”

“음…….”

자넷은 쑥스러움을 감추려는지 머리를 긁적이며 시선을 돌렸다.

“뭐, 러셀도 마족 측이 커다란 움직임을 보이지 않는 걸 알아챘을 거야.”

“최근에는 『붉은 구제회』 정도였으니까.”

결과적으로 우르드리즈를 멸했으니 망정이지, 그건 완전히 지상 침략의 한 수였으니까.

“붉은……?”

“언니. 최근의 지상에는 어두우니까, 그거야 그거. 샬럿을 향한 신앙심을 이용한 수상쩍은 종교. 그 신앙심을 모아서 부활한 게 우르드리즈야.”

시빌라의 말에 프리실라가 귀를 기울였다.

뭔가 기억 깊은 곳에서 신경 쓰이는 걸 찾는 모양이었다.

“그 『붉은 구제회』라는 건 붉은 것을 신앙하고 있다는 걸로 봐도 되는 거지?”

“그런데? 그야말로 극단적인 빨간색이라 기분 나쁘기 그지없다니까.”

“……”

“건물부터 성당 안, 전부 새빨개. 그거 눈이 아프다고 생각하지 않는 걸까?”

떠벌떠벌 사정을 이야기한 시빌라와는 달리, 프리실라는 줄곧 입을 다물고 있다.

“내 눈도 칭찬받기는 했지만, 눈만 좋다고 말하지 뭐야! 정말 실례라니까! 나는 전신이 끝내주는데!”

"……"

"우체통은 빨가니까 신의 소유물. 정말 바보 아니냐고 바~보 바~보."

"……"

"급기야는 교단원의 결혼 상대로 붉은 머리를 고르고, 태어난 아이의 머리가 빨간 것만으로도 어머니에게서 빼앗더라니까? 이야~, 진짜 그건 아니지~."

"—붉은, 머리?"

시빌라가 꺼내는 말에 프리실라가 처음으로 반응했다.

"그런데? 머리색이 붉은 것 말고는 흥미가 없다니, 정말 실례—."

거기서 프리실라는 갑자기 손을 들어 시빌라의 말을 막았다.

내가 본 가운데, 프리실라가 처음으로 시빌라보다 적극적으로 움직인 순간이다.

"떠올랐어…… 떠올랐어요……. 수없이 대치하던 와중에, 캐시가 혼잣말로 무슨 말을 했는지."

여기서, 우리는 깨달았다.

어째서 그런 걸 깨닫지 못했는가.

지금까지 우리가 무엇을 놓쳐왔는가.

프리실라가, 케이티가 저지르던 행동의 본질을 이야기했다.

“『태양의 여신』에게서 힘을 얻은 이들 중, 어째서인지 붉은 동료를 찾고 있었어요. 예를 들어 붉은 무기, 방어구…… 게다가, 붉은 머리나 눈을 가진 왕후 귀족이나 【용사】 같은 이들을 말이죠.”

—이때, 천계에 있던 우리는 알 수 없었다.

세인트고다트의 동쪽, 바트 제국 서쪽에 있는 거대한 골짜기.

그 대지가 크게 갈라지면서 마물이 대지에 넘쳐나기 시작한 것을.

이날을 경계로, 인류의 생활 방식이 크게 달라지게 되었다.

흑연의 성자 5

초판 1쇄 발행 2026년 2월 10일

지은이_ MasamiT
일러스트_ icomochi
옮긴이_ 이경인

발행인_ 최원영
본부장_ 장혜경
편집장_ 김승신
편집진행_ 권세라 · 최혁수 · 김경민 · 최정민
편집디자인_ 양우연
국제업무_ 박진해 · 조은지 · 이지현 · 박지현
관리 · 영업_ 김민원 · 조은걸

펴낸곳_ (주)디앤씨미디어
등록_ 2002년 4월 25일 제20-260호
주소_ 서울특별시 구로구 디지털로32길 30 코오롱디지털타워빌란트 1301-1308호
전화_ 02-333-2513(대표)
팩시밀리_ 02-333-2514
이메일_ lnovellove@naver.com
L노벨 공식 카페_ http://cafe.naver.com/lnovel11

ISBN 979-11-278-8692-9 04830
ISBN 979-11-278-6228-2 (세트)

값 8,500원

L NOVEL

시노와 렌 Future 1권

히비 츠즈로 지음 | 치구사 미노리 일러스트 | 박은빈 옮김

의젓하고 온화한 시노와, 보이쉬하고 활발한 렌은 연인 관계다.
어른이 된 두 사람은, 렌은 모델, 시노는 수학 교사가 되어서도 변함없이 서로를 사랑한다.
한편, 둘이서 지내는 시간은 고등학생 시절보다도 적어지게 되는데…….
"난 좀 더 시노와 함께 시간을 보내고 싶은데."
"……진짜 렌을, 만지고 싶어."
일을 마친 뒤의 바이크 데이트, 고급 호텔에서 비밀의 촬영회—
—만날 수 없는 만큼, 두 사람의 달콤한 시간의 농도는 짙어져 간다.

SNS 화제의 백합 커플
시노와 렌의 꽁냥 러브 스토리가 더욱 딥해진 소설화!

NOVEL

L NOVEL
15세 미만 구독 불가
14
시라코메 료
타카야Ki
흔해빠진 직업으로
ARIFURETA SHOKUGYOU DE SEKAISAIKYOU
세계최강